目 录
CONTENTS

徒步
进藏

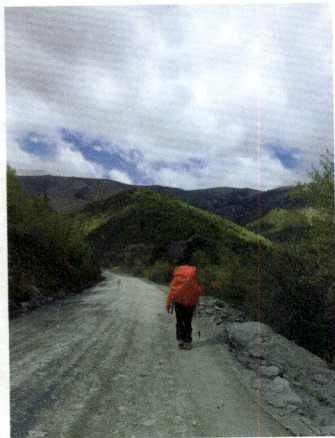

一个人需要隐藏多少秘密，
才能巧妙地度过一生。
这佛光闪闪的高原，
三步两步便是天堂，
却仍有那么多人，
因心事过重而走不动。

——仓央嘉措

你为什么去川藏线

这本书的序，我不找名人来写，我想让那些和我一样去过川藏线的人来写，哪怕只有十个人写，每个人只写十个字。在订阅号（凡不凡呀）发出序言征集帖的 6 天时间里，我收到了近百条留言，这真出乎意料，令人动容。

真开心我们这群去了川藏线的人，因为这本书，再次相逢。

梦中不问缘由，清醒时探求究竟。

"你为什么去川藏线？"

所谓梦想就是 Now or Never，所以不想等了。——崔海斌

寻找生命最原始的意义：纯净、简单！——周访非

因为年少时的不羁，我想出门走走。——江帆

跑川藏线五次了，还是想去。别人问我为什么，我想人生轮回，前世我是西藏的孩子吧！——李浩

去拉萨的意义可能对我来说就一句话，一路给她的祝福！——翟少勇

我最早一次进藏是 2005 年，那个时候，西藏的信息远没

有现在这么多。但我就是为了神秘的布达拉宫，为了看看那片神奇的土地。——山驴花花

逃离城市生活的复杂，让自己简单得只剩下眼前的路和风景，以及陪伴家人的美好！——茂

出发，去寻找更好的自己！——许聪

2014年是我人生的第40年，半世已瞬逝，思考下半生如何度过，谨以此行作为新生吧。——叶凌飞

关注川藏线整整15年，终于在2016年单人单车17天自驾川进青出！作为送给自己50岁的生日礼物！——张雷

我想："如果我能骑车到拉萨，我一定什么都不再害怕了。"于是我变成了自己曾经羡慕的人。——李梦萄

因为西藏空气稀薄，最接近死亡，能够体会自身渺小而对世界产生敬畏。——彩玲

第一次知道徒步川藏线，就觉得人生当有如此经历，如今我已经经历过了。——小馒头（李德京）

什么都可以从头再来，只有青春不能。——程程

因为想要去看看这美好的世界啊！——且末

仅仅因为走到了这里。——抽筋（邹钦）

因为那是川藏线！——老猫酱

为了在途中，能遇到你。——红袖翠竹

为了归来。——唐僧（宋飞）

像是在做一场告别

秋天的北京，

树叶慢慢变黄。

锅里炒着的栗子冒着热腾腾的香气。

有没有一首歌让你哭泣

开车的时候总容易犯迷瞪，所以车里总是备着薄荷糖和音乐。唱片塞满了手套箱，但有时还是听手机里的歌，有时听到一首特走心的歌，即便车子时速达到 60 公里也要把播放模式切换成单曲循环。但更多时候是随机播放。

每周三在中关村有节瑜伽晚课，下课要到 9 点。和往常一样上车，打火，嘴里塞颗劲爆酷爽的薄荷糖，开放音乐。系好安全带，照旧犹豫了一下走四环回家还是走三环。北京的交通并没有因为已过晚高峰而变得顺畅，当我拨动左转灯，以时速 30 公里的常速驶向四环主路时，伴随着左转灯响起的"嗒嗒嗒"的提示音，音乐从一首歌的尾音结束，空白三秒钟后，旋律切换到下一首歌。

这首歌的旋律很熟悉。屏幕亮了——朱哲琴《拉萨谣》。

近视镜架在我短矮的鼻梁上，我推了下有点儿往下滑的眼镜框。除去看电影和开车，日常的我是不愿意戴眼镜的。相比四目清晰地看清这个灯火繁华的城市，我更愿意让双眼望向模糊成银河一般的街道。

四环路难得一路畅通，油门被右脚踩得更深。秋天的夜晚无须紧闭车窗，夜风吹乱了我的头发。"该剪头了。"——我不得不总要摇晃脑袋，好让这过长的发帘儿离开我的视线。

"去过的地方都忘记了，都忘记了。只有拉萨忘不了，拉萨忘不了。"我握着方向盘的双手总是一只握得紧，另一只则握得很轻。可此刻的我，双手都紧紧握住方向盘。心里忽地一阵发酸，鼻头也酸了，嘴唇也紧紧地抿了起来。拉萨……很长的一段藏语唱了起来，我可以感知我的喉咙正剧烈地吞咽了一口口水。我的面部肌肉感受到有液体从眼角向下滑落。

"我要回西藏吗？"我问自己。夜晚的四环又回归了拥堵的常态。我花了很多时间，试图弄明白自己为什么一次次进藏。我甚至想弄明白为什么那个触动心里最柔软的地方是西藏，而不是别的地方。

我想弄明白，可我看得模糊。或许答案藏在时间里。我想到了西藏、进藏路，想到了这些年的自己。

像是在做一场告别

"去拉萨而没有到大昭寺，就等于没有去过拉萨。"尼玛次仁曾这样说道。去大昭寺——这是我每次离开西藏之前要做的事。像是在做一场告别。

2014 年 2 月 7 日，我第二次离藏。拉萨的冬日阳光甚是强烈，镶了金边的云缀在瓦蓝的天空中。太阳刚好升至大昭寺金顶的上方，大殿在光芒中更为庄重。

拉萨的中心——象征着拉萨古城的八廓街，因撤离了售卖藏式商品的小摊位而不再局促，足可以并排站十个壮汉的街道仍被朝拜的藏族群众填得满满的。

朝拜的藏族同胞们，男女老少，自大昭寺正门顺时针行于转经道。有的人顺时针转动着手摇转经筒，系在转经筒耳孔的小坠子，随着转经筒的转动也随之而动；有的人在转经道上三步一磕长头，双手合十于胸前、高举头顶、向前一步，双手合十于面前、再向前一步，双手合十于胸前、双手打开、再向前一步，匍匐于地、手臂向前伸直、额头叩于地面、五体投地、屈肘、双手合十于头部上方、起身、周而复始。他们的身上满是灰尘，在这寒冬中竟有少年依旧打着赤脚；有的人在转经道上慢慢地走着，不四处张望也不回头；有的人拎着酥油壶排在寺外长长的队伍中等着进寺朝拜；有的人在大殿前原地磕长头；他们的口中始终喃喃地诵着六字真言，旁人的话语和目光都无法将他们的脚步和唱诵扰乱。

大殿前经杆上缠着的经幡在风中飘扬。人们将桑叶填进洁白的煨桑炉中，白色的桑烟徐徐升向空中。我驻足于大殿前，不知是不是桑烟熏了眼，一种突如其来的仪式感让我不由自主地双膝跪地。双手撑在大腿上，我，哭了起来。我能听到眼泪下坠的声音；但我听不到答案，我为什么哭？

似乎有一阵儿，沉重的背包把我的腰压得更低。就在我试图把上身支撑起来时，恍惚听到一段稚嫩的男声——他是在和我说话吗？眼前这个穿着土黄色羽绒服的小男孩离我不足两米远，两片高原红缀在他稚嫩的小脸蛋上。他看着我，目光像是一把利剑要把我刺穿——他认识我吗？

"你为什么哭？"汉语从他干裂的小红嘴里一字一顿地蹦了出来。我的身子也向他探近了些。我侧着脑袋又将他上下打量了一番，确信自己和他并不认识。我没作答。

"你为什么哭？"他又问，那更高了的音量透着一股一定要得到答案的气势。我从没被一个陌生人这样问过，尤其他看上去也就只有七八岁的样子！我笑了，不是笑他的横冲直撞，而是笑竟不知自己为什么哭。

他见我笑了，便像在嘱咐一个小孩子一样，用力地点了两下头，说："你不要哭。"他的目光没有离开我。我双手撑地，慢慢站起身，晃了晃有些麻了的右脚。我俯身想要和他告别，他仍注视着我，我无处可躲。我们四目交接，他又重复了那句："你不要哭。"

你——不——要——哭。眼泪瞬间又涌满了眼眶，我抿起嘴，笑着对他点头。

"你从哪里来？"他问道。

"我从北京来。"

"你走路来的吗？"他又问道。

走路？我愣住了。眼前这个小男孩，此刻一脸平静地望向我。在我的印象中，虔诚的朝圣者会一步步走到拉萨。似乎在他心中，走路进藏是再寻常不过的了。

"我是坐火车来的。"他仍注视着我。当我冲他笑，他也冲我笑，带着羞涩。"我要走了。"我对他说道。他点头，一双小手举起来和我摆着，又和我说了那句："你不要哭。"

我看着这个安慰了我的陌生人，陌生的藏族小男孩，他的脖子上戴着一条黑色的绳子，绳子上穿着一颗橙红色的蜜蜡，那颗蜜蜡刚好缀在他的锁骨窝儿。

向他告别。我走了几步又回头望向他。他的两只手臂高高举起，用力挥着。我也将手臂举得高高的。

拉萨回京的车轮已经转动。列车在高原上一路向东，我倚靠在车窗边，窗外偶见成群的牦牛在高原上奔跑。小男孩的模样浮现在我的脑海中。

"我可以走路进藏吗？不坐飞机，不乘火车，不开汽车？我可以像个朝圣者一样走着到达吗？"这段坐火车要 40 多个小时的路程，走路要多久？几个月？半年？一个女孩能走着到拉萨吗？可是走路进藏的人一定不都是男的吧。"女孩怎么了，女孩也可以走路进藏！"

如今的我，锁骨窝儿缀着一颗蜜蜡，蜜蜡穿在一条黑色的绳子上。这块蜜蜡是我走到拉萨后送给自己的礼物。它让我时常想起那个孩子，他清澈的眼神，动情的安慰。他那么单纯，好像姊妹湖的湖水。

凡凡的三百三十万步

2014年5月2日，我从成都出发，徒步川藏线；2014年7月30日，走到了拉萨，走近了布达拉宫——沿途2160公里路、3304800步、90天。

这是一段无法令我忘怀的路途。

出发前，强烈的好奇心驱使着行动。我摩拳擦掌："赶紧啊，我已经迫不及待啦！"脑海中勾勒出完美的川藏线——平坦的大道、蓝天白云、随处可憩的阴凉处、随时可供补给的小卖部、有门的厕所、有床的住处、有信号且信号稳定的路程。

然而一旦上路，所有的浪漫想象都变成了——我吃什么？喝什么？晚上睡哪里？这该死的天气什么时候才能让我舒服些？还有多少公里才能休息？我不要死！我要活着！

如果你问起我的行程踪迹，我会手舞足蹈地给你讲那山有多高，那天空有多宽广。你都不知道，那往东达山的植被，有多美！成片的云彩缀在瓦蓝的天空中，又近，又远……

在眉飞色舞一阵后，便开始摇头撇嘴——你知道那黑暗的隧道有多黑吗？伸手不见五指！那雨下得勤啊！只要上路就恨不得每天都走在雨里，停下会被冻死，只能不停地往前走。发烧烧到小手指都动不了，就那样了，还不去卫生所呢！你都不知道拖着"姨妈"走路有多惨。最多一天走了 55 公里，双腿像拧了的发条，都是机械地往前走的。连续 6 天没洗澡，竟没臭死自己……

就是这样一条路——一条收获帮助，沿途满是风声、雨声、脚步声、哭泣声、欢笑声的路；一条分开即永别，亦是永恒的路；一条只能一直朝前走的路……就像生命。三百三十万步，每一步都很艰难也很慢，好在坚持比放弃多了那么一点点。

无知即无畏

有朋友问我，如果可以重新来过，我是否会为这次行程做些改变？认真想了一会儿，我写下如下几条：

①**我会买份保险**。现在想想自己竟然胆敢"裸着"就上路，真是后怕。亏得命大没出啥事故。万一没走好运，要是一命呜呼了，除了心碎，我可就真的什么都没给父母留下。

②**我会精简背包**。在收拾行李时，把不救命的、不需要的东西不装进背包里。这样至少能减少近 10 斤的重量。

③**我会带一个轻薄的笔记本，路上写写东西。**

④**保持无知**。在这次行走之后，我忽然明白了"无知者无畏"的含义。尽管在走路之前，我已做了最大能力范围内的最充分准备，但我对进藏路是无知的。是的，我对自己也是无知的。出发前所有对路的描述都是想象和对自己身心的预判。我非常喜欢的一部电影《车轮不息》里提到了一个真相，大概意思是：人会被自身的恐惧打败。

没有哪个探险家或者极限运动者是毫发不损的。不说那些牛人，光是走了这条路的我，一年之后，身上的伤疤仍清晰地刻在肌肤上。"你这儿怎么有道疤啊？"朋友们总是在身边有意或无意中问起。在我照镜子时、给身体擦润肤油时，它们总是提醒着我经历和伤害是一体的。

正是这些伤疤，让我一次次深刻体会到濒临死亡的感觉，让我假想到那些没有发生在我身上的事——"脚折了从此要坐轮椅""咬我的是毒虫子，但又没有血清救命，于是送了命""发烧烧死了""缺氧一口气没喘上来死了""寒冷使我冻死在路上""持续降雨打穿了我的身体""塌方将我压垮在泥土中""泥石流将我冲入翻腾的帕隆藏布江""大车将我撞倒在车轮下""我的爸妈整日以泪洗面"……

这些都是只比我的亲身经历更可怕那么一点点而已。所以，我是有多么幸运！也正是这些伤疤，让我确切地感到，自己真正做过这件事！

我还会走这样的路吗？或者说，还会做类似的事吗？

我说不好，不知道我是否还有那样无知无畏的勇气。如果再走，我会在出发前做更精细的准备，无论是地形研究，还是体能训练。我现在不敢说再走上如此险峻漫长的路我会轻松，但我可以肯定我更具备经验，同时我也更小心翼翼——我是绝不会在发烧时不去卫生所了。

高原之上，我太渺小。

西藏面前，我太懦弱。

无知者无畏，或许我应该保持"无知"。

Chapter 01

这不是说走就走的旅行

当你想要某种东西时，
整个宇宙会合力助你实现愿望。
——《牧羊少年奇幻之旅》保罗·柯艾略

首次"会晤"失败告终

"爸，我要去西藏。"2014年3月某日，晚饭后，我鼓起勇气对爸爸说。

爸爸正在玩手机游戏，头都没顾得上抬随口说了句："去吧。"他之所以如此平淡，想必是因为我已经去过两次西藏了。

"我这次要走路过去。"

"什么？徒步进藏？我没听错吧！"他将老花镜一摘，那惊讶的语气如我所料。

我立刻搬出事先早就准备好的川藏线"科普"，绘声绘色地描绘沿途如何壮美，人们如何朴实友好……

爸爸大臂一挥："你不用和我说这些，我开车走过这条路。你要是遇到危险怎么办？"

"如果不走这条路，我会遗憾终生的！"

"危险！危险！危险！"他老人家把手写笔一扔，手里晃着老花镜对我说，"我就不明白了，你都去了两次西藏了，为什么还要走着去？你这是在冒险！缺氧了怎么办？生病了怎么办？无人区怎么走？雨天怎么走？住哪里？吃什么？你要有个三长两短，我和你妈怎么办？"

妈妈也在旁边帮腔："闺女，你以前去玩儿，我们也都支持你，趁年轻多到外面走走挺好，可这走路去西藏真不是想当然，你又是一个女孩，让我们怎么放心？"

"可我只想走着去西藏！"

"我看你是中邪了！"

父母在，不远游。儿女不在身边，有哪个父母不担心？

父母深知放手让子女去学会自己安身立命的本领和闯出一席之地的必要性，却又时时担心这暗藏玄机的世界可能会给不谙世事的孩子造成身心的伤害。在他们眼里，子女永远是长不大的孩子，是他们与这个世界无法割舍的关联。而每一个游子，即便放心大胆地行走，但每每想到家中的父母，也是牵挂甚深。所以，究竟要如何平衡家庭和梦想的天平？

和父母的首次"会晤"在沉默或者说是失败中结束。"还有时间，慢慢和他们沟通好了。"

为了能平安到拉萨，势必要做充足的准备：体能准备、路费准备、时间准备、心理准备。"那就开始吧！"已经打定主意的我，开始了精确的出发倒计时。

出发前的必要准备 —

据说，徒步进藏因是高原行走，旅途可谓是在"天堂中漫步"。但安全总归是第一位的！

仔细查阅路书（路书：详细的自驾车或徒步旅行计划）是首先必须要做的。进藏路有川藏线南线（318 国道）、川藏线北线（317 国道）、滇藏线（214 国道）、青藏线、新藏线。川藏线南线相较其他进藏路，住宿最成熟、补给最方便、过往车辆最多。但即便是这样，纯徒（纯徒：不搭车，"纯粹徒步"的简称）的路书数量也只是自驾和骑行的零头，网上可查的资料寥寥无几。第一次徒步进藏的我，先不管能不能一步步走到拉萨，就路程来说，也必须要选择难度相对最小的川藏线南线。

关于住宿条件，路书这样说："只要每天走一定里程，就会有住宿的地方，但住宿条件十分艰苦。""道班的临时性很大，也许今年在，明年就不在了；藏族老乡家兴许借宿不到，也没准能顺利入住。""一定里程，最多时要走 55 公里。"

"我在平原也没一天走过 50 公里啊！"我一手冷汗。

道班又是什么？道班：铁路和公路养路工人的组织，每班负责一段路的养护工作。

"所以道班就是养路工人住的地方喽！相当于说，我要和养路工人住在一起……这怎么住啊？"

路书继续告诉我：川藏线南线，光是雪山就要翻越 14 座，最高的海拔 5013 米；如果从成都出发，拉萨布达拉宫为终点，里程要 2000 多公里。对于一个从小只在城市里闲溜达的姑娘来说，这路也太难走了。

走过进藏路的驴友基本都是在 5 月初开始上路，想必这是最合适的时间吧！那我就追随前辈的步伐，也这时候出发好了。于是我将瑜伽课程约到 4 月底停课，计划 5 月开启征途。

执行严格的体能训练

我一边继续尝试和父母沟通，一边开始做各方面的准备。一方面，我买好了 4 月 28 日北京到成都的火车票，并在第一时间告知父母。另一方面，我开始执行严格的体能训练。

长年的瑜伽练习，让我的体能相对来说还不错。但进藏前的体能训练仍是必要的，而且要严格执行。好体能是长途跋涉的保命法宝！我可不想出发两天就因体力不支或者受伤而抱憾放弃。而最重要的，也是为了让爸妈看到我进藏的决心："你们看，我不是说走就走。我有训练，我在为此做充足的准备！"

快走、小步慢跑、瑜伽、核心练习，这一系列的体能训练，他们都看在眼里，但没有对此表明过任何态度。而我也在同期不断地添置装备，今天添了登山杖，明天又添了软壳衣，过几天收到的快递打开一看是睡袋。

妈妈没好气地说："买这么多这些东西干什么？"

"这些可都是救你女儿命的东西！"我解释道。

妈妈一听我这话，立马面露担忧："那就不要去！还要丢命！"

我赶忙拍她的肩膀安慰她："好好好，保命，保命。"

她见我没皮没脸的模样，甩开我搭在她肩上的手说："你就总是不安定，没法管！"

第二、第三、第四次"会晤"如期举行。在我的"一说、二证、三坚持"下，爸妈终于松了口："反正我们把道理讲给你了，去不去你自己决定吧。"他们不再反对我徒步进藏，但从话里话外可以听得出，他们对我依旧担心。

离开北京的前两天，爸爸问我："你一天走多少公里？"

"10多公里？20公里？哎呀我也不知道路上会遇到什么，到时候走着看呗，不行就搭车。"

"我就知道你没谱！这样，你和我一起去'奥森'快走10公里，你要是能和我差不多速度走完，就应该没太大问题。"爸爸虽已年近六十，但体格杠杠地好！无负重在平原走路，我还是自信满满的。

第二天我们一家三口来到"奥森"，妈妈以第三的名次走了约莫两公里便消失在跑道上，而爸爸始终快步走在我身前。

"老爷子走得够快嘿！"我是三步并作两步，还时不常偷偷小跑几步，"可不能落下他太远。"他毕竟岁数在那儿，最后两公里我妥妥地把他给超了。体能考核结束后，举家去吃烤鸭。席间直到回家，也没听到他们的念叨。爸爸只说了句："我感觉你身体状态倒是说得过去。"

得到父母的默许，我七七八八添置的装备也都逐一备齐，就等装包了。收拾背包，这可真是个复杂的工程。好不容易把它们都装进包了，又都倒腾出来，生怕落了什么又恨不得多装点儿。"应该不差什么东西了吧？"一阵儿忙活总算将 60 升的背包装得满满的。

"够沉！你背得动吗？"爸妈弯腰去提这大家伙，发愁我小小的身板怎么背着它在高原走路。而我倒是乐观："不行我就走一路快递一路，再不行就送装备给藏族同胞，或者以物换物。"我虽是这么说，但心里没谱得很！这背包将近 40 斤，而我不过才 90 多斤。

成都胡吃海塞蓄势待发

4 月 28 日，上午 9 点。爸爸见我背包就要出门，赶忙也穿上鞋。

我说："爸，我自己走就行，可以坐地铁。"

我爸冷淡地说："没事，我送你去。"明显是对我放不下心，还要装高冷，真是拿他没辙，谁让他是处女座呢！爸爸驱车将我送往火车站，一路嘱咐我："你实在不行就搭车。"我打心眼儿也没信心真能走到拉萨，赶忙坚定地回应他："好！您放心，不行我就搭车！"

登上火车，车厢里的人们都好奇地看向我，大概是因为我和大背包着实不成比例吧。

火车一路向南，开往此次徒步进藏的出发地：成都。春天的成都实在舒服，不湿不燥，空气里弥漫着清凉感，与滋润的气候相对照，四川的美食够火辣，妹子也够热情！真不愧是天府之国，和想象中的一模一样。我有四天的时间可以享受这出发前最后的悠闲，巴适的板！

大长腿的娜娜在成都接待了我，带我吃了鼎鼎大名的四川火锅。

　　"我也好想和你一起去拉萨啊！"娜娜一边从滚烫红火的辣锅中给我碗里夹肉，一边抒发着她的羡慕。"那和我走啊！反正咱们走路，也不用买车票。"我是真心希望有个熟人和我一起走路，而且还是个女孩。

　　"不可能啊，我还要上班。谁和你似的，说走就走！"娜娜的叹气才一落，便端起了酒杯，"来吧，走一个。""其实我也羡慕你，工作踏实，生活稳定，多安心啊！"说完，我自顾自地喝了口酒。

　　曾经厌倦城市的朝九晚五，一心想着流浪远方，四海为家。然而现在我会问："流浪远方的人就脱俗吗？朝九晚五的人就世俗吗？"或许这仅仅是每个人的选择而已，仅仅是生活方式而已。朝九晚五的人群中也有大隐隐于市的人，流浪远方的人群中也有世俗之辈。而我也意识到，真正的世间行者，是把他们丢在哪里，都能知足、乐观、努力地生活。他们就像是桥梁的建筑者，桥的一端是理想，另一端是现实。

　　"人啊，总是羡慕别人的生活……"我感觉自己有点喝醉了，上话不接下话，"在平原走路就累得不行，上了路可怎么办！不会第一天就要搭车吧？"

　　"不可能！我觉得你能行！我带你去买个药，是我母校特制的。运动员都用，可管用了！"娜娜是成都体院毕业的专业运动员，体育生的待遇就是好啊！跌打扭伤的药都是特制的。这是一种棕色的喷剂，中药味极浓，喷在皮肤上，先是一阵清凉感，随着按摩，发了热的皮肤被染成棕色。

　　"你一定要小心，听见没。照顾好自己。一个女孩子，在外面比男孩难，不行咱就搭车。"分手时，娜娜像个大姐姐一样叮嘱我。

　　在成都胡吃海塞了四天，总归是要收心的。明天——2014 年 5 月 2 日，我就要从成都出发，一步步前往拉萨。在蜀地却要"乐不思蜀"，把"天府之国"的美食诱惑和满城的灯火辉煌关在门外，照旧强迫症地将装备收拾一通。

电视里播着天气预报，几个被天气预报员咬得极其标准圆润的发音硌进我的心里——什么！要下雨？！那怎么走？我不要冒雨走啊！我忐忑地关了灯躺在床上。心里开始一遍遍地默念：“好雨知时节，好雨知时节。”正念着，“哗”的一声，雨就浇了下来。得，看来我的征途，极有可能要从“水路”开始了……

雨持续下。在这潮湿的南方雨夜，我突然很想北京，想家。不知什么时候才能回家，也无从得知我将遇到什么。我孤身一人钻进被窝儿里，莫名的悲凉感油然而生：我会活着回家吗？路，我真的要开始走了吗？我能走到拉萨吗？我会成为真正一步步走到拉萨的少数人吗？

曾经，我总是骄傲地说：“我永远年轻。”似乎年轻可以战胜一切艰难险阻。我一次次告诫自己：我绝不能在日落黄昏时沉浸在“早知道……”的懊悔中，在垂垂老矣之际还述说着“如果当初……”。

所以，即便前方的路有南墙，我也要铆足了劲儿朝前走。只有这样，我才感觉自己真正地活着——不就受伤吗？不就失败吗？哪一种困难，没有让自己变得更强大？哪一次坚持，没有转变成向前的力量？

“啊！明天就要徒步进藏了！”黑夜中的我心中默默喊着，“等到了拉萨，我要喝上满满一大碗酥油茶！”

如果我真的能平安到拉萨……那就让磨难来得更凶猛些吧！

Chapter 02

最难的不是放弃和坚持

在远方记起一些方向，好像天刚亮。

——《风景》窦唯

三文鱼寿司上路啦

下了一宿的雨总算在日出时分停了。2014 年 5 月 2 日。成都大件路出发。雨后未见彩虹也未见蓝天，太阳躲在云层后边终不肯露面。天气托了云遮日的福，很是凉爽，但这阴蒙蒙的天空和想象中的蓝天白云未免也差太多了吧！

驴友间似乎有一条不成文的规矩："路上多一个你，是我三生之幸；路上少一个你，祝你旅途愉快。"以往的旅行我大多是独行，在路上总能和同类人相遇。这三三两两不结伴的旅者，若是互投眼缘，行程相似，结伴同行也是有的。走进藏路，安全第一，多一个人多一份照应。更何况女孩一个人走进藏路，总归是太危险，于是就和正好也要走这条路的"唐僧"在成都碰头。

唐僧，设计师，25 岁。唐僧在网上看到我发布的徒步进藏消息，便给我发了封很长的邮件，主题思想是："我也要走这条路进藏，如果时间行程合适，看看要不要搭伴儿。"

虽说因此加了微信，但还未来得及自来熟，毕竟没见过面嘛；心里多少也犯嘀咕——"为啥就没姑娘和我一起走呢？"但一想到天天走路估计得和累兵似的，男女也就没啥区别了，结伴的人倒是越多越好，大伙儿一起走才好。

一瘦高男孩站在马路对面背着大包儿原地不动，一米八左右的个头儿。走近了，他一扭头认出了我，抬起手臂一通冲我摆。红灯转成绿灯，我混在人流中通过了马路，笑容堆满了他的整张长脸。

"你好，亦凡是吧？老远就认出你了。"

"真的假的啊？"

"特意往低处看的。"

"切……"身高将将一米六的我仰着脑袋赏了他一个白眼儿。

初识时还觉着他挺腼腆，话不多，爱笑；上路后他事无巨细，件件嘱咐——背包拉链没拉严，鞋带要开了，要不要加件衣服……

"你怎么这么唠叨，干脆叫你唐僧得了。"

当将近 40 斤的大背包和人化为一体，我直接变身为体重 130 斤的大怪兽。我在成都特意称了净重：94 斤。不知到拉萨时体重会是多少，千万不要瘦成一棵豆芽啊！闺密看到我发出的照片，留言说："之前我也是这样把橙色防雨罩罩着背包，结果从后面看就是一个行走中的三文鱼寿司……"

第一天就走颓

从大件路一路向西，路况是好的，只是这风景怎么和北京出城没什么区别呢？——左手边是公路，右手边是荒地。走在路上的感觉也和想象中完全不一样——我以为我走一百步就要累趴下呢，而我竟神采飞扬。脑海中浮现的是发自肺腑的感慨——天空、空气、公路，它们似乎与我的生命交汇着，我热泪盈眶，我心潮澎湃！

这才是徒步川藏线应有的状态，对吗？对个头！真正迈开腿，现实就像是切割机，粉碎幻想，将我从一颗饱满的土豆碎成了豆渣——走了五公里就卸包休息，以雷达般的敏锐发现国道旁不起眼儿的小面馆，因为在平原平缓地面错穿了登山鞋而脚痛——换鞋，沿途枯燥的荒地与每一个城郊无异的风景只会让人更加痛苦，那些耳熟能详的励志话语统统经不住实践的考验而被丢在了路边的沟里……

傍晚时分，距离落脚之地新津县约莫还有四公里，这段路是在桥上走的。我边走边质问："怎么还不到啊？新津到底在哪里啊？路书是不是错的啊？为什么还走不到啊！"唐僧轻声缓语地安慰我："快到了，快到了。"

他这么一说，我反倒气不打一处来："快到哪儿啊，根本走不到啊！"我一连串的"啊"，吓得唐僧不再言语。离新津县越是近，我越是走不动，每一步都毫无希望，毫无希望！但还是要走！要走……我总不能第一天就搭车吧？那我直接搭车到拉萨好不好？刚来就搭车？丢人！有句口号怎么喊来着？"在绝望中寻找希望，人生就会走向辉煌。"大概是这样的吧，抱歉，我已经累得大脑发蒙，只能喝口"鸡汤"了。

好不容易一步步挪进新津县，从国道左转右转再左转，进了一家小旅店落脚。背包一卸，我的天哪，整个人直接瘫倒在床上。再给自己三十秒钟的时间，调整身体，以最舒适的姿势躺好，尽量不再动了。闭上双眼，舒展眉头，自然呼吸，感知各个部位都在放松——从双脚到双腿，从腰部到肩部，从胸部到头部……

我是在做瑜伽休息术吗？当我走完第一天的进藏路，我是越来越不想动，也越来越动不得——双脚在发胀，双手在发胀，浑身都在发胀，像一朵泡发的银耳！我努力想把安逸还给自己。忽地睁眼——膀胱给我发信号："我要排空，我要排空！"

眉毛拧成麻花，我不得不弯曲手臂，想用手肘抵住床垫进而支撑上身坐起来。手臂才一发力，肩膀的酸痛让我的手肘向臀部滑去，抬起的背部又向床摔去。我咧着嘴，将身体右倾，右手肘支撑着身体的重量，左臂像是灌了铅，举起，举起，当左手经面前向右肩伸去，手指难以打弯，手掌拍向肩部。"啊！肩膀要炸了！"我的头部激烈地左右摇动，嘴巴咧得快要触到耳垂。

膀胱再次发出信号。我只好将身体回正，抿住的嘴唇要被牙齿压穿，我大吼一声："啊！"上身终于被手肘撑了起来。屁股慢慢向床沿蹭，双脚晃来晃去，想要落地。脚尖触地的一瞬间，一阵烫感从脚心直钻头顶百会穴。双手撑住床垫，臀部快要离开床沿时，双脚总算落稳了地，双手再一用力，终于站了起来。我的上身前屈，双腿的肌肉颤抖着，打软的膝盖难以伸直，我的右手向身后伸，想要扶住床垫以保持平衡。

越来越强烈的尿意让膝盖不由自主地并拢，我在心中呐喊："要是有尿袋随身挂着就太好了！"右手终于触到床沿，我再咬牙："啊！"终于站直了身体！

床距离房间内的卫生间只有十步远。脚下像踩着棉花一般，抖动的肩部向上耸起，好不容易伸直了的膝盖却是无法打弯地走了这十步。推开卫生间的门——"居然是蹲坑！"双腿分开。僵直的手指百般艰辛地将裤链拉开。裤子褪下。当我低头盯着这瓷白色的便坑：我该如何让膝盖打弯，进而蹲下呢？膀胱的炸裂感助我一力。让痛苦来得更激烈点儿吧！当我终于解了急，膀胱的轻松让我忘记了所有的痛苦……

拿什么走没风景的路

没有风景的路像发呆一样枯燥。

在这个"榉柳枝枝弱，枇杷树树香"的大好时节，新津—邛崃这段路，因修路尘土飞扬。国道被路障隔离开，压路车一辆辆从东开向西夯实新铺的路面。而压路车未经过的路面则铺着塑料布。走出一大段塑料路，小卖部出现在眼前。朝小卖部三步并作两步迈过去。卸了背包歇脚，和小卖部老板攀谈起来。

"大叔，这路得修到什么时候？"

"这哪里知道的，修了有好几个月了，恐怕还要好几个月。"大叔背着双手，无奈写满了他的一整张脸。

"修路修得，生意都被影响了吧？"我喝着在小卖部买的"红牛"问道。

"是受了影响。这条路前头的小旅馆和饭馆生意都不好了。"大叔指着前方。

我朝他手指的方向望过去:"这前面还有多少公里路在修?"

"还得有个几里地。你们要走过去?"大叔将视线挪向地上的大背包。这时有两个老乡朝我走过来。唐僧警觉地望了我一眼,我便向后退了两步。我冲唐僧晃晃脑袋,嘴做出"没事,没事"的口形。唐僧则对我点了点头。老乡走到大叔身边便停住了脚步,好奇地看着我和唐僧。大叔蹲下来拎起唐僧的背包:"够沉!你们这是要走哪里去?"

"我们去拉萨。"

"哪里?拉萨?西藏?走路?"蹲着的大叔猛地将头抬起,眼睛瞪得老大。他将背包放下,双手撑住大腿站起身,又将手背到后面,摇着头说,"去拉萨,路很远的,你们走不到,太辛苦了。"

我望着前方无尽的路障、烂路,心里一紧,回应着大叔:"是难走,也不知道能不能走到。"

这时一辆越野车停在小卖部前,一位大哥朝我们走过来。他和大叔很熟悉的样子,一碰面便聊了起来,时不时上下打量我和唐僧。我和唐僧互相看看,耸耸肩,他们的方言,我们听不懂。大哥突然朝我发了问:"你们要走路去拉萨?"我们点点头。

大哥又用犀利的目光将我扫射一番:"我还没有听说有女孩真正走过去的,男的倒是有,但也非常少。"接着,目光扫射向唐僧,"你这么瘦,背得动背包吗?"

"还好,还好。"唐僧腼腆地回答着。

"我要去雅安,我给你们搭过去吧!"大哥突然这样开了口。我和唐僧不约而同地摆手:"不用,不用,我们慢慢走过去就好。"

"有舒服的车子不坐,何必非要走过去。"大哥又说道。"我们走走看，走不动再搭车子，而且这才出发第二天，这样就搭车了，有些不甘心哪！"我对大哥说。

"你们从成都出发的？"大哥问。

"嗯，昨天从成都出发的。"唐僧回答道。

"大哥，谢谢您，我们得继续走路了。"道完谢，我和唐僧便整装待发。

"你们要小心，前面一直在修路的。"大叔和大哥嘱咐着我们。那两位老乡也向我们摆摆手。

"你说咱们运气怎么这么好？不用自己招手搭车，就有人要搭我们。"重新走回塑料路的我和唐僧说道。唐僧笑着说："可惜咱还不搭。"

又走了大约四五公里的一段塑料路，眼前终于出现了平坦的水泥公路。我不由得振臂高呼："走出来了！"肩上的背包真的有 40 斤吗？为什么走回"好路"的我，步履如此轻快？

哪里来的泼猴儿

"和平村"的牌子立在国道旁。走进和平村，虽不见村庄里该有的农舍、瓦屋，却见列队于国道旁的枇杷树，一颗颗还发青的小枇杷缀在绿叶中。"熟了的果子肯定都被揪了！"我站在一棵枇杷树下，踮起脚寻找橘黄色的熟枇杷，对唐僧说道。

唐僧拍拍我的背包："亦凡，你看前面！"我和唐僧循着味儿往前奔去。"哇！快看！都是熟枇杷！"每隔三米便有一个摊位。每个摊位上都堆放着橘黄色的熟果子！爱吃水果的我当然要买些大快朵颐。吃枇杷的照片一更新到网上，四川的朋友便留言："凡凡一定要多吃枇杷哦，现在正是产枇杷的季节。"

雪中有炭是福气，烂路吃枇杷，巴适，巴适！齿间的甘甜还未散去，脚步又踩在了烂路上。眼前的路泥泞不堪。泥土和石头混在一起，路面坑洼不平，大坑套小坑，小坑连大坑，像是在摆龙门阵。一台挖掘机正大口大口地挖着土。一辆辆大卡车、小轿车从我的左肩摇摇晃晃地驶过。

而我也在这条拥挤不堪的烂路上摇摇晃晃地向前走。"这都什么烂路？"想着自己此时的形象，突然就笑了：刚走两步就成了怨妇，再走两步岂不是该升级成泼妇了？估计现在这副怨气十足的样子，在别人看来肯定以为我是离家出走的。如果四周风景秀丽，我肯定不是这样的。可即便不是，我就该一副怨天尤人的样子吗？再烦躁也要往前走，走不出去就要一直待在烂路中。

这一整天不间断的塑料路、烂路把我走得弯了腰，肩膀已经酸痛到无法站直上身，双腿开始打软。我时不时摇头让自己清醒些，不停地鼓励自己："快到了，快到了。"

就在我双手掐住髋部、双脚艰苦地擦着地面向前挪动时，一个男孩从国道旁横空蹦了出来，吓得我倒吸一口凉气——这是哪里来的泼猴儿！尤其他瘦弱的身躯、有些嗑腮的脸，像极了一只孙猴儿。

这个生龙活虎的男孩像是打劫一般冲到我面前："见到你们真是太开心啦！听骑行的兄弟说后面有徒步的，我就一直等你们！"说完，便三步并作两步跳回国道边的小卖部，他的背包在那儿，还有一个纸盒。只见他把纸盒交给小卖部老板，还鞠了躬道谢。一瞬间他又蹦回我们面前，激动地边比画边说："你们看见我在和平村那儿留的电话了吗？我写在地上了。"

我脑子一阵眩晕——我确实什么都没留意到。只听他继续兴奋地说："我还捡了只小狗，现在交给小卖部老板了。咱们一起走路吧！这一路徒步的人太少啦！能遇到真是太幸运了！我还怕遇不到你们呢！"

我点点头，那意思是"好啊，好啊，我们一起走吧"，但因为实在太累，我的兴奋、激动都来不及适时地展现在脸上。他的热情好似被我的冷淡浇灭了般，严肃地跟在我们后面上了路。

这个猴子派来的逗B……就是"大胃"，山西人，"90后"。为什么叫大胃呢，大碗面三碗是轻轻松松下肚。饭后可以没水果，被窝儿里可以没妹子，但手中不能没有零食。在路上，有次他差点儿饿晕了，当时我和唐僧也是弹尽粮绝，哪有零食给他？就在他腿软得快要倒在国道的沟里时，我从一小兜里翻出一块糖，他感激涕零地含着生怕会突然消失的糖，满血复活地走完了最后三里地。唉，如果大胃以后奔不了小康，一定是因为他的胃。

最难的不是放弃和坚持 _

"快看！红绿灯！"如果在北京，我可是最烦见到红绿灯了。可川藏线的红绿灯，就意味着所到之处是个繁华的"大地方"。《西游记》里的唐僧每到歇息的时候总跟孙悟空说："前面有炊烟，定是有人家。悟空，你去化些斋饭来吧。"此时的红绿灯，对我们来说，就是那取经路上的袅袅炊烟！心里一个劲儿地嚷嚷着快走快走！可脚却完全不听使唤。向前，向前，向前，前方有热饭，前方有大床！

天色渐黑，终于要走到今晚投宿的邛崃。脚步越走越沉重，感觉背包像是一个巨大的壳快把我压趴下了。昨天快到目的地时的绝望，今天依旧。如果是骑行，快的话，成都到雅安只要一天，悠闲骑两天也早早地喝上酒、吃着肉了。可徒步慢啊，从成都到邛崃就走了两天。本以为走路只不过是身体的适应，哪儿知道竟然还如此磨心。

　　路上不仅磨心，也万不能任性。这不，才吃完饭，我浑身酸爽地爬回了房，麻利地收拾出两个包裹要寄回家。其中一包是睡袋。我寻思川藏线这一路住宿不是挺成熟吗，睡袋用处应该也不大，索性不背了。沉浸在减负喜悦中的我，又怎知当下看似聪明的任性之举，为之后的路途埋下了艰辛之果。

　　而最日常的起床，也成了保命大法。徒步自由，懒惰是原罪。我今天走累了，不想走就休息一天，或者干脆睡到自然醒再起身——打住！那是度假！徒步进藏，晚起，就意味着这一天有走夜路的可能。国道没有路灯，夜路是什么？乌漆墨黑的荒郊野岭，沿路一边是山，一边是悬崖或是沟，大卡车时不时地从身旁呼呼驶过，偶尔还有狂吠的野狗。

　　我可以为努力后的失败埋单，但不能因为懒惰而送命！无论怎样，一旦开始，最艰难的就已经挺过去了。

Chapter 03
哪里有你想要的生活

这个世界有千百种人生，

你的人生有没有可能如我所想。

——《凡人》邱比

190120 步，"猪八戒"到雅安喽

在黑竹镇顶着清晨就燃沸的太阳出发，心中为告别连续的阴天无比开心。然而太阳公公待人并不慈祥，没多久就将我们烤成了爆米花。太阳灼热爆棚的午后时刻，我们在雅安界内的一间面馆补给。吃面吃到肚歪，唐僧提议这一天最晒的工夫当然要用来休息。我们异口同声赞成这个决定，不约而同地趴在饭桌上眯瞪……当我皱着眉毛抬起脑袋望向国道，时间的流逝并没有削弱阳光的炙热。

"哎呀，都歇了快一个钟头了。"我使劲摇晃睡得正香的大胃和唐僧，"快醒醒，都几点啦！"

"干吗啊，我这儿睡得正香呢。"唐僧挠着头皮也起了身，面朝房外伸了个懒腰，说："这太阳怎么也不见下山啊？"

"这刚几点啊？"大胃咯咯地笑，说着也掏手机，"哎呀，都这个时间了！"

重回国道的我换了武装，惹得大胃和唐僧一通狂笑。"你们笑啥笑啊？"太阳镜和换了的一顶新帽子将我气鼓鼓的脸遮得严严的。"你说她这是像二师兄还是二师兄啊？"唐僧问大胃。大胃"噗"地笑出了声："太像了，太像了！"

"你们见过这么美的二师兄吗？"我伸出拳头去打这两个快喘不过气的家伙。"不信你发朋友圈问问吧？"大胃提议道。"发就发，赶紧给姐姐我拍个美照。"

照片被 Po 到朋友圈里。"哼！都是什么人。说我是'猪八戒'，还说我像鬼子进村。"一路上，我滑动着朋友圈的留言没好气儿地说道。

烈日灼人。好不容易找到一处难得的阴凉处，我们再次避暑。三个发烫的大背包被我们丢在一旁降温。我们并排坐在地上，望着眼前被太阳烤得快化成沥青水的国道，大胃皱着眉头发问："前方还有多远？"

唐僧将头扭向前方要走的路，毫不含糊地回答："还有2000多公里吧。"他扭回头，目光坚定。我和大胃先是一愣，然后互看，继而狂笑起来。

"大、大胃、问的是，还有多远到今晚投宿的地方！"我双手捂着快笑破的肚皮说。唐僧略带娇羞："我以为问还有多远到拉萨呢……"大胃笑得人仰马翻："咱们还得说多少天'到拉萨还有2000多公里'这句话啊！"一通狂笑后，又陷入沉默中……

"是啊，还有很多天的2000多公里，很多天的1000多公里，很多天的几百公里。什么时候才能是还有两公里啊……"我们总有一天会走到拉萨，再强烈的太阳也总要落山。

在能洗澡、有床位的城东乡睡了一夜美觉后，终于要在这一天从城东乡出发，向雅安市区迈进了！中午，步行通过"金鸡关"——川藏线的第一个隧道。这是我第一次步行穿越隧道。金鸡关长510米，虽有灯，但从隧道口往里看，那是一个由大变小又变深的黑团。

以往都是坐在车里通过隧道，哪儿知道隧道里的空气如此差，虽然500米只须步行五六分钟，但多一秒钟都不想待在里面。隧道那一头是流动的清新空气，太阳也从乌云里探出了身。心情开朗了许多——每迈出的一步都是在靠近雅安市区。雅安体育中心！公交车站！"到市区了！"我们的拳头攥紧了。大胃和唐僧双双拥抱庆贺，我也跑到他们身前和他们击掌庆贺。

190120步，140公里，5天，成都—雅安。我该用怎样的词语形容到达的感受呢？兴奋？激动？我一时语塞……心中一万匹马奔腾而过，只想振臂高呼——走到了！走到了！我开始幻想我走到拉萨时，一定会哭得鼻涕都成了花儿！

我喜欢你们！骑友

川藏线上什么人最多？必须是骑友啊！这条路骑行的人有多少？最多时一天有三四百辆自行车擦身而过。如果取个平均数，一天遇到两百位骑友，那么九十天我总共遇到了一万八千位骑友。这是一个多么庞大的人群！

他们热心，有趣，努力。他们总是在下坡时打趣："妹子，我捎你一程啊！"然后哈哈笑着，"嗖"地消失在下坡路的远处。而他们在上坡时是严肃的——上坡对他们来讲，是不尽的折磨和摧残，骑不动也拼了命地骑，骑到膝盖要炸碎也还是拼命地蹬车。车和他们的身体在呼呼咆哮的逆风中不停地晃，但他们还是全力地保持平衡，用力地蹬车，只为了离拉萨更近一寸。

沿途无数次我们听到从身后传来的高呼猛吼："加油！""兄弟，牛×！"即便是在上坡路，他们吭哧吭哧超过我们，十有八九会扭一个九十度的头，就为了看看我们的模样："我×！居然是个女的！女汉子！"

只见他们的左手稳稳扶住车把，右手高高举起，对我们竖起大拇指。而我们这些驴友也对他们骑远的身影高呼："加油！"双方偶然地擦身而过，必然地相互鼓励。"这进藏路上，大家都是英雄！"一段里程，走路能走到的，骑车一定能到；但骑车能骑的里程，走路要花好几天。所以，骑友基本每天都能住有网络的青年旅舍（以下简称"青旅"），但我们不能。

驴友和骑友的节奏不一样，所以若想碰面要满足以下几点：（1）晚上住的是同一间青旅；（2）晚上住的是邻居青旅；（3）第二天早上从同一地点出发；（4）路上相遇；（5）明明骑友已经把驴友远远落在后方几十公里，但骑友们休整了，然后参见（1）（2）（3）（4）。

这位大叔，我们就遇到了两次。第一次相遇是我们从成都出发的第二天。他骑着车超过我们后，一个潇洒的刹车，激动地下车朝我们走来，热情地说："徒步的就是英雄啊！你是女英雄！"边赞扬边合影拍照，"我要给我女儿和朋友看看英雄的样子！"

我哪儿遇到过这架势，感觉自己和明星似的，牙都紧张地不知道露哪颗了。虽然我徒步，大叔骑行，但路总归是同一条，便留了联系方式。虽然相隔越来越远，但前方有个能联系的人总会安心很多。本以为我们不会再碰面，怎料在我们出邛崃的第二天，就又和大叔遇到了。我正走着，一个骑车的人打我身边经过，猛回头和我说话："是你！"随即停了车，激动地问，"你还记得我吗？"我驻足想了好一阵："是您！您怎么会在这儿啊？我以为您都出雅安了！"

原来大叔在邛崃停留了一天，好好休整一番。也是啊，他都50多岁了，而且还是从川藏线的大起点上海出发的。想必是舟车劳累！路这么长，这么远，考验的不是爆发力，而是耐力和持久力。休整是必不可少的，透支身体只会拉近与死亡的距离。

两次短暂的碰面让我不禁感慨，如果说二十多岁没有成家立业的我出来行走在别人看来是"不靠谱"，那么一个上有老、下有小的中年人骑行进藏路，他就是"疯了"。

"你以为挑起生活的担子是勇气，其实，努力争取自己真正想要的生活才需要勇气。"我希望我在经历了人世的孤独与欢乐、挣扎与抉择、冷漠与柔情之后，也能有大叔这样的"疯"劲儿。他在朋友圈中每天更新自己的行程，其中有张他拍摄的1998里程碑的照片，碑上涂鸦着红色的字："1998为爱女诞生之年，爸爸单骑川藏，在此立字，以示思念和爱意。爱你的爸。2014.04.28。"

太阳灼热，月亮清冷，路上的人，各有故事。谁不是凡人一个？骑友是风一样的少年。少年有梦，梦醒前追逐它吧！

进藏路的天堂啊

当我从三文鱼寿司变身为一只橘色的大蜗牛，爬到这建在坡顶的青旅时，我只想说："这儿就是天堂啊——能洗澡，还能上网！"

虽然青旅一旦挤满了骑友和驴友，WiFi要么挤不上去，要么挤进去了网速巨慢，但我们都很享受这抢网的夜晚。路上时有时无的信号，让时刻都在赶路的我们丧失了交谈的机会。所以，有网可抢就知足吧！

除了拼命抢网，还要排队洗澡。所有人不是在排队等着洗澡，就是在等着洗澡水烧热，再或者就是抢洗澡间。路上女孩少，所以总是受到男孩们的照顾，大家看我在等位就会让我先洗。当然我也会抓紧在五分钟内洗完——分秒必争只因为洗澡间是公共的，还有太多人要洗澡。洗澡对大伙儿来说，就是最好的放松。所以，能洗澡就偷着乐吧。

上网、洗澡——在城市里是多么日常的事情，然而在进藏路上，却成了有钱也买不来的奢侈。想将自己洗净、想和亲朋联系的心，在这条路上统统被理解，并且被旁人照单全收。住宿大多是多人间，这对于女孩还是多少有些不便的。这不就有种减少尴尬叫——穿秋裤。晚上换上秋裤睡觉，比光腿或者穿着脏裤子睡要安全、干净太多。人走到了哪里，尊重是相互的，安全终归是第一位。

青旅的站长40多岁，个儿不高，但壮实，走起路很威严，像一匹壮马。之所以称他为"站长"，是因为他与多年探险闯荡在川藏线的强驴们共同创办了一条住宿长龙，恐怕这辈子都要在川藏线度过了。而雅安，则是他们设定的川藏线第一站。站长始终在热情地招呼客人。他言谈真诚，但从他的衣着打扮来看，根本想不到他是个经历丰富的强驴。

我们把那些不卖弄的人称为低调。低调的人有一个共性，都在努力把事做好，厚积薄发。皮肤上的伤疤，肉眼可见。但只要伤疤没露出来，你就看不到。露出来了，你不问，人不说，你能知道这皮上刻着伤疤的人经历过什么吗？经历在骨不在皮，大概就是这个样子吧。

第一次徒步的我，当然不会放过和青旅站长取经的机会。"去年有11个纯徒的，都是男孩子。我倒是听说有一个女孩纯徒过，那是相当厉害，重装走的，帐篷、睡袋都背了，但她好像以前是练举重的。"他上下打量着眼前的我，"你？也要走到拉萨？"站长的疑虑让我有些心里打鼓，可我还是坚定地说："是啊，我也走去拉萨。"站长摇摇头，问："你背包多重？"

"如果加上水和吃的，估计有40斤。"

站长非常坚定地对我说："你一定要给背包减重！否则别说到拉萨，怕是过了康定要翻的折多山你都翻不过去！折多山海拔将近4300米，我看你这小体格，撑死了90斤。"

"我有90多斤，强壮着呢！"我这不服的心啊，将将一米六的小矮个儿也不知道哪里来的勇气说自己强壮。

"你相信我，你的行李一定是在你体重的四分之一以内，所以你算吧，你的背包如果超过30斤，太难，你根本不可能背着翻山。"

我心里一下子就打鼓了："站长，我在邛崃已经发过一次快递了！"

"那你继续精简！把没用的都快递回家，雅安有快递的。"

"可是，哪些是没用的东西？"我寻思着能寄的都寄回去了。

"除了灯、衣物、证件，别带，都是负担。"

"嗯……我把睡袋也快递回去了。"

"你怎么能把保命的东西寄回去啊？！"站长惊讶地看着我。

"那怎么办……"我忽然有些慌乱。

"倒是问题不大，川藏线沿途比较成熟。不过有睡袋更好。你好好再收拾下行李吧。"

"那好吧！我赶紧收拾一下。"跑回房间，没多久我就又打了一个3斤多的、可以快递回家的包裹出来。边收拾边怪自己愚蠢、白痴、脑残的毫无长徒经验的行为：怎么能把救命的睡袋快递回去？脑袋被挤了！那可是睡袋啊！我怎么又能收拾出这么多东西？

我们究竟不可一世地放弃了多少珍贵的东西，又保存着多少自以为是而无用的东西呢？晚上在客栈听了站长讲课，讲川藏线的路况。他讲到理塘到巴塘的治安不好，讲到红龙乡有野狗，还讲到进入藏族聚居区后天气多变，为了防晒伤、防寒、防冻裂，必须戴手套，尤其是骑行的。经他那么一说，我才想起来："我居然没戴手套，真是百密一疏！"吃完午饭，我就拖着"大姨妈"进城买手套。双腿软绵绵的，一点儿力气没有，买完以后愣是以龟的速度回到了青旅。

哪里有你想要的生活 _

眯了一觉，醒了就和美女吃饭，好不快活。经北京好友远程牵线，我和一位名叫雨佼的四川姑娘相约在雅安街区里的一个饭馆门口会合。都说四川出美女，雨佼便是名副其实的大美人。只见一女神模样的姑娘笑着朝我走来。"她是在冲我笑吗？"她美得清新脱俗却又知人间疾苦，一个眼神就可安抚你的内心。离开雅安很久之后，大胃在路上还念叨："那真是个女神。"

席间，我们的双手紧紧相握，用相见恨晚形容我们再合适不过。雅安汤锅滋养着我们的胃，川藏线无疑是聊天主题。雨佼是电视台记者，曾多次下派到四川的偏远山区采访，她深知进藏路的险与难。

"那年四川地震，我们下去采访，路好难走的，"她提起地震时的表情很神伤，"国道的路都断了，到处都是塌方和落石，超级恐怖。车根本过不去，我们摄制组只能自己拎着设备和给老乡的补给，步行进村。"她说着便握住了我的手，"亦凡，我真是好佩服你，有勇气走着进藏。不过你真的要留意，路上一定要小心小心再小心。"

大家虽未喝酒，但内心依然和滚滚的汤锅一样，热火朝天。饭后她便带着我在市区溜达，消食儿。

"雅安好舒服啊！"

"我去年在成都工作，但后来选择回了家乡。"当我们穿梭在宁静的雅安街巷，雨佼和我这样说。我扭过头去看走在身边的这位美女，对她的选择有点难以置信。雅安虽算得上川藏线繁华的城市，但和成都比，恐怕要差着档儿。而以她的颜值和才华，完全可以留在成都。

"为什么呢？成都不是也很安逸吗？"

"是很好，但在成都工作，压力更大；而且感觉人会变得浮躁，想要更多。"雨佼动人的双眼目光坚定。

"回了雅安呢？好吗？"

"挺好的。家乡嘛，一切都是熟悉的。熟悉的街道，熟悉的朋友。工作是我喜欢的，而且我妈妈也在雅安，我想在她身边。"

有太多人在少年时选择离开家乡，到更广阔的城市谋求发展。而眼前这位足可以在成都站稳脚跟的美女，却选择了回归，在她还年轻的时候，在她还有大把发展机会的时候。她知道怎样的生活更适合自己。取——舍。我心里想到这两个字。

雨佼将我们送到通往青旅的坡口。"我们要走了。"我握住雨佼纤细的手。

"亦凡，你要保护好自己。"雨佼水汪汪的大眼睛像天山的湖水。

"好，好。"我握着她的手更紧了。

"亦凡，你真的要小心。"她的手轻拍着我的背，我的手触到了她柔顺的长发。

道别。望着她远去的背影，我不禁想，身处何地，始终要活在现实与理想的平衡中，平衡中饱含着偏差和回归。种种人生，回家最幸福。只是有时候，回家需要勇气。

Chapter 04

有多少第一次可以重来

生活是一次机会，仅仅一次，
谁校对时间，谁就会突然老去。
——北岛

G318！第一块！G318！

"2！6！3！7！G！3！1！8！"车胎从地面"咻"地滚过，骑行的车队经过我们时，很多只右臂平行举出，竖起了很多大拇指："加油！"

"加油！"我们的回声被风吹散，却一次次地敲在心上。我们像是凯旋的战士一样，从国道右侧的茶马古道雕像雄起起气昂昂地向西前行，二十步、十步，离那块高约六十厘米、宽约六十厘米、厚度十厘米的水泥墩子越来越近，继续向前三步、两步、一步，满怀敬畏，低头瞻仰这第一块"318路碑"。

在川藏线，每一个"第一"都足以让人血脉贲张。它，就这样赤裸地、静默地坐在这里，出现在我的眼前。

"看见了吗？这是'318'路碑，第一块儿！"我恨不得把它扛走！从雅安起，路碑全部为"G318"。（注：成都—雅安段的路碑为G108）

"笔呢！笔呢！"我双手摸索着我的衣服兜。唐僧递给我一支笔。"涂鸦是不是不太好？"拔下笔帽，哈着腰的我动笔前问，"还是写一句吧！"

转山转水，殊途同归。亦凡2014.5.8。

"你们说，到明年是不是我写的字就看不到了？"

"估计下个月就看不到了。"大胃的脑袋像拨浪鼓一样晃着。

"快看！我们离康定还有187公里！"大胃声音洪亮。

"多少？187公里？说的好像'嗖'一下能到似的。"唐僧在一旁笑着说。

"187公里，要走多少天啊？"我问着。

"大概要走 5，6，7，8 天？"大胃说。

"真没谱！到底几天啊？"

"走走看就知道了。"唐僧坚定地说。

我把我的手机开启为拍照模式，扔给离我最近的唐僧："快来，帮姐姐我拍个照。"我转过身，手里的登山杖被我举得高高的，"完整的背影、长腿、路牌、国道，都要，都要啊！"同一地点，同样的姿势，我们三个人一人一张。前进吧！行走的三文鱼寿司！前进吧！"猪八戒"！拉萨！姐姐我！来！也！

搭车！第一次萌生搭车的念头

国道上走得左摇右摆的我，就像三文鱼寿司在盘子里晃荡，寿司滑出盘子意味着寿司没办法吃了，而此刻的我，稍有偏颇，便会葬身于左手边的卡车车轮下，或跌入右手边的水沟了。经过川藏线第一关"飞仙关"，便沿江一路蜿蜒上坡。成都到雅安的路段虽也是国道，也有烂路，但至少宽阔些。可雅安出发后的这段路呢？国道只有双向而行的两条车道，过往的大车还要会车——在这些飞驰的庞然大物旁，我显得如此娇小。我哪里走过这样的路呢？

每向前一步，前侧的脚都要向下踩实地面，当后侧的脚离地时，前侧的膝关节要更深地弯曲，大腿肌肉此刻正在发力，稳定地向前再迈出一步。

"这路这么脏，怕是下过雨啊！"我边给裤子掸土边说。"看来这水路是非走不可了。"大胃目光坚毅。难得手机有信号，查查天气预报吧！

"天气预报有雨啊！"我把手机递到大胃和唐僧眼前两厘米。"那咱们还走吗？"大胃问。"我才不要走水路！"我气鼓鼓地说。"要是一直下雨呢？"唐僧追问。我感觉自己都快气炸了："你能不那么乌鸦嘴吗？""好好好……希望天天晴天。""晴天也不好，太晒！"我说道。"女神，你到底想怎样啊——阴天？"大胃无奈。"阴天没有蓝天看！枯燥！""赶紧走吧！趁还没下雨。"唐僧揪住我和大胃的胳膊说道。

雨，在果木沟往新沟的路上从天而降。海拔也是越来越高。新沟再出发，可就要翻二郎山了，又要攀到海拔2000多米。"我行吗？"望向这只大背包，我质疑着。想着之前站长跟我说的话"你够呛啊"，我便有些气馁。那么高的山，那么大的坡，那么重的包，那么远的路……单单一样就够把我一蒙了——怎么可能走得过去！

我目光呆滞地盯着那碗吃光的牛肉面，葱花零散地趴在碗上。"要不搭车吧？"我对大胃和唐僧说。他俩愣了一下。说完我也有些懊悔，但说出的话犹如泼出去的水："我只是担心我连新沟都爬不到。"

三个人陷入死寂中。挂在墙壁上的时钟秒针"嗒嗒嗒"地转动着。一队骑行者从国道上一路向西，风将他们的皮肤风衣兜成了鼓包。我打破了沉默："算了算了，不搭了！"大胃说："先走走看吧，我觉得问题不大。"唐僧说："咱们就这么搭车了，有点儿丢人。好歹也等海拔高点儿咱再搭！""是挺丢人的。"我拿起了筷子，扭头对老板娘喊，"大姐，再来碗面！"

大胃和唐僧见此状便喜笑颜开："大姐，大姐，我们也一人再来碗！比妹子吃得还少，太丢人了！"一鼓作气，又吃了碗面，面汤也都咕咚咕咚进了肚。翻山的储备算是足了。

这是我在路上，第一次萌生了"搭车"的念头。一件事，想要放弃很容易。走进藏路，光是搭车，便可以轻易找到很多理由：没风景的现实路况、脚踝走肿了、发烧了、路太烂、大雨、说不定路上会有打劫的……坚持只有一个理由：往前走不一定成功；但放弃，绝不会成功。

第一次在路上送人礼物 _

　　"吃吃吃，就知道吃！"卸下背包的我，手臂伸得老长，朝着奔向一片竹林的大胃和唐僧吼道。这二位，右手提刀、张牙舞爪、动如脱兔地冲向国道路边出现的一片竹林。大胃挥舞着他那把美国空运回来的费尽周折随身携带着的户外军刀，扭过头冲我吼："女神！待我给你取了鲜笋子来！"便和唐僧消失在竹林深处。

　　我身子往里探：他们不会直接吃上了吧！好一会儿工夫，两个人振臂欢呼："女神，快看！"只见那鲜笋和男孩的手臂一般长，而最粗的那一头怕是和他们的小腿一般了。哪里见过这般大的笋子！三只大背包被我抛弃在国道旁，追随他们的步伐而去。

"哎呀！这也忒大了，比我胳膊还长了。"我双手去摩挲，顺势想要一只手举起它，"嘿！够分量！"

"一会儿咱拿这煮面，那滋味绝了。"大胃的喉咙剧烈地向下咕噜着，"鲜香啊！"

"早上你吃了三碗面，你饿得倒是真快。"唐僧笑话大胃。

三个人，四根巨笋，谁背？"背不动啊！"大胃嚷道，担心到嘴的美食飞掉，焦虑得眉头都皱起来。"咱现在就把它的包皮给剥了。"我提议。时间凝固十秒钟。"你刚刚说剥什么？"大胃和唐僧小心翼翼地问。"赶紧赶紧。"我张罗着。刀尖在笋皮上划上一道，想要掰开："嘿！还挺瓷实。"刀刃深深往下一切，"这就是植物中的穿山甲啊！皮够厚。""咔，咔，咔！"老厚的笋皮被双手用力地向两侧劈开，鲜嫩的真身像是十六岁的少女，又嫩又软。生怕这沾了泥土的手指脏了它。

"咱们要吃多少啊？都剥了怕是吃不了吧？"大胃一屁股坐在了土堆儿上，毫不怜香惜玉。赤裸着的笋少女已经被他的脏手裹上了一身泥衣。"差不多一根够了吧。"我打量了下剥开的笋子。"那这两根咋办啊？"唐僧问道。"有办法。"我脑子一动。"啥？"他俩傻呆呆地看着我。"送给骑行的。"我伸手指向正在国道上玩命蹬车的一哥儿们："就他了！"

我举着两根笋子，蹦到国道边。边蹦边冲离我们行李越来越近的哥儿们喊："哥儿们！停车！哥儿们！停车！"哥儿们吭哧吭哧地骑到我们的行李堆前刹了车，一脚踩车蹬子，另一脚落地，车子和他的重心歪向一侧，他扭头望着我——一个举着两根巨笋在风中凌乱的红衣女子……

"送你啦！"哥儿们呆不愣登地看着我。我直接把笋子夹在了他后座的行李包上，像是拍一匹黑马，拍了下他的车座："刚摘的！鲜得很！到地方你给小餐馆让他们下道菜！"那哥儿们的表情并没有发生改变。"赶紧走吧！路还远呢！加油啊！"哥儿们挠了挠头，突然声音巨洪亮地吼了句："加油！"便蹬车离去。

这是我第一次在路上送人礼物，且是生鲜。

第一次燃火做饭 —

重回国道的我们看着又一行骑行的车队嗖嗖地过去，口中不约而同地喊道："加油！"

"加！油！"就这样左摇右晃，又要时刻保持身体平衡的我，在中午时分晃到了一户没有小桥流水的人家门前。

"老乡，我们能在您家门口歇歇脚吗？"一位四十来岁的大叔将我们上下打量一番，说："歇歇吧，没事，没事。"进房门给我们拿了三个木板凳出来。

"家里也没个好凳子，你们坐坐歇歇。"

"哎哟！谢谢您。"

我们坐在板凳上，琢磨着中午吃啥。大胃和唐僧默默地从背包侧兜里掏出了我们一个钟头前"偷"的笋子、拔的野菜。我"啪"地一击掌："咱们是不是背了挂面啊，煮面吃吧。"唐僧背的气罐、炉子，可算派上了用场！他喜颠颠地跑到背包前，将气罐、锅、炉子拿出来，一一支好。几块娇滴滴的鲜笋被我从塑料袋里取出，在老乡家的厨房用水洗净，准备下锅。"得先过遍水，"大叔低头见我在切笋，"不然会很涩。"

而大胃递给我的这根也算是走了川藏线的胡萝卜，蔫乎乎的，我切了一块，往嘴里一送："倒是还能吃……"在国道旁地里揪的这把野菜，还鲜鲜亮亮的，挂着水珠子。展示厨艺的时候到了。为了保护这两块钱一包的挂面不在川藏线上被压碎，能够完整地、根根分明地进肚，我们特意把它装进了薯片桶装盒里背了一路。大胃接了锅水出来，老乡热情地拿了三副碗筷给我们。这是一路上，我们第一次自己做饭吃。真丰盛啊！面条、鲜笋、野菜、胡萝卜，全齐。

气罐、支架、锅，自下而上摆放好。小火一燃，心都跟着火热了起来。"气压低就是好，水都沸腾得快。"唐僧和我蹲在锅旁。不一会儿锅中水就冒了泡儿，呼呼地冒着热气。"大胃，快，下面。"唐僧吆喝着。握着的挂面，一头朝下往热锅里放，慢慢变软。往下放更多的面，刚刚还笔直的面条已经根根软绵绵地攒在水里。筷子在里面不时地搅动，焯好的笋片、胡萝卜片一齐倒入水中。

香味慢慢溢了出来，我们不约而同地往锅前凑，"咣"三个大脑袋全撞一起了。我们揉着脑袋，吞着口水："啥时候能熟啊！"往里加野菜。锅里瞬间小黄、小白、小红、小绿抱在了一起，鲜亮极了。

"熟了熟了！加盐加盐！"我们捧着锅，分盛到两个小碗里。大胃迫不及待："你们用碗，我用锅！""啊……"被热汤烫了嘴巴的三个人张着嘴巴，热气呼呼地往外冒着。还有啥比吃口热饭更幸福的？

第一个离家的母亲节

害怕的总归要来。重回路上的我们，才走没几公里，雨"哗"地泼了下来。然而最崩溃的是，眼前怎有一列火车？！国道怎会有火车呢！定睛一看，原来是大卡车车尾接车头，连在了一起，一动不动。雨水斜着打在脸上，视线有些模糊。我们贴着国道外侧的防护栏缓慢地在泥地里向前挪动。"快看！老虎嘴隧道！"大胃喊出来。

难怪呢，原来要进隧道了，所以大卡车们都跑不动了，堵在隧道口，像一条挣扎着被洞口卡住动弹不得的大怪兽。驻足在路牌下，左手边是"火车"，我们要拿出怎样的勇气去通过这条隧道呢！驻足，驻足，驻足……时间流逝。

几个骑行的男孩也都下车推行，经过我们身边时，说："这烂路，怎么办？"说罢便推着车，双脚点地似的朝隧道口走去。我们也像是受到鼓舞一样，决定唐僧在前，我在中间，大胃在后，前后间距不超过半米远地向前行进。

老虎嘴隧道，名字就够一梦的。而这现实中的路况，何止一梦。从隧道口向内巴望，光亮的直径并没有比隧道口小很多，但两百米肯定是有的。没有灯，但能看见路。心里少了两分担心。只是隧道里的景象，担心又添五分，本已狭窄的国道，路面散落着碎石子，坑坑洼洼多到密集恐惧，大卡车左摇右晃，和推车前进的人都混在一起。

雨下得更急了。"咱们赶紧走吧！"感觉要上战场了。

隧道里自然不会淋雨，可年久失修的烂路，地面像一棵冬天的树，大块大块的裂缝里混满了泥水，又脏又滑。走上去比远远望去更是再添十分担心。石头滑，稍不留神就会"吱溜"摔在地上。为了保持平衡，我们要么面朝车道背贴着壁，要么侧着身子斜着紧贴着壁。隧道是双车道，大概也就 15 米左右宽，前后都是重型大卡。

"要是我能把这烂隧道给通过了，就说什么也能走到拉萨！"我又开启了自我鼓励模式。在大车和隧道壁之间狭小的夹缝中，我们小心翼翼地通过了隧道，脚滑着逃出老虎嘴。

5 月 10 日，这一晚住在新沟的小青旅里。背着大包，耗尽最后半丝力气，手抓住楼梯扶手，爬到二楼的房间，而卫生间和浴室却都在楼下。楼道里没有灯，我要戴着头灯，摸黑下楼上厕所。

也就是在这一晚，爸爸的朋友加了我微信，然后把我的照片转发了朋友圈。随后，爸爸的朋友的朋友们加了我微信，继而转发我的照片……就这样，我的故事在爸爸的朋友的朋友们那里流传着。从此，我的朋友圈多了很多大哥大姐、叔叔阿姨、大伯大妈。从未被那么多长辈关注，我心想着，这下朋友圈可要掂量着发了。

翻二郎山的这一天，是母亲节。然而翻山路并没有因为节日的喜悦气氛而变得好走。这是我第一个不在妈妈身边的母亲节。往年都要送她礼物，今年在路上，只好因地制宜，采了些野花。进隧道前，我捧着野花，手心上用记号笔画了个红桃心，写了"妈妈"，美美地拍了照发到朋友圈，然后给妈妈打电话说："妈，你快看朋友圈呀！"

都说女儿是妈妈的小棉袄。那妈妈是不是女儿的大棉被呢？记得有一次我要出差，可临近走的前几天妈妈突然感冒病了。晚上她吃了药躺在床上休息，我忙着收拾东西，直到爸爸下班回来，才发现自己没有吃晚饭。爸爸忙忙叨叨地给我糊弄了几口饭吃。我看着裹着厚厚被子休息的妈妈和厨房里忙活的爸爸，还有墙脚边放着的旅行箱，心里突然很难过。

我原来一直都在他们的庇护下，不管是我的叛逆还是逃离，都始终没离开过他们宽厚温暖的爱。我病了会难受，累了会倒头睡，委屈了会哭，却从未考虑过爸妈病了、累了、委屈了会怎么办。我看到的都是他们生活中最平凡的样子，柴米油盐鸡毛蒜皮，不值一提的日复一日，但却忽略了这些琐碎的普通生活恰恰是习惯了的坚强。我能做的只是把保温杯里倒好热水，放在妈妈的床头。第二天，妈妈好了，又生龙活虎的了，我也放心地出门儿了。上车以后，我给妈妈发了条信息："妈妈，你以后不要生病了，你生病了就没人管我了。"妈妈回复："好。"

我之前是那么不喜欢妈妈的约束，不喜欢听她的叨叨，可这次出来后，我才发现自己对她的思念和依赖。她带着阳光味道的柔软，总能给我的心最舒适踏实的休憩之地。甚至想到她平时的责怪，在路上的我都能不自觉地笑起来。真想问问她，是怎么忍受我这个"不正常"的女儿的呢？换作我，估计早就一脚把自己踹出家门了。

一个母亲到底有多伟大？——她可以容下整个世界，却只捧得住你。在这即便有灯但也暗淡的二郎山隧道里，驶过的车灯飘忽地像游离的水母，我看不清前方的路，看不见出口的光，我不知道该想些什么，只想妈妈。

第一次走着进藏族聚居区

二郎山隧道海拔 2170 米，里面有灯，有人行通道，算是条件比较好的隧道，但是我们还是走得很不舒服。隧道内空气稀薄，加上很重的汽车尾气，四公里的路像在重度雾霾里一样令人感到折磨。

一走出隧道，我们赶紧跑到路边对着悬崖狠狠地吸了一口清冽的空气。可算是活过来了！就在我穿越二郎山隧道时，给妈妈打了个电话汇报情况。

"闺女，你都到啦？"电话那头传来妈妈兴奋的声音。"哟，您怎么知道我快到了？""你可不知道，你爸天天抱着电话和电脑，研究你的路程。你差不多到了就回来吧！又不是没去过。"妈妈说着，爸爸的声音也传来："给我，我来说。""不给你打电话怕你手机费电，"妈妈继续说着，"你等会儿啊，你爸非要抢电话。""别听你妈的，"爸爸的声音，"她哪儿懂。""我过了隧道就是藏族聚居区啦！""你过了隧道就住在那个村子里，叫冷碛村，可不要贪路再往前走。前面可就又都是无人区了。""我知道了。"我回答道。"行了，不说了，你赶紧安顿住下就对了。"爸爸说着，"你注意安全吧！"爸爸声音更大了。

我举着挂断的电话，心里一紧。爸爸——他就是我的云端啊！想起在家时，他们给我打电话。"你在哪儿呢？"他们向来都是慢悠悠的。"外面。"我总是会不耐烦地回应。"哦……那你回来吃饭吗？""哎呀还不知道，一会儿再说吧，忙得要死！""哦……那……""先忙了，一会儿和你们说，挂了啊！""哦……在外面也得好好吃饭啊，身体……"没等他们说完，我就"好啦好啦，知道啦"，然后迅速挂掉电话。

人有时候就是很奇怪，都在一个城市，每天共处于同一个房子，可是很难诉说想念，表达爱意。我们总是把最坏的脾气和最差的耐性给最亲的人。

虽是傍晚了，加上有些阴，天并不那么明亮，但仍能感觉到空气的不一样。难道真的像老乡们说的，"过了二郎山隧道，那就是进了天堂了。"掏出手机一看定位，果然——"甘孜藏族自治州"。我终于一脚一脚走进了藏族聚居区。

Chapter 05

湛蓝的天空任谁经过

遥远的路程经过这里，

天空一无所有，为何给我安慰。

——《黑夜的献诗》 海子

这里的阳光格外热烈

"甘孜'仗'族……甘孜藏族'治'治州，不对，甘'支'藏族自治州，不对不对！"我声音洪亮地反复念着这几个字，可怎么也说不利落，只好一字一顿地大声吼出来，"甘！孜！藏！族！自！治！州！"大胃和唐僧见我声嘶力竭的样子，在旁笑话我："你到底是不是北京人啊？普通话这么烂！""切！谁说的，不就是甘孜藏'竹''治'治州吗！"他俩彻底笑翻了。

发胀的双脚支撑着打软的双膝，大腿肌肉抖动着："你们说这二郎山，海拔两千多米，这路得是怎么修的啊？"大胃和唐僧也站起了身，双手掐腰，望向离我们不足五米远的隧道口——它正往外冒着霾气，又在大口吸着清新的空气。

　　"我还真知道点儿这段历史。"唐僧说道。唐僧往下一蹲，捡起一块儿石头，又站起身，"听说光是这二郎山隧道，就修了四五年呢！"

　　"四公里的隧道要修四五年，那这四川到拉萨的两千公里路得修多久？！"我们三个人陷入静默中。

　　峭壁恣意生长的野丛，土中铆足劲儿钻出头的半寸野草，山冈上乱堆的石头……就是这样一条在绝处"杀"出来的路，中国人修通了隧道。我们从成都，一脚一脚翻到这海拔两千多米的垭口，用了 10 天。走在这条天路上的我们，竟忽然觉得不那么累了。

　　"哎呀！不愧是川藏线的第一座高山啊！看看这高山的风景，快看！冷碛村！"顺着国道从垭口一路下坡，当真是没走两里地，灰色的二层小楼房就出现在视线中。我们的肚子像是闻到了吃喝都有的村庄味儿，开始咕噜咕噜地叫了。

"旅馆！快看！"我们的脚步加快，朝着写有"旅馆"俩大字的大门跑过去。"怎么锁着门啊！"大胃抬起缠在大门上的锁链说。"看看还有没有其他地能住。"我提议。唐僧和大胃着急忙慌的，快步走在我前面。我心想着："不会真要住厕所吧，虽然那厕所挺干净的……"

大胃和唐僧在国道上画龙，但凡看上去像户人家的房子都朝里张望。"恐怕只有那一家，"唐僧失望地说，"其他人家也都没人。""那咱们再回去！反正也没几步路。我们就大喊，说不定能喊出人。"我又提议。直线移回旅馆门口，我们透过玻璃门往里张望，敞亮的大开间，摆着电视柜、桌子、椅子。"快看！肯定有人！不然谁会把茶杯放那儿啊！"一个水壶和一个白色的茶杯靠近桌子的边缘摆着。

"有——人——吗？请——问——有——人——吗？"我开始高呼。大胃和唐僧也开始跟着一起喊。玻璃门被我们用力拍打着。就在我们感觉再喊一声就要因耗气过多而高反的时候，从大门右侧的缝隙里，一个女人的声音冒了出来："谁啊？"

我们齐刷刷地猛地向左扭头，只见一个将乌黑长发梳成马尾辫的中年女人探出了她圆圆的脑袋，正看向我们。

"您好，我们是走路的。您是这家儿的吗？我们想问问能不能住宿。"唐僧礼貌地问着。"……还有吃饭。"大胃摩挲着他的肚皮说。大姐这才走出来，将我们三人上下打量一番，右手摸兜，朝我们走近。"有。"她兜里摸出来的，不会是刀吧？……怎么可能。是开锁的钥匙。我们仨在低头开锁的大姐身后，大气儿不敢出地"耶"，龇牙咧嘴地笑。

"你们要吃什么？"大姐将我们领进屋子，问。"面，面就行！"大胃说道。"住宿在后面。"我们跟着大姐走出房门，右转，转进她冒出身子的那条缝隙——原来这是条通往大床的路啊！下了七八级台阶，右转，一排像学生宿舍的屋子，在最后一间房门口，大姐停住脚："这是三人间，你们看看。"推开房门，单人床靠窗户，一张由两张单人床拼在一起的大床靠内墙。

"哇！还有电视。""看不了。"大姐冷冷地说。"哦……咱们这儿能洗澡吗？""洗不了。"我一听没法洗澡就撇嘴。"那……咱们住吗？"唐僧问。"住！不就是不能洗澡吗，想当初没有路、没有水的时候哪儿那么多事啊！住！"我虽这样说，多少也是因为心里知道，"不住这儿，就没地方住啦！""二十，一人。"大姐冷冷地说。我低头瞥着大花格被罩的被子，凑过去闻了闻："还行，没身上味儿大！"大胃扯开嗓子喊着："我要吃饭，饿啊！"

呼呼地吃着热汤面。"哎呀，咱可算是来了啊！"我说着就下意识地抬手去揪左耳垂，食指和大拇指顺势在左耳上摩挲，"嗯？"我又来回摸了摸耳郭。"咦？"摸的力度更大了。我又抬起右手摸右耳，"这手感怎么不一样啊，大胃，你帮我看看我的耳朵怎么了？"

大胃"啊——"地吞下了最后一口面汤，起身凑近我的耳朵，他先看看左，再看看右，又回到左边，用手碰了碰我的左耳朵，"啊呀，女神，你的耳朵晒伤了！""啊？"一听他这么说，我就双手用力攥住了耳朵。"疼吗？""不疼，就是手感不太一样。"大胃给我形容着："左耳的整个耳郭都晒得发黑了，还起皮了！""右耳呢？""右耳没事。你是不是没给耳朵涂防晒？""还真是，我只涂了脸，耳朵和脖子都没涂。"我回忆着早上出发时的情景。"到了这儿就得全副武装了啊！左耳朵晒伤是因为咱走路时它迎着太阳。"我摸着可怜的耳朵说道。

扎西德勒

暮色并未苍茫。当我们咂摸着面汤的余香，扶墙往房间走时，眼前的景色让我迈出去的脚悬在了半空——天空是被夕阳泼了红墨吗？我回过神儿，脚落了地，双眼直直地注视着这片红海一样的暮色。洋灰色的国道在这绿土相见的山体上，像是一条回形蛇。"那是河吗？"我望向那条离我万丈远、蜿蜒在山脚间的一条区别于山色的长道，心中想道。那时我还不知道那正是汹涌壮观的大渡河。在这儿醒来的第一个清晨，海拔两千多米，冷。空气是甜的，心也是甜的，只有衣服是酸臭的，我也是酸臭的。

离拉萨只有13座山了，不到2000公里了。第11天了。走了11天，终于在藏族聚居区观山乐水似神仙。"快看！那是藏族老奶奶吗？"大胃激动地说。我们三个人驻足在国道上，望向这位坐在国道边、坐在阳光里的老人，我们朝她挥手，她则双手合十，嘴中念着的是"扎西德勒，扎西德勒"。当她笑时，皱纹更深，那油亮的肌肤闪闪发光。

"扎西德勒！"我们也双手合十，大声地回应她。当我往前走，回头望向她时，她合十的双手是金色的。

这写不出的藏语，说不出的安慰。老人的声音是颤抖的、稀松的，却很沉地打进心里，像是清晨的撞钟声。扎西德勒——扎西德勒！

一个素不相识的人和你相遇在鲜有人烟的地方，对你说的唯一一句话，是祝福。一句你熟悉的"加油"或是一句"扎西德勒"，在这远离家乡万里的高原，为我注入"鸡血"，给了我安慰——走这么远不就是为了到西藏吗，不就是为了聆听那句"扎西德勒"吗？手中的登山杖是情绪的出口，我恨不得用登山杖把国道的路面戳破，"当当当"。

沿途，我们路遇过很多这样坐在金色阳光里的老人。藏族老人都很喜欢和我们这些看起来和他们不太一样的人打招呼，他们一边摆手一边笑。这样的天空，这样的老人，简直是恩赐——他们暴露在阳光下的肌肤上刻满时间的皱纹，他们就坐在那里——背朝高山，坐落高原，面朝天空。那双苍老宁静的眼睛，见证着我们终于从他方一脚一脚走进了他们生活的地方！

我们终于见到了藏族同胞，这儿——藏族聚居区，和二郎山以东的平原地区不一样了……"我们是走过来的！"油然而生一股骄傲。蓝天白云，我们看到了。是我们一步步从那个"你想要蓝天"只赏你阴霾的天空下走过来的。这是一种费死老劲儿才得到的幸福！可是这才仅仅是到藏族聚居区。随即而来的，是一种幸福过后的悲伤——还有好远好远的路才能到拉萨啊！可是，心中被那样的天空安慰着：无论如何，已经在这里了！

"这可是我第一次见到藏族同胞啊！"大胃感慨道，"女神，你第一次见到藏族同胞是什么时候？""我啊，第一次见藏族同胞……"我还真被问住了，记忆努力拼凑，"是在 2010 年北京到拉萨的火车上，对没错，天啊，时间真快，一晃是四年前了。"大胃激动地朝唐僧走去，一把搂住他的脖子，唐僧的身子都被搂歪了："我也是来过这儿的人了啊！"大胃的笑声在这高原上响彻了天际。

四年前的 12 月 14 日，我第一次坐上开往圣城拉萨的 T27 次列车。一路向西的列车上循环放着"那是一条神奇的天路，带我们走进人间天堂"。阳光透过列车的车窗把身子烤得暖暖的，我眯着眼对着窗外的草原流连忘返。耳中传来听不懂的声音，才发现列车上多了一眼就能认出的藏族同胞。浓郁的高原红缀在他们的面颊上。当我们四目交接，他们好奇地看着我，而我也好奇地看着他们。大家都笑了，他们的笑好淳朴！眼睛眯成了一条细缝，有个阿姐笑着笑着，便用手捂住了面颊，洁白的牙齿咬着娇滴的红唇，羞涩得像是一个熟了的蜜桃。

这是我第一次离藏族同胞这么近。我走近她，问："我能给你们拍张照片吗？"阿姐清澈的大眼睛忽闪忽闪的。我并不知道她是否能听懂汉语，于是掏出相机和她比画着。她和她的爱人用我听不懂的语言交谈着。"会不会不同意？"我寻思着。她笑着看向我，对我用力点点头，用不熟练的汉语对我说："我们全家。"边说边将她的爱人和孩子圈进了她的臂弯中,她想表达的意思是"我们全家拍"。我将记录下她全家幸福模样的照片拿给她看。她招呼我坐下来,坐在他们的床铺上,然后用不熟练的、听起来很可爱的汉语介绍着:"这是我的爱人、我的弟弟和我的孩子。"孩子约莫四岁的样子,乖乖地坐在爸爸的怀里。

"你们是去拉萨吗?"

"是的,是的,我们去拉萨,朝拜。我们家在青海,现在农闲了。"我给小男孩取了几颗糖,递给他。他用小手攥着,开心地吃了起来。如果在城市,家长会让孩子拿陌生人给的糖吗?

此刻——四年后的我,从兜里摸出一块糖,丢进嘴里,走在进藏路上,终于要大声宣告:"同胞们,我回来啦!"

这里的天空任谁经过

大渡河,蜿蜒的河流和曲折的山路交相呼应,像两条舞动的飞龙。二郎山下山路远眺大渡的观景台立着两块大石碑,一块上面刻着"铸魂",一块上面刻着川藏线"三不倒"精神。我们声音洪亮地读起来:"艰难多吓不倒!条件差难不倒!任务重压不倒!"还好坚持走到了这儿,还好没放弃。否则哪有福分像此刻这般骄傲地站在这里!盘旋着的厚云被风吹散了,眼前的蓝色越来越大,我们好似神仙走在天堂。山就在那儿,山是离天空最近的地方。

我站在这高原上,头顶的蓝色被泼满了白色的墨。这边的蓝色区域变大,云朵匆忙跑开了。那边的蓝色区域变小,云朵要把它猛烈地吞掉。成片的云会让我有一种错觉:天空本来的颜色是白色的,蓝色才是后涂上去的。有时云很高,高得脑袋向后仰着望天,人都要摔倒了;有时云很低，低得下颚不必抬起，就能走进它，进入它就像进入一片自天间向下垂在身前的布帘，伸手就能穿过去。那颗金色的圆球，一会儿跑进蓝色中，一会儿又躲到云朵后。国道一会儿铺上金色的纱，一会儿这金纱又被风吹散。

还需要什么言语呢？望痴了，心化了。我贪婪地仰天望着。晃晃脑袋，双手拍打面颊，眼前的这一切绝对都是真的。我的手指肚和我的眼角都温热起来。摊开手掌，手心也是金色的。我握紧空空如也的两只手，像是握住了天空。天空一无所有，为何给我安慰。如果走不到这蓝天白云，我还会走吗？

"你为什么选择走这条路？"或多或少是因为这条路通往西藏，终点是拉萨。记忆中的天空，让我已经把悠远的天空和西藏画了等号。如果西藏没有那样的天空，或许我不会去了再去，更不会走着去吧？天空和大海一样广阔，却比大海更神秘，因为我们没有办法像捧起一手心的海水一样去品尝它的味道。天空和高山一样雄壮，却比高山更神圣，因为我们没有办法像攀登山峰一样去丈量它的广度。

西藏的天空，是只要你站在那里，有什么理由不被感动？我们常常太擅长捕捉缺憾，而在这般完美的天空下，轻易地流出眼泪。可你问那些人为什么会哭，谁又能轻易地说出其中缘由？如果成长意味着我们看到太多生活的残酷、人性的丑陋，那么西藏的天空就像是一记耳光，它打醒你、告诉你："世界很美！"

可真的那么完美吗？西藏的天空可以在一分钟内变脸，"哗啦"一场雨就浇你头上。任凭你的反应再快，也无法赶上它的变化——等反应过来，太阳又从乌云身后探出身了，常常将沉在睡梦中的人唤醒。"嘀……"卡车的长鸣声也能彻底将人从梦境打回现实——还要走路！

这里的樱桃你为何这么甜 ＿

　　一棵、两棵，很多棵树，棵棵树的树枝上吊着饱满的红樱桃。都说"樱桃好吃树难栽"，谁能想到这些可爱的小东西竟野生野长在这高原上。走近一瞧，垂涎欲滴的小樱桃倔强而羞涩地躲在树叶间；而熟了的大樱桃，不顾一切地挣脱树枝的束缚，纷纷落地，坠了个稀巴烂。

　　唐僧和大胃摩拳擦掌对我说："等着，女神，鲜樱桃一会儿就到。"两人把背包一卸，跑到樱桃树下，蛮牛一样摇晃树干，树枝们纷纷像是要被删除的 APP，好一通颤悠。

这都摘了不少了，唐僧怎么还揪呢？我也不知哪里来的火气，冲唐僧吼："够了，够了，别这么贪嘛，树都被揪秃了！"我未免也太夸大其词了，哪儿能揪秃了呢。可是我心中的小天使在说："够吃零嘴儿就行了，何必采那么多呢？"小恶魔则跳出来说："好饿，好饿，多来些！要吃鲜果子！"

红彤彤的樱桃被我们装进垃圾袋里，别的袋子怕是一时也搞不到啊。国道旁的空地上，三个人用生命之水——饮用水给樱桃小姐们做了超级SPA，"泡一泡，洗一洗，揉一揉"。挂着水珠的樱桃，在阳光的照耀下晶莹剔透，简直不忍心下嘴。只是这肚子一阵咕噜噜地叫，喉咙也被一阵阵吞咽的口水淹没了。还有什么比在烈日下吃一口清甜果子更幸福呢？

481523 步，康定！康定！

"青菜肘子！"服务员吆喝着，眼前摆了两个巨盆——肘子！红油血旺！"来来来，吃肉！吃肉！"平日不馋肉的我，此刻见着了肉，恨不得吃上十块八块。谁让咱自打一上路，就一直吃面条呢。三个人顾不得说话，都恨不得把脸埋进肉盆里。刚把夹起来的肉送嘴里，正嚼着，筷子已经迫不及待夹起了第二块。

我们路上朝思暮想的肉啊！我们难得的休息日啊！这一天我们在溜溜的康定城休整。休整就要有休整的架势，除了吃，就是采购补给。吃了个热火朝天，肚子里油水又加满了，扶墙而出的我们得消消食。

481523 步，329 公里，13 天，康定！康定！我站在这座由"G318"连接外部的，有红绿灯、有大型超市、有银行、有户外运动专卖店、有8 层高楼的康定城街道，马路对面是刚刚取过钱的工商银行，身后是卖绿豆糕的小店，抬头望天。天空湛蓝得没有半点儿犹豫，一片云从高楼的左侧飘向它的右侧，再慢慢远离。这座坐落在山口的城，风总是呼呼的。从阳光走进背阴，不得不将脖子往软壳衣领子里缩，双手也攒成拳头往袖口里躲。

大胃脚踩修补好的鞋从鞋铺出来，忍不住打了个激灵："真冷啊！""是啊，也不知道后面的天气怎么样，要是更冷，怕我的衣服都没带够。"我说。"不然去转转有什么要添置的吧。"大胃提议。"好啊，好啊。"在城里一通转悠，终于顺着河道找到了一家阿迪达斯专卖店。"天啊！国道上竟然有这个！""这件好看吗？"我拿起一件羽绒夹克在我身上比画，让他俩做参谋。"女神穿什么都好看。"大胃的嘴巴就像抹了蜜。"就它了！还是要买件，不怕一万，就怕万一！"

头一天在日地村还是阳光普照，轻松上路，到了康定城，着实让我们感受了这里的天空——变脸还真是快，简直像个调皮的孩子在逗猫。狂风凛冽，我们哆哆嗦嗦跑到距离客栈一里地的广场拍张"来过"的照片。双脚才落进客栈，大雨就噼里啪啦地从天泼了下来。大雨一下就是一宿。我们在青旅里巴适，窗外妖风肆虐。

康定，这座"一山有四季，十里不同天"的城，经过之人都会唱起那首浪漫的情歌，"跑马溜溜的山上，一朵溜溜的云哟！"进藏路上有太多故事，有太多人未同行似同行。人们在天空的注视下，相互鼓励着走到拉萨。

"你看那云多美。"两个人躺在草原上一起晒太阳。"为什么我们的相遇总是短暂？"两个人礼貌地拥抱，然后分别。"各自完成梦想吧！"两个人望着天空那片行走无声的云。

记忆中的那天，风很大，但阳光很好。我在康定城的路边四处张望，就在我转身的一刹那，一个微笑的男孩从阳光里朝我走来。

Chapter 06

哪座雪山使我称王

一块孤独的石头坐满整个天空，

没有任何泪水使我变成花朵，

没有任何国王使我变成王座。

——《西藏》海子

翻山？怎么翻啊

"4298 米，折多山垭口海拔……"我们仨躺在青旅的三人间里，大胃趴在他的那张独立单人床上，下巴抵在枕头上，大声读着。"多少？"睡在我下铺的唐僧问道。"4——2——9——8！"大胃翻了个身，肚皮朝向了天花板。"康定海拔多少？我查查啊，2600 米。"唐僧说道。

"那岂不是我们要海拔上升 1800 米才能到达垭口！"躺在唐僧上铺玩手机的我"腾"地坐起身，脑瓜勺儿"咚"地撞在天花板上："哎哟！疼死我了！"大胃一抬眼，见我正双手抱头，哈哈大笑起来："女神，你这还能翻山吗？"

"山是能翻的，就是这怎么翻啊？"我边说边双手摁向这张铺

着薄垫的床板，像只肥猫一样往前爬了半米，一扭身，双手扶住床沿，左脚往下踩住爬梯，右脚往下一蹬。"哎呀！踩着我的脑袋啦！"唐僧吱哇乱叫。我赶忙收回我的右脚："你怎么起来啦？吓我一跳，以为踩地雷了！""我去问问青旅的老板娘，这折多山咱怎么翻才好。"这会儿换作唐僧双手抱头，他趿拉着拖鞋朝门走。

"女神，折多山山下有个叫贡布卡的村子可以住，但从康定到那儿，要50多公里。"大胃继续汇报着。"50多公里，我连翻到垭口都是凶多吉少，开什么玩笑啊！"我屁股一沉，坐在了下铺。

"妈呀！康定到折多山垭口要连续40多公里上坡！"大胃惊呼着，背部像是安了弹簧，"嘭"地从床上弹了起来。"啊……前些天二郎山18公里海拔上升800多米，我就已经快要走死了！这折多山40多公里海拔上升1800米！要命啊这是！"我气得摇头跺脚，"不走了，不走了！我哪儿都不去了！"

门儿被推开了："老板娘说了，明天我们可以先到折多塘，不到20公里的路，一路上坡。"唐僧的声音比他的人走得快。

"啊？折多塘是什么？我查查。"大胃双手握着手机。

"折多塘，距离康定城20公里，是上山路的一个村子，它离折多山垭口20来公里的路程。大多骑行和背包的都会在此停留，以适应高原，也能更好地保存体力。第二天从折多塘出发再翻越垭口。"大胃念着。"那就这么定了，咱们明天也先到这里。"三个人都起身开始收拾背包。

"哎，也不知道当时怎么想的，还选了个上下铺的三人间，好不容易休息休息，还得爬高。"收拾好背包的我面朝爬梯，拖鞋往后一甩，双手抓住栏杆，撅着屁股一步、两步、三步、四步爬回上铺。手机显示时间21：30，闹钟上到6点整。手机搁到一旁，灯一熄，眼一闭。

"明天就要翻折多山了……"眼睛又睁开，吧嗒吧嗒眨，"这座川藏线上第一个真正翻越的雪山，这座翻死人的雪山，可怎么翻啊……"

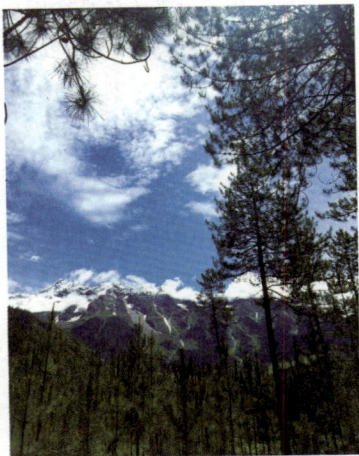

折多山！鬼打墙？！

"哇塞，快看那个妹子！"巨石下的男孩们用我听得懂的普通话和听不太懂的方言在说着，此起彼伏。欢呼声、口哨声，声声入耳。

一块巨石出现在康定往折多塘的上山路上。"怎么有那么多骑行的在那块石头旁拍照啊？"我们仨在国道上，好奇心驱使我们也追随他们，过去一探究竟。

"那是雪山，看见了吗？巨石的远处是雪山！"大胃挥舞着他那根在有竹林的汉区捡来的竹棒，不停地乱喊着。可别小瞧了这根不是登山杖的竹棒，这可是撑起了大胃进藏路的神棒啊！

"难道那就是贡嘎雪山吗？折多山不是可以眺望到贡嘎群山吗？"我也激动了。这些骑行的人纷纷爬上巨石，或以胜利者的姿态举起手臂做欢呼状，或伸开双臂做要拥抱雪山状。"啪啪啪"，巨石下的骑友们摁动快门。而我们也卸下背包，爬上这巨石当一把未到垭口的胜利者。

康定城气温 11 摄氏度，这时而面朝雪山，时而背朝雪山向上攀爬的上山路，风没有因太阳的热烈而变小，反倒是呼呼吹得更猛了。我一句"我自己能爬上去"，便撇开大胃的帮助，双手抓住石头，三步两步像是攀岩般，登上了这块巨石。巨石下的这群男孩们，身高一米九也需要抬头看向身高一米六的我。我双膝弯曲以便让重心稳些，双脚缓慢地在石头上向左后方转动，再伸直双腿，扭头望向远方。

"女神，你小心点啊！"大胃喊道。

湛蓝的天空远处是逐渐晕染的深蓝，好像多注视几时就能看穿这万里的浮云……几朵云正稀散地飘在雪山之巅。远处层峦的雪山像是一群穿着白色斗篷的孩童，此刻站在高处的我被他们环抱着。回到国道上的我只须一个抬眼，便可望见雪山。每向前走一步，就离它更近。每向前迈一百步，有可能就望不到雪山了——折多山的褶子让我们一会儿面朝西走，一会儿又面朝东走。国道旁的民居也越来越少。

"民居都被我们给走没了，我们还有多少个褶子才能到折多塘？"我们仨异口同声问天、问地、问彼此。我抓起挂在脖子上的计步器："走了 12 公里了。""太棒了！还有 8 公里就能到了！"大胃说道。

登山杖撑住身体的重心，双脚原地不动，但脚后跟一一向上抬离鞋垫两毫米，可算能让双脚放松一下了。"二郎山也有褶子，但和折多山比简直就是小巫见大巫！"大胃说道。"对啊，感觉像是鬼打墙。刚转过来，又一个圈，一直转圈。"唐僧也濒临崩溃。"在二郎山时还说什么'这山没法儿翻'，现在可好，二郎山翻过来了，又一个折多山，还这么多褶子。"大胃说道。我在一旁沉默不语，只顾大口喘气，真怕我一口气没倒腾上来，背过去。"赶紧走吧，早点儿走到折多塘，早点儿歇脚。"唐僧说道。

从身旁经过的骑友们，已经顾不得吼出那句"加油"，只见他们的背弓得更弯，屁股也抬离了车椅，身体甚至有些左右摇晃，龇牙咧嘴地爬着坡。"加油啊！"我们稳稳地在国道上，担心着眼前这些人会不会一个失去平衡从车上摔下来。

"昨儿你们查的 20 公里，靠不靠谱啊？"上山路让我的双膝剧烈抖动，背包像一个重重的壳把我的腰压得更弯，像是一个罗锅儿。双脚像灌了铅一般，动弹不得。"计步器显示多少公里了……"唐僧问道。"计步器都快 19 公里了，连个村庄的影子都没见着！"我把腰身弯得更低，双手上下交叠摁在了登山杖上，下巴则搭在了双手上，它再次成为支撑杆，我把更多的重心离开脚后跟。我们三个人站在一个褶子的拐角，不知路在何方……

心中一直在打鼓，"快到了！快到了！快到了……"怒火也燃烧得正旺。"要不，我和大胃帮你拿包吧？"唐僧说道，声音很轻。他有时绅士得让我感觉他的提议是正确的。但我一开口，语气还是那样咄咄逼人："为什么你们帮我拿啊？"话才脱口，我就有些后悔——也太不知好歹了。唐僧没说话，看了眼大胃。

"我们背不动你，你那么沉，背包还是背得动的。"大胃打趣地说。"你们有背包，为什么还要拿别人的背包？你们累不累？再说了，我干吗让你们帮我拿？我自己能背，你们哪只眼睛看到我背不动了？"也不知我哪里来的力气还在这里继续出口伤人，说着还站直了身，登山杖被用力地向地面一杵，发出"咣"的一声，伸出双手把背包的肩带整理了一番。他俩不再说话，无奈和汗珠挂满了面颊。

"我还就不信了，我他妈的今天走不到折多塘！"我气鼓鼓地朝这褶子的拐角走去。大胃和唐僧不言语地紧追身后。"我×！"原谅我在这种时刻只能如此粗俗，"那是什么？！"我举起登山杖，指向前方的民居：一个、两个、三四个。大胃和唐僧也疾步来到我身旁，拍拍我的背包，说："女神，就说你行吧，能走到的。"

"咱是谁啊！折多塘算个啥，拉萨咱都能走到！"我几乎感觉不到身上背包的重量了，迈出了朝向大床和热饭的双腿。"我一定要轻装走在这国道上试试是啥感觉，是不是也这番痛苦？"我边走边吼道。

错过温泉，拾起雪山

"什么？有温泉！"我张大嘴巴重复着客栈老板娘说的话。"有，在后山。"老板娘在客栈一层的小卖部边给我们找零钱边说道，"我们客栈可以洗澡，你们洗完澡可以去泡一泡温泉，很舒服的。"我们抱着午饭和晚饭的泡面及火腿肠，取了房门钥匙便往房间走。

"简直了，房间又在二层。"先前还能一脚一个台阶爬上楼梯，这会儿的双腿已经几近失去知觉。用拳头去敲打大腿，哪里还觉得出疼痛？双手将左腿搬到台阶上，再牢牢握住身体左侧的扶手，双膝一弯，一悠劲儿，右腿软绵绵地向上一悠，重心向前一倾，右手赶忙从扶手挪到右大腿，再把荡在空中的右腿搬到左脚右侧，双脚一并拢——"可算上了一个新高度啊！"

身后的大胃见我着实费力，便托起我的背包："来，女神，上楼！"背包的肩带抬离了双肩，一种轻松感钻进我的关节缝，总算一脚一脚上了楼。"大胃，要是我坐着轿子就更好啦！"

三人房很是干净。"咦！是藏床啊！"床是木头的，藏式图腾画在床背上。卸下背包，忽悠一下子，趴在了床上。"啊！床！"离地的双脚在空中一通扑腾。

"太冷了啊！"洗过澡的我，哆里哆嗦地小跑回房，赶忙把抓绒和软壳衣都套上身。毛巾裹着湿漉漉的头发，坐在靠近床边的床上，把登山杖延伸到最长，搭在藏床和藏柜上："瞧咱这晾衣竿。"说着便把捎带洗的衣服搭在了上面。云比上午时厚了许多。"咱们去泡温泉吧！"大胃提议。

往床上一躺，无聊吗？那和泡温泉比，简直太无聊啦！但我们是去度假吗？谁也没曾想蜗牛般爬了一天上山路的我们，吃饱喝足了，正坐拥雪山，四周植被茂密，Leonard Cohen 的歌唱起来，什么疲惫，什么崩溃，全被冒着热气的温泉洗了个魂飞魄散啊！

"哎哟！妹子，来妹子啦！"一群男声从冒着热气的池子里传出来。再在这后山的土坡儿往上爬两步，"啊！"我惊呼地转身欲往山下跑，一个趔趄，差点儿和我身后的唐僧撞个满怀。"亦凡，你怎么了？"唐僧赶忙扶住险些摔一屁墩的我。"裸，裸男……一池子的裸男！"我紧闭双眼，双手紧握住唐僧的胳膊说道。"妹子，去哪儿啦？"只听池子里飘出的男声，夹在一片笑声中。气得有些恼怒的我恨不得走上前一通破口大骂——"流氓！"可我这会儿只好夹着尾巴往山下跑。

错过了温泉，却拾起一座雪山。似乎所有的错过都是被安排好，所

有的安排都是为了迎接美好的到来。午饭后，我们顺着下山坡在附近溜达，沿着小路上的脚印，向上攀爬。"竟有白塔！快看那雪山！"老天像是举起一支毛笔，将墨白涂向雪山的四周。我们不能说是云朵贴近雪山，也不能说是雪山穿过云霄。

经幡连接着一棵树和另一棵树，这五色的风马旗也连接着天空和土地，它们在大地与天空之间随风飘荡摇曳，时而静谧，时而凶猛，向这天地祈求着祝福，祝福这高高的草原安宁祥和。

哪座雪山使我称王

"快看那道霞光！"当我们早上六点从暖和的被窝儿挣扎地爬出来，七点准时从客栈整装出发，翻到高处想要回望这个名叫折多塘的美丽村庄时，心被眼前的景象融化了。像是在寒冷冬日，喝了一杯热巧克力。

天空像是一张棉花被披在天地间，阳光不知从哪两朵棉花的缝隙中钻出一道光。光的尽头是一抹青翠的绿，而不被阳光照射到的绿则更为深沉，像是一个洗净铅华的女人，安静地坐在那儿，不悲不喜。

"你在看什么？"他俩问。"我在看齐天大圣什么时候踏着祥云来接我。""女神，别闹，赶紧翻山。"大胃说道。唐僧在前，大胃在后，我居中。我的步伐稍快，会踩掉唐僧的鞋跟儿；步伐稍慢，则会被大胃踩掉鞋跟儿。虽说这翻山路一眼望去没有尽头，可身体不知哪里来的力气，一脚一脚倒是不落队。

"你行啊，亦凡，不累吗？"唐僧说着。"别说话，说话会费气。我累我言语！"我的气息已经开始变粗变快。"终于是大直路了！"不知翻过了多少个褶子，我们把身体靠在国道旁的隔离台上，骑行的队伍开始稀稀拉拉地经过。

海拔 4298 米——这群成长在平原的人，难以想象这会是多么大的挑战，我们又该拿什么称重自己的胆量？丢下热炕热饭，疯子似的不顾一切地翻到这高高的草原上。我想站在这雪山之巅，成为雪山的王。道路的近处是道路，道路的远处仍是道路。在无尽的高原上，流淌着不为外人所知的执着。我们在风中左摇右晃着身体："来这儿，到底是图什么？""为了能走到拉萨啊！""所以有车不搭，非要在这里喝着风，顶着风？！"三枚大头针钉在了国道上。

"这折多山果然名副其实，简直就是包子褶啊！"走完一褶，又来一褶。直路只是暂时的，褶子才是无穷的。"褶子，褶子，全是褶子！"我已经顾不得欣赏蓝天白云，心中在呐喊，"去你的蓝天白云吧！"无穷尽的褶子，满满一心窝的绝望。

我们不停地画着一个圈，圈的尽头是另一个起点。我们不停地跳进这个圈，总期待会得到另外一张脸。

我觉得恨！我们就像被天地抽打着的陀螺一般，一直在盘旋着转圈，每转一圈，就上了一个高度；然后，又有一个圈、两个圈、无穷尽的圈在等待；可我必须转圈，必须任由天地的摆布，随着褶子，盘旋着上升；我走不出这个圈，我一直在圈里兜兜转转；我像是一支人肉圆规，这座山的褶子折来折去，这人生的波折没完没了！可我离不开！要得到幸福，就要几经周折。

我时刻盯着这脚下的层层褶子，希望在它们之间可以无意中出现一条近路。可以让我们扶摇而上直达峰顶，而不用在这米其林般的褶子里痛苦挣扎。但哪里来的近路？我只能老老实实地沿着褶子，一个又一个地往垭口翻。我只能少说话，把所有的力气都花在离雪山之巅更近的脚步上……

迎面而来的风，像只粗壮的手臂将我向山下拽。我的气息越来越喘，像一头走不动的牛。人生头一遭在海拔四千米行走，我能做什么？保持呼吸的节奏，保持脚下的节奏。我们不断地超越推车前进的骑友，在我们超越车队时，他们打趣道："嘿，头次见识，骑车的还没徒步的快呢！"

依旧是5公里休息5分钟的节奏，只是一脚一脚上山实在消耗体力，中午没到就听着肚子咕咕轰鸣。我想起了出泸定县城那天，骄阳是一团烈火，尽情地烤着我们这群自以为是的人类。我们明明连饥饿都战胜不了！一脚一脚翻越到雪山之巅，我就是雪山的王了吗？

背包咔咔一卸，先是一屁股坐地上。别说话，让我喘几口肩上只有空气飘过的空气，拽过来水袋的吸管，"咕嘟咕嘟"一通喝。背包的防雨罩被残暴地扒下来。解开背包，掏出补给——大饼、咸菜、火腿肠往身前一摊。狼吞虎咽一番又是满血复活。离垭口越来越近，心情也是越来越激动，走上最后一个褶子时，就看到了佛塔。

"那是垭口吗？"再拐一个褶子，一条笔直的路通往垭口。我双手用力拍打自己的脸："这是真的！"眼泪湿润了我的双眼。我吸溜了下快要淌下来的鼻涕，双唇紧紧抿住。我为何要忍住泪水？

我要大笑着站在这雪山之巅！我已经忘记了这里是海拔四千多米，忘记了疲惫和痛苦，甚至已经忘记了我究竟是谁！再往前走一步，我就是雪山的王！我怎么能哭！

还有十步、九步、八步……一步！上来了！"这儿，海拔可有4298米！"我忘乎所以，背包是直接从双肩扔到地面的。我开始脱衣服，顾不得唐僧在旁一直念"冷，冷，冷"。

回头望这佛塔，它距离我只有五米。转山转水转佛塔，只为途中与你相遇。转了漫长的山路，只为与这蓝天白云相遇！转了无数的褶子，只为与这雪山群峰相遇！没想到，我真就能走到这里呢！

不是出发时还想着"走不动就搭车"吗？现在，是怎么回事？！我怎么就站在了雪山之巅？！垭口的风像无数根针刺着我暴露在阳光下的肌肤。寒冷，让我冷静了些。我就站在这儿——离天空最近的雪山之巅。那座从山脚向上看很雄伟的雪山，此刻在苍穹之下，就是一块孤独的石头。而我，又怎么可能是雪山的王。我的琴声无法将神灵唤醒，我的演出无法将雪山逗笑。而雪山，它也会哭吧——在花开之时，在日落之后。

梵唱怎会仅仅只为超度

"你为什么徒步是去西藏，而不是去别处？"很多人这样问我。一路上，我也在思考这个问题。单单是因为这壮美的风景令我着迷吗？还是那磕长头朝圣的藏族群众洗净了我的灵魂？只是确定一点，这进藏路像是人生的缩影。一切想象都可能成真，也都可能仅停留在想象。

我们可以止步不前，却要接受放弃的后果：那样就永远到不了曾经想要到达的地方。唯有一路向前，即使总是要面临波折，饱受摧残，总好过错失风景，错过良辰。一脚一脚攀登到巅峰，仍要一脚一脚下降到低处。我要以怎样的心情去走下山路？就好似从人生巅峰，回归最初的高度。

风呼呼地吹，海拔 4300 米的高原上即使太阳热情地照耀，但依旧高处不胜寒。"冷静些，我不能在这里停留过久。"垭口开阔地没有一寸土地容人避风。

下山，下山！下山路，对于骑友来说，是很爽的。他们总是在下山时贱兮兮地丢我一句："妹子，要不要搭顺风车？"我总是高呼回应："上山时你们怎么不求妹子搭车啊？"回荡在山谷中的不仅仅只有哭爹喊娘，也有欢声笑语。上山，无疑是在鞭挞着自己身体的每一处神经痛苦地前进，而下山则是精神和灵魂在生与死的边缘穿梭。从折多山翻下来，骑行可以一路下坡直接到达新都桥。而徒步，只能到达贡布卡村。

我们在蓝天白云间一路向下。贡布卡村位于 2888 路标往西不到 1 公里的桥头。藏式的房子坐落在国道两旁。我们向一位藏族大叔打听问路，最后就安顿在大叔家里。不同于前两次进藏时拜访藏族老乡，这一次，我要住进藏族老乡家里。藏式建筑色彩浓烈，带着异域的神秘。墙上挂着几幅精美的唐卡，靠墙的立柜上摆放着酥油灯。一进门便有的诵经声，真真地就这么轻轻念了一宿。我们不知道怎么关，也不好意思关，就伴着诵经和晚上下起来的大雨入睡了。

这念了一宿的梵唱，又怎会仅仅为了超度……

Chapter 07

将天走黑再把腿走废

一个懦夫在那儿看着我，

还有一个孙子在前面等着我。

我知道痛苦在前面等着我，我并不介意。

——《一个懦夫》脑浊

谨以此章纪念 318 国道最后的风景

——高尔寺山的老路

闻讯，高尔寺山隧道计划于 2015 年年底通行。那时，老路将成为历史。

女战士手持长刀，刀尖儿直指懦夫的心脏，"怦怦怦"，懦夫的心脏剧烈地跳动着。"孙贼！你有种接着往前走啊！"女战士对懦夫嘶吼着，"你个懦夫！不是扬言要走到拉萨吗？！"翻越海拔 4412 米的高尔寺山，50 公里路程，我已经不是一个我——我是几近逼死女战士的懦夫！我也是战胜懦夫的女战士！

坐拥庭院的奶油甜甜圈

在贡布卡村雨后的清晨醒来，我裹着羽绒夹克，睡眼惺忪地欲要夺门而出，横穿国道，去那木头搭的棚子如厕。

门一推开："牦牛，一院子的牦牛！"无数双牛眼射向我，我呆呆地站在院子里和它们面面相觑。缓慢地抬起一只脚，脚尖轻轻落地，另一只脚再抬起，小偷似的一步、两步向牦牛群靠近。

"喂！"一个女人的声音着实吓我一激灵，脖子缩进向上耸起的双肩里。一个身穿藏袍的卓玛正对着我笑，摆手示意我让我安心地过去。我狐疑地将视线移回，脚下倒是敢落得稳些。只是我向前走，这些牛脸都跟着我移动——什么情况！还有这一院子的牛粪地雷啊！走得我直干呕。

牦牛脚步轻快地从院门往国道溜达，卓玛手里握着一根绑着红绳的长鞭，想必她是去放牛了吧。推开院门："咦？"一只牦牛孤零零地拥有整个庭院，潇洒地和我打了一个相距 5 米远的照面。我们像是相亲对象的初次见面，彼此拘谨，又不停地将对方从上到下扫视一溜够。

它的犄角又弯又长，角尖直指天空，像是要把天空戳一个洞。它壮实的身体披着黑色的毛，厚实得看着就暖和。脸上的圆环斑纹，让它像是一个奶油甜甜圈的活广告——我对这位先生的印象好极了！赶忙双手摸进衣兜，举起手机镜头对准它，"哈喽，哈喽！"它仍是矜持地一动不动，像是一尊有生命的雕像。

50 公里翻山路怎么走 _

"亦凡，大胃，好消息和坏消息，你们先听哪个？""我不废话你也别废话！"我眼睛未离开手机屏幕，余光感觉到唐僧被我吓了一跳。我赶忙从床上起身，笑着拍他的胳膊："是首歌名儿，瞧把你吓的。先说好消息。"大胃躺在床上正"嘎吱嘎吱"嚼着脆米棒，只把耳朵递了过来。"我查了下天气，明天新都桥没雨。"唐僧说道。"坏消息是啥？"大胃可算把食物咽进了肚，又起身去拿另一包儿吃的。"坏消息是，高尔寺山恐怕要走 50 公里路。""什么？"我的手机掉到床上。"50 公里！我滴个亲娘啊！"大胃"嘎吱嘎吱"倒是吃得欢。"路书参考的结果是，翻过垭口有个警卫站说不定能借宿，下山路还有个木材站……只是不知道今年这俩站点儿还有没有……"

"所以呢？"脑袋直疼，我直接"啪"地摔回床。"所以现在咱们也没办法确定要住在哪里，所以咱们得尽早出发……"唐僧轻声地说，"5点起床，5 点半出发，最迟 6 点也得走了。""什么？！"大胃喷出了一嘴的碎米，"那怎么起得来？""要是吃到凌晨，你 5 点是起不来。"唐僧拍打着崩在身上的碎米说道。

老路一烂到底 _

"才早上 6 点多，怎么就这么多卡车了？！"我们驻足在国道旁，让这一长串的卡车先行通过。"切！新都桥海拔 3300 多米，翻高尔寺山海拔上升才 1000 多米，小意思！咱可是折多山都翻过来的人！"

我正讲得眉飞色舞，一个左转转进一个分岔路："我的天哪！这大土地是什么情况？"往左走，是土路，往右，也是土路。身后开来的卡车驶向左侧的路，扬起的尘土让我们好一通咳嗽。"就跟着卡车走吧，准没错。"

土路和柏油路完全是两种概念！柏油路走上去是坐实的，土路则是松软的。尘土在爆发着它的小宇宙——只要四轮车同向驶过，就会把视线模糊成一片土黄。好不容易尘土消散，没走几步路，又一辆车嘎悠过去。满山满眼的土路啊！"这他妈的什么烂路？！"登山杖戳地，竟被扎了进去……

"咱们歇会儿吧，感觉要走废了。"我双手掐腰，眉头紧皱，一副再走一步就要死的表情。没等他们言语，背包已经从肩上卸了下来。一屁股坐在国道旁的土堆儿上，抄起水袋的吸管一通猛嘬。两辆卡车嘎悠而来，扬起的尘土让我湿润的嘴唇糊了一层土膜。"怎么走啊？要都是这样的路，我就搭车！国道都是这副样子！简直难以置信，难以置信！"

高尔寺的上山路——那是漫长的大直线土路，拐一大调角的弯儿，接着再是一条漫长的大直线土路。抱怨于事无补！脚下的烂路并没有结束，反倒还迎来了越来越高的高度，而上山路是靠近悬崖边的那一侧！稍一失衡，便会从悬崖边骨碌下去，摔个脑袋开花！真希望自己能闭嘴，别再那么多废话！"省点儿力气走路好吗？"真恨不得暴打自己一顿。

"那是养路工吗？"只见一个约莫40岁的大哥在这烂路上正手攥着铁锹修路。"大哥，您好，我们到垭口还有多远？""快喽，转过这个弯儿就到。"大哥停下手中的活儿，抬手给我们指路。"真的吗？太好啦！终于要到垭口了！"我们仨乐开了花儿。

"大哥，这国道怎么这么烂啊？""这路啊，在修隧道。等隧道通了，老路也就废路了，不会大修了。"大哥双手抵住立着的铁锹，注视着高尔寺的山路。我们顺着他的目光望过去。"我的天哪！和砧板上的手擀面似的！"我不禁感慨道。"咱真牛×，就是从这路走上来的！"大胃说道。奇爱出汗的唐僧，脸上因糊了尘土，已经和成了泥，嘴咧开一笑，牙齿尤其白净："这高尔寺山的山腰够土啊！"

我低头看着这支撑住双手的栏杆，双手用力地拍它，就像和老友重逢似的："防护栏？！"我转过身，一屁股往后靠在上面。"亦凡！你小心点，不要仰过去。"唐僧伸手欲要扶我。

隧道仍在修，老路一烂到底。刚刚还为自己骄傲一番，此刻，不过三秒钟才过，就感觉体力几近耗尽。如果不喘气也能活，我宁愿大气不出。"哎……"我唉声叹气，"连呼吸都是一种痛。"

"亦凡，加把劲儿，马上就到垭口了，可以喝'红牛'，吃火腿肠，啃大饼。"大胃双手握成拳，双眼冒光。

铆足了劲儿朝垭口走，可这迈出去的每一步都让我有种快要死掉的感觉，双腿沉得像是绑了 10 公斤重的沙袋。我仰天一吼，瞬间像是得到天空赐予的能量一般，朝垭口的"红牛"、大饼、火腿肠走去。

高尔寺山的垭口是一片开阔的草原——才一到垭口，我便飞快地卸了背包，躺在那飘动的经幡下哭了起来。余光瞟到唐僧朝我走过来。他慢慢蹲下身，想要开口安慰我，我没容他出声，便眼睛不抬地说："你，能让我自己待会儿吗？"

话音才落，我便起身离开，朝空无一人的远处走去，一个骑友躺在那边的草甸上，他的一只手臂挡住了脸，身旁躺着他的黑色自行车，行李包的雨罩是橘红色的，让他在这片草原上格外醒目。"他也和我一样在哭吗？"

我委屈！长这么大，哪里走过这样的路？我为啥不踏实地在家待着，偏要来这里吃土！看看我现在的样子，衣服上是土，鼻孔里是土，连滑到嘴角的眼泪都是一股土腥味儿。

我生气！气自己在上山路拒绝了搭车——一辆车停在我的身边，司机摇下了车窗。气自己怎么就变成了一个懦夫——一路抱怨，口干舌燥，歇斯底里。气自己走得这么辛苦，却只能啃大饼！我想我妈！我想我妈！我妈要是知道我现在这副惨样，拿过国家高级厨师证的她肯定会给我做一桌子我爱吃的菜，什么红烧肉、宫保鸡丁、拍黄瓜、茴香馅儿大饺子！可现在我只能一口咸菜、一口大饼！

哭出来就好受些，作为女孩，心里不痛快了还能哭鼻子，看那边的男孩们，想哭也得忍着——总不能在女孩面前抹泪吧。"还有 20 多公里要走！"计步器显示我们已经走了 20 多公里。哭泣果真是件耗时耗力的事儿。大口嚼了一张饼，又灌了一听"红牛"，着急忙慌地开启赶路模式——不赶路就要被困在这漫天尘土的无人区，这可不单单是没地方睡觉，稍微磨蹭点儿可能就会变成土雕塑啦！

我变成了一个懦夫！

　　从垭口往下走几步，一左拐——"啊！"我的手臂在空中一通乱挠。"这路怎么比上山路还要烂？！"大胃挺着他吃圆的肚皮吼道。唐僧也不再淡定，表情是一脸的惊叹号。尘土，在下山路已经见怪不怪。但就是这土路上每三五米的坑坑洼洼，让唐僧也怒了："这是什么破玩意儿？"

　　"这种大坑是要摔死骑行的吗？"我们仨停在坑前，对着坑喊，好像坑能听见似的，"还是要把经过的卡车嘎悠到我们身上！""膝盖绝对玩完儿！"这下山路就是躲避大坑和嘎悠而过的卡车。

　　"太烦了，怎么还刮大风？"忽然而起的大风把我吹得左摇右晃，眼睛睁不开了，"完蛋！我看不清路了。"邪风咆哮着朝我们扑过来。

　　"啊！太冷了，降温了。快，快加衣服！"唐僧把我和大胃拉到国道边缘，他自己当人肉屏风，站在小个子的我身前，帮我把背包卸下来，"快！动作要快！"唐僧像个教官，指挥着战士争分夺秒。

　　敌人就要来了！我的手速快得出奇——扒下防雨罩，打开背包摁扣，拉开收紧绳，从背包里拽出抓绒衣、羽绒坎肩、手套。"女神，别把抓绒穿在皮肤风衣外面！"大胃边换衣服边喊。我把厚衣服堆放在背包上，脱下皮肤风衣的一瞬间："啊！冬天在漠河也就差不多是这种冷法吧！"唐僧的皮肤风衣被风灌得鼓鼓的，他的嘴唇打着战。"这风是因为我们穿多了衣服，所以刮得更起劲儿了吗！"唐僧吼道。逆风已经不像是粗壮的臂膀将我向后拽，而是像一面高墙堵在我们面前。

　　"我不行啦！根本走不了！"我喊着，尘土在大风的肆虐下，让我吃了一大口土，灌了满嘴风，眼睛用力眯出一条缝。只得努力看清路面，怎知早已乌云遮天。"怎么还下雨了？"只听唐僧在我身前惊呼道。

大胃赶忙走上前："女神，你的雨衣放哪里了？快！""在背包的侧兜里。"大胃帮我掏出雨衣，他再和唐僧彼此帮着掏雨衣。"啊！雨衣！"才被我打开的雨衣被大风吹走了，还好我惊呼之余，用力攥住了雨衣的一角。"风太大了，雨衣穿不上。"大胃和唐僧在风中怒吼着。雨衣已经被大风吹得乱飞，遮住了他们的脸。

我们能听到彼此还在吼着，但吼了些什么已经听不清了。风声太大了！三个人不约而同地聚到一起，我仰起脸，他俩则俯身，我们仨都在嚷："我们互相帮着穿雨衣！快！"大雨"噼里啪啦"地浇在雨衣上。风顺着雨衣帽的缝隙猛往雨衣里灌。

根本走不了，走一步，退三步。眼睛已经连缝儿都眯不出了！"我要搭车！我要搭车！我要搭车！"我开始嘶吼，眼泪直逼眼角。可是根本没人回应我，四周都是雨声和风声。我变成了一个懦夫！我不想多走一步！我甚至想象再多走一步，天上就会降下一根冰锤砸死我。

"冰雹！"大胃的吼声击穿了风声。就像我的想象忽然变成了现实一样，冰雹一通猛砸脑袋壳，砸得护头的手直疼，像是被一堆玻璃珠猛弹手似的。我们仨聚到一起，唐僧对我俩喊："快用手挡住头顶，不然头会被砸伤！"

三个人都是一只手抱头，努力迎着逆风向前走。冰雹落在雨衣上，另一只得闲的手抬起雨衣。"这么大的雹子！"真想掏手机给冰雹拍照，可惜大风大雨连人都要吹起来。三个小人物在老天爷的淫威下挤在一起。

"好像没冰雹了……"我听见唐僧在雨衣里说道。我们迟疑地将手从头顶挪下来，双手捧起雨衣："好像真是没冰雹了。"顿时有种胜利在望的感觉。只是没走多一会儿，"下雪啦？！"大胃喊，"不对，是雨夹雪！"

"这什么鬼天气？"我们怎么办，怎么办，怎么办？国道无处可躲。"快！快走，走进阳光里。"我们一步不敢迟缓地朝前走，逐渐地，我们一步是一步了。一步一步往前迈着，感觉身前的那堵墙已经垮了。

"快看啊！"大胃指着天空。只见天空裂开一道缝儿，开始变亮，"看！那里有抹蓝色。"我们是怎么走到晴天中的？！三个人站在国道旁抬头望天——这片和我们开了近两个小时玩笑的老天爷。"你丫是爽了！"我皱着眉头，冲天大喊着。一天经历四季。两小时内我们经历了大风、大雨、冰雹、雪，直到天晴。

"怕是不会下雨了吧？"我指着天空那朵飞机头一般的云彩说道，"变脸真快，这太阳说来就来。"大家停下来脱衣服——两小时前穿了什么，这会儿又都给脱了。已经累得没有力气将衣服叠好，一通乱塞塞进背包里。

"你们不搭车吗？"

"那是工棚吗？是不是咱们能住啊！"希望重现。十来顶绿色的帐篷和白色简易房搭在国道旁的草甸上。三个大姐见我们在国道上好奇地张望，便也好奇地走向我们。

"大姐，您这儿能住吗？"

"我们这里没地方了，住满了工人。"大姐说，"你们要去哪里？"

"我们想在能落脚的地方住下。"

"下面的村子能住。"

"还有多远？"

"哎呀，还有好远。"

这时，天空骤变，又是一团乌云飘过。

"得！赶紧走吧，还有好远路呢！"再不赶紧走，说不定又得陪老天爷乐一把。路依旧烂，我们已经"不识庐山真面目，只缘身在此山中"。一辆轿车停在我们身旁。副驾驶座坐着一位年轻漂亮的姑娘，从她那双美丽的眼睛和红扑扑的脸蛋儿来看，是个藏族妹子。开车的是她的爱人。

小伙子摇下车窗招呼我们："你们上车，我给你们带下山。"这不是第一次在路上遇到好心司机。"不用啦，谢谢您，我们走下去就好。"他们疑惑地看着我们："你们不搭车吗？要走过去的？到拉萨吗？""嗯嗯，到拉萨。"妹子忽闪着她长长的睫毛："真的不坐车吗？上来吧！""不了，不了，谢谢您。对了，我们到山下能住的村子还有多远？""很快了，很快了，就在下面了。"小伙子将他的左手伸出车窗指给我们看。

"我们应该还在半山腰吧！"目送汽车驶过，我们到悬崖边往下眺望，唐僧笑着说，"不过，那是什么？""是隧道，在修的隧道。"大胃说。"所以，等隧道通了，再也不用翻这烂路了，对吗？"我们继续走着，踩着这松软的烂路。尘土倒是少了——雨将土路都打湿了。

"快6点了！"我掏出手机惊呼道，"咱还不知道啥时候能到哪。"咕噜咕噜……我双手摸着开始唠叨的肚皮。

"啥时候才能到村子啊？太阳要下山了。这无人区也太他妈长了……走不到头似的。"

"肯定要走夜路了，为什么连个车都没有啊？"

"不会走错路了吧……"

"应该不会，刚刚的分岔路，那条柏油路像是新修的。这土路应该是旧路，早知道应该在刚一下山的警务所和警察撒撒娇，直接借宿在那儿了。"

早知道！早知道！哪来的那么多早知道！太阳下了山，天色越发沉了。还有 10 公里的路要走。"哎哟！差点儿砸我脑袋！"老路不断有碎石落下来，大胃双手捂头，脖子往下一缩。看看这老路——叫天天不灵，叫地地不应，倒是石头落得欢。"赶紧走，赶紧走。"

"那是通往新路的小道吗？"两辆摩托车在小道上从我们身后开来。一辆车是一个男孩，另一辆车是一个男孩和一个妹子。他们经过我们时，刹了车，像是知道我要开口和他们打听似的。

"你好……我们想到山下借宿，不知道还有多远。"眼前这个被妹子搂住腰的藏族男孩，普通话挺顺溜："不远了，就在前面，差不多 5 公里，我家就住那儿，你们可以来我家。"片刻，他又说，"这样吧，我先送我的朋友回家，你们走着，如果晚上你们还没到，我再来接你们。"

"那上面是新路吗？走那条路能到你家吗？"我指着前面那条柏油路问道。"可以，可以。"没容得我们道谢，他载着妹子骑着摩托车一溜烟跑远了。大胃和唐僧说："靠谱吗，不会蒙咱吧？"我胸有成竹："肯定靠谱，骗咱们干吗？就是这 5 公里，可能不太靠谱。"

果真被我言中！新路的路况真是好得离谱！"这才是路啊！"我用登山杖戳地，"咚咚咚。""白天那就不是路，"我继续愤愤不平，"那就是地狱！"虽说是新路，但仍有尚未修好的路段。过往的卡车司机都好心地提前按喇叭，提示我们注意安全——"我们来啦！你们可留神啊！"

将天走黑

　　"走恶心了！"大胃说道，"好不容易走柏油路了，可这路怎么和麻花辫儿似的？"大胃往国道下方看去，"我×！还有那么多麻花要走，这可不止5公里吧！"

　　"差不多，计步器显示咱们已经走了将近45公里了……"

　　"我滴个娘，今天都走这么远了！"大胃双手抱头，仰天长叹。"折多山的褶子不算啥了！"唐僧说道，"折多山至少是大圈，椭圆形的。""这就是个球！"大胃看了眼我的脸，哈哈地笑道，"和女神的脸一样。"

　　我们像是磨坊里的小毛驴，一直在这崭新的柏油路上打转，一圈又一圈。一圈又一圈，我们不是驴，我们磨不出棒子面儿。一圈又一圈，我们不如驴，我们磨出了大水疱儿。

　　天色更暗了些，这座山，从一块孤独的石头，又被我们走成了雄伟的壮士。脚底的水疱钻心地疼，我咧着嘴。"亦凡你怎么了？"唐僧伸手扶住我。"起水疱了，针扎似的。"我的鼻子纵到了一起。"你再忍忍，一会儿到住的地方，用针给挑了。""大胃人呢？"我停住脚步，四处张望。回头只见大胃拖着他的腿在艰难地向前移动，龇牙咧嘴。

　　"快拿着登山杖。"我和唐僧都把我们各自的单杖递给他。大胃已经连说话的力气都快没了，只软绵绵地摆摆手："不用，不用。""赶紧的，别废话！"我最见不得人痛苦。"女神，别闹，你们也要用登山杖。"大胃使劲摆手，"我真没事，你看，我还能跳呢。""哎哟！"大胃蹦起的双脚才一落地，就听他大叫一声。大胃极不好意思地接过登山杖，而我则挂着他的竹棒继续往前走。

双腿机械地迈着，毫无知觉，已经走到面若呆鸡。我们仨就这样，从白走到暗，再从暗走进黑。我们把光源全都拿出来了。国道上没一盏路灯，仅有的灯源，也只是卡车的车灯，小汽车的车灯，还有我们手里的手电和头灯。

"卡车能看到我们吗？别一脚油门，轧我们身上来。"我们仨每人紧握一个手电，唐僧的手电负责照亮前方的路，我的头灯负责照亮脚下的路面，大胃则把手电指向后方。虽说灯光比卡车的车灯弱，但至少能给司机以警示——"别撞我们，我们是人。"

我看着大胃拖着残脚慢慢地走，我踩着水疱想要加快步伐，但越是想要快，越是走不快。唐僧拖着重重的背包也慢慢往前走着。

"你们的腿还有知觉吗？"我问。"早没了……"他俩说。"感觉腿是自己甩出去的……"我说。"惯性？"唐僧开始研究，"应该是惯性……""可能是闻着饭香味儿了……"大胃说道。

"卧龙寺村！"走了无数个麻花辫子后，这块蓝色牌子让我们的眼泪几乎夺眶而出。击掌！可是那小男孩他家在哪儿啊……村子里大约有五六户人家，有的房子透着光亮，有的则漆黑一片……此时已经将近晚上9点了，悲从中来……"你说我这猪脑子，怎么也不问问他家的位置呢！"我恨不得锤自己的脑袋。

"嘿！你们到了，等了你们好久。"是一个男孩的声音。"是他吗？是他吗！"他从黑暗中朝我们跑来。"真的是你！"我真想上前拥抱他。

上楼，又是上楼！藏式房的楼梯很陡，楼梯还很窄，充其量前脚掌那么宽。好不容易上到了二楼，我们还要上三楼……硬着头皮吃力地蹭进了我们要住的房间——太干净了！三张床的床单和被子那个白哟，我们都不忍心坐了。

根本不想吃饭，连嚼饭的力气都没了。不过，一听到男孩说他家二层可以洗澡，"什么？可以洗澡！好！"我飞速地下楼，顺便吃了饭。

整夜都是在脚疼中度过的。脚底的三只大水疱虽被挑了，但灼热感仍由脚心向脚趾和脚后跟发散。为了缓冲疼痛，脚趾不停地缩在一起再打开，脚心也在发麻。

海拔 4412 米的高尔寺山、14 个小时 50 公里的行走，肩部也是不堪重负，手臂早已酸得举不起来，只好让手臂瘫在体侧。双腿一会儿伸直，一会儿屈膝，双脚时不常地夹在反向的膝盖窝里，权当是按摩了。身体因为整个背部的酸痛和无力，也是翻不得身。感觉自己像被五花大绑在床上一样，想动，没力气动；不动，关节都在喊着痛。

我猜，我们三个都是龇牙咧嘴地睡着的。

再把腿走废

从黑睡到白，三个人躺在床上仰天长叹。

"天哪！今天还要走路！"

"亦凡，你那起了水疱的脚还能走吗？"

"啊！能走！"我双腿在被子里踹，百般不情愿地起了床。双脚承受身体重量的一瞬间，猛拍大腿——"脚要炸了啊！"再往前挪几步，双手捶胸，"水疱挤在一起，要裂了啊！"眼泪要流下来了。

早饭，藏族老阿妈给我们准备了香喷喷的大饼和粥。

"你，一个小姑娘，为什么要徒步到拉萨？"老阿妈满脸疑惑地看着我。我嘻嘻笑着："我想走路去拉萨。""拉萨！那可是拉萨，路很长，很难走。"老阿妈的惊讶继而变成了担忧。"走走看吧。"我也不知该如何说下去。"扎西德勒，姑娘！"老阿妈站在家门口，她的双手颤悠悠地朝我摆着。

Chapter 08

除了生死都是闲事

天下大事无始无终，
"哗"的一声，这一生就消光了。
——仓央嘉措

谨以此章献给懒人三哥

你这个大骗子，你说话不算话！

你说你要看着我走到拉萨，你说你要亲自下厨给我办庆功宴！

可你凭什么说走就走，还是去了那么远的天堂……

三哥，今年清明去看你了，我们真该死！忘了给你带酒。三哥，你知道吗，他们问我时，我还是照你教我的那样答的。

"他们都问我挂着个'懒'牌是啥意思？"

"丫头，你就和他们说，你懒得骑车，更懒得搭车！"

拖着残脚还是一条好汉

"我想把脚卸了，"脚下的三颗水疱仍高频地扎我的心窝。"疼！疼！疼！疼死我算了！"昨日高尔寺山的50公里路让我们此时像三头老牛。

死——似乎只有这个字眼儿，才能极致地表达出一种感受。在生不如死地拖着残脚从贡布卡村往雅江走的路上，经过一个名叫八角楼的村子。

一位老阿妈右手持着一只足有我小臂长的转经筒，向我们缓缓走来，我听不清她在念什么，但她干瘪的双唇在动。她抬起那张饱受岁月侵蚀的脸，将转经筒举高，碰触我的额头，嘴里念着藏语。

"咚！"额头和转经筒相碰的一瞬，时间静止了，我的眼睛像是得到了催眠。当我睁开眼，转经筒已从我的额头挪开，眼前这位老人站在我的影子里："扎西德勒……"她便向阳光中走去。我望着她离去的背影，黑色藏袍裹着她娇小的身体。那顺时针转着的转经筒，被她举得比她的头顶还要高些。她和我说了什么？我好奇死了。

730689 步，雅江

"下面那黄彤彤的就是雅江吧？"我双手抓着阳台的栏杆低头向下张望。雅江像是一座挂在山壁上的城，城的下方就是江水。客栈的老板，年过四十，虽瘦，但和所有康巴汉子一样，结实得很。他待人像是自家亲叔儿："来，喝两杯，高兴嘛！"

"我一看你就是纯徒的，"他灌了口白酒，"我没瞅错吧？"

"您咋看出来的？"我摆摆手，"我喝酒就没法走路啦。"

"搭车的都比纯徒的穿得干净，你看你刚到时，那脏的，"大叔撇撇嘴，"不过这路上可没多少真能走到拉萨的，倒是吹牛的多。"

大胃给大叔点了根烟，说："大叔，您说我们能走到吗？"

"那可说不好，"大叔突然眼睛瞪得老圆，"我去取本书。"

这本书已经被翻得掉了封皮儿，纸张也有些泛黄。

"翻开，有首诗，"大叔丢了几颗花生豆进嘴，"大声读出来。"

"一个人需要隐藏多少秘密，才能巧妙地度过一生……"大胃读着，"哎呀，真是首好诗啊！"

　　一个人需要隐藏多少秘密，
　　才能巧妙地度过一生。
　　这佛光闪闪的高原，
　　三步两步便是天堂，
　　却仍有那么多人，
　　因心事过重而走不动。

"为什么有点想哭啊？"大胃读完整首诗说道。

"你们走完这条路，才能体会其中的含义。"大叔咂摸了口白酒，"如果不是真正走过去，体会不到的。"

"可有些人没走进藏路，也大彻大悟啊！"我对大叔的话有些质疑。

"那是境界！"康巴大哥坚定地说。

"我走了这条路也不一定能体会。"我心里默念着这首诗。

"你也不一定能真正走到拉萨呀！"康巴大叔调皮地说。

同路之人喜相逢

唐僧倚在阳台的栏杆时而抬头望云时而低头望江水，只听他感慨："这雅砻江真是壮观啊！"雅砻江——金沙江最大支流，此刻像一条奔腾的水龙在咆哮着。一座长桥像是坚强的守护神，桥柱直入山壁和江水中，保护着这座城。

一个身高将近一米九的大汉，戴着一顶印有"悟空"二字的鸭舌帽，跟在大叔身后，摆着八字脚朝我们走来。4L矿泉水空桶、防潮垫、帐篷，七七八八地挂在背包外侧。

"哥儿们，你重装啊？"我喊道。

"'四'（是）的。"

我"噗"地笑出了声："你哪儿人啊？你怎么背那么多东西啊？"

"我'扶'（湖）南的，"大汉将他的大背包取了下来，一屁股坐在凳子上，"我是'扶'南'居邹'（株洲）的。'扶'南！三点水一个'扶'（胡）！"他嘴角向上一个翘起，"我背的不'四'包，'四'流浪……"

"湖南！湖南是吧？"我直双手拍掌。

"你们叫我抽筋就行！"就这样，我遇到了一路上的第三个旅伴——抽筋。他背的不是包，是流浪！

"明天就要开翻剪子弯山了，海拔直奔 5000 米呢！"大胃像是得到点拨了似的："折多山一定是因为褶子多，才叫的折多山！那这剪子弯山，不会是像剪子吧！""快别提那天翻折多山了……"抽筋边笑边摇头回忆着折多山，"无穷无尽的圈，一直在转圈。"我一击掌："对！转着转着就转到了垭口！"天台满是我们的笑声。

我懒 _

在雅江舒舒服服养了脚，整装待发继续一路向西。抽筋在他睡的多人间找到了同伴，我们便无缘同行。为了翻剪子弯山，我们从雅江出发17 公里往相克宗村。一天只走 17 公里，那简直就是悠闲散步啊！

当我在一个写着"西藏"的路牌旁驻足拍照时，一辆反方向的车停下来，一个大哥摇下车窗，问我："你是'懒人'吗？"听他这么一问，我激动地走过去，对他说："我是啊！"

他从车上跳下来，和我握手："我也认识'懒人'，自贡菜。"他乡遇"懒人",都是朋友啊!

"真是缘分!我还有任务必须要走了,"大哥掏出手机,"咱留个联系方式,你路上有什么困难,就赶紧联系我,这一路都有我的战友,随时营救你!"

"懒人",源自北京的川菜馆子"懒人业余餐厅"。为嘛叫懒人?那要从老板之一三哥说起。三哥,自学成才的专业木匠,不忘初心的业余厨子,笑哈哈地唱肥肠面歌,大手一挥招呼朋友吃盆鲜嫩的富顺豆花。

"店远,人懒啊!"我们这群自称为"懒人"的馋嘴食客,懒得跟家做饭,懒得去别家,还就勤快地专往这家懒人餐厅跑。一来二去,大伙儿都成了朋友。一偶遇,都得咧着嘴说上句:"嘿!你个懒人!又跑来懒人吃食!"

看来我挂在胸前的"懒"很有人气嘛!可别小瞧了这纸牌,它可是我在新沟做的——将捡来的纸壳剪成圆形,用包裹纱布的胶布做一个包边儿,再拿黑色和红色的记号笔写一个"懒"字,最后用唐僧带的小改锥捅一个可以挂钩的小孔。

川藏线的旅游业越来越发达,藏族老乡们纷纷将自家的房子改成了客栈。搁城市里谁乐意把自家房子改成客栈!而且自己也住这房子里。

"我见过拉客的,但没见过这么热情的!"老板会亲自下到雅江城,派发客栈的名片。上山路那开着面包车、在你身边踩住刹车复读机一般"住我们家吧!我可以把你们搭过去"的大叔,一定也是客栈的老板。

他们的热情让我们有种"咱们不搭车、不住他家,是不是太对不住了"的内疚感。但我们不搭车的执念,让他们只好抬起刹车片,挂档给油前,冲我们摆摆手,"哎呀,有车子不坐,真是好辛苦!不容易!"

"他们怎么就放心外人住自己家里呢?也不怕被偷、被抢。"人总是出于自我保护,将他人视为假想敌。尤其是城市人,好像有陌生人靠近了自己都得在心里念一通:"这个人要干吗?""他有什么目的?""我对他有哪些价值？"

回京后，和朋友聊起穷游。

"穷游的是不是都是骗子？我们自驾时就在路上遇到过求搭车的人，没给停。"

"穷游，是一种态度吧，不非得大富大贵了才出去。我有朋友也穷游，钱不多就出发了。他们发现钱紧张了，就在路上打零工或做义工。通过自己的劳动，光明正大获取路费，不丢人，挺好。但我也遇到过那种打着穷游口号，一路蹭吃蹭喝的人。反正什么人都有吧。"

"那你穷游吗？"

"我是攒够了路费才上路的，没钱就先赚钱。每个人玩法儿不一样。"

朋友总结："我恐怕不会给搭车的人停车，万一他们是骗子呢。"

我说："有这样的担心很正常。但搭车的人也有同样的顾虑，'万一开车的是坏人怎么办啊？'你可以不停车，他们也可以继续搭车。当然你也可以停车，他们也可以不搭车，都是选择。信任是相互的，也是缘分。恰巧你哪天想停车了，搭车的那个人又不是骗子，兴许能成朋友呢，路上这种事多得很！"

相克宗村住的客栈就是一位藏族大叔开的。"好好睡一觉，明天早点儿起床！"我给自己打气。"明天还要翻山啊！"在大叔家试穿过传统藏袍的大胃满脸兴奋地跑回屋，一屁股坐在床上，"藏袍真沉，要是穿它翻山，没到垭口先被沉死了。"

那天的云是否都已预料到

没手机玩儿的夜晚异常安静，起得也就早了，一看时间，刚六点啊！我坐起身，揉揉眼睛，拨开窗帘："天还没亮呢……"

　　攥着手机出门上厕所。"嗯？"为什么朋友圈里懒人们都在刷屏发"哭泣"的表情？怎么有种不好的感觉……我的眉头拧在一起。这篇被刷了屏的文章，让我双膝一软，直接跪倒在地。右手剧烈地抖动，手机"啪"地掉在了地上。

　　我的嘴巴张得很大，喘着粗气，屁股往下一沉，压在了脚后跟上。左手在地上一通乱摸，沾满土的手机屏幕又亮了，左手摁住右手，想要它停止颤抖。双手交叠地握着手机，右手大拇指滑动屏幕。我的门牙向下咬住下嘴唇，"啪嗒啪嗒"，泪珠子落在了手机屏幕上。屏幕糊成了泥。

　　像是打开了水龙头，眼泪"哗"地淌了下来。我的腹部剧烈地从外向内收缩，喉咙灌着这高海拔的冷空气，鼻腔充满了鼻涕，舌头发干。摇头，摇头，摇头。

　　"所以这是什么情况？三哥，他……"我的眼睛紧紧闭起来，眼泪被眼角的皱纹改变了流向。喉咙剧烈地被一口口水湿润，我收收鼻涕，举起手机，拨通了红姨的电话。

　　"喂……"

"亦凡，三哥他……"红姨声音颤抖着，她在极力控制着自己的情绪，"你三哥，他……他去世了。"

我"哇"地哭了起来："这怎么可能，他前两天……"

红姨轻咳了一声，她压抑着她的哭泣，声音提高了几分，对我说："亦凡！你听我说，他走前和我说，你要坚持下去，坚持走到拉萨。"我听到这里，鬼哭狼嚎起来。

"亦凡，不要哭，三哥他在天上看着呢！知道吗？他在看着我们，我们不哭。"我大喘着气，想要止住泪水。太突然了——这大概是所有突然失去亲朋的人都会感慨的一句话。

"亦凡，你好好走路，知道吗？"

"嗯，嗯。"电话挂了，我双腿挪向前，双手环抱住屈了膝的双腿，头往下一埋，哭了起来。

红姨——看着我长大的阿姨；三哥——红姨的好友、合作伙伴。

5月初，我才从成都出发时，接到红姨的信息：亦凡，我们在开会，三哥听了你的事，非常激动。他很支持你，觉得你很棒。我建了一个群，我们要每天关注你的行程。

印象里的三哥脸圆圆的、双眼圆圆的、肚子也圆圆的，笑起来好像一尊可爱的弥勒佛。

"丫头，我是三哥，你真勇敢！"

"您是第一个这么支持我的人。"

"等你回北京了，我给你办场庆功宴。"

"馋死我啦！那可要给我做一大桌啊！"

"丫头，折多山垭口风大，不可贪玩啊！"

"您怎么去医院了？"

"没啥，丫头安心走路，我就是做个检查。"

"丫头，和你一起走路那两个男孩靠谱吧？有没有欺负你？"

"不敢欺负我，我太脏、太臭啦！"

"丫头……"

我再也听不到三哥的声音了……我要回北京参加葬礼吗？在这儿——远离家乡万里地的高原上。我要怎样为您送行？哭？除了哭，我还能做什么？走到拉萨！我要走到拉萨！

我双手抹干眼泪，站起身。我要走到拉萨！三哥在天上看着呢！此刻我在高原，无法止住泪水……三哥，我将做个和您一样从容自在的世间行者，不忘初心，一脚一脚丈量生命的意义……三哥，一路走好……

剪子弯山！剪子弯山……为什么这一天要翻山！

"女神……"大胃停下来，想要对我说点儿什么，却欲言又止。唐僧递给我一包纸巾："发生什么了……"我哭得更凶。

"我走不动了……"我的力气已经被哭没了。我坐在国道旁的空地上。国道上驶过自行车、摩托车、轿车、越野车、卡车。"三哥去世了……"我双手捂住脸，嘤嘤地又哭了起来，"我今早知道的……"

走两步，就要停下来，调整呼吸，忍泪水。上山路走得异常缓慢——原地站在过道上，右手攥住登山杖，就让泪水哗哗往下淌。我为什么要忍住泪水？可我又为什么要在这里哭个没完？双手抹干眼泪，登山杖往地上一戳，像是要把这国道戳穿。走吧！走到拉萨！三哥在天上看着呢！可我抬头望天，为什么看不到天堂，更看不到三哥……

"假如生活是一场旅行，那么我们可能大大低估了它的意义。"三哥，你说这旅行的意义到底是什么？！难道是像现在这样吗，朋友离世，而我只能远远地哭泣？！然后仰天对着高山感慨一句人生无常吗？！

"哥觉得，我们能在旅行中发现自己，也能在旅行中丈量生命的勇气。"三哥，你告诉我生命的勇气是什么？是面对死亡时，像你这般潇洒，留下这样一封信给大伙儿吗？

"对于哥来说，生命就应该是一次'未设定'的行走。说走就走，走哪儿算哪儿。"三哥！你告诉我自由是什么？说走就走就是自由了吗？

"我们将在路上相遇，也将在相遇中找到初心，那是我们彼此开始的地方。"三哥，你告诉我初心是什么？！我怎么就走在这条路上，却不知道我到底是为了什么了！

"哥得先走一步，你们耍好吧！"三哥，你告诉我怎么算是耍好？！抹干眼泪，大笑着前行吗？为什么？我满脑子疑问。我是谁？！我为什么在这里？我为什么要到拉萨？！我会死吗？！我会以哪种死法结束生命？！为什么剪子弯山弯来弯去，为什么花开有度，为什么雪会融化，为什么大雁要往南飞……

这海拔 4659 米的剪子弯山，我是怎么翻到垭口的？当我伫立在垭口，天空悠远地透亮，云彩轻巧地倏然，远处的雪山就在那里，雪白得像是从没在这世上存在过。

除了生死都是闲事

人走了，像是一只梅花鹿走过雪地，地上的脚印便是存在的痕迹。逝者已矣，生者又将何往？是悲凉地感慨这人生的无常，还是无奈地唉声叹气这岁月的无情？

无力接受这以为不可能失去的一切。那一切许是平日不耐烦的唠叨，许是平日从未细嚼的茶饭，许是平日习以为常的欢声笑语，许是随手就能拨出的电话，许是不留意仍会放在心上的人。

然而，至此，戛然而止。死——在活人的嘴中，说得那样轻易。死——一种极端，极端的残酷，极端的快乐。然后物极必反，解脱，重生……死——当死亡毫无征兆发生，又有谁能轻巧地接受它！我们是该听些什么或者做些什么吗？以平复死亡带来的悲痛和撕裂。可我什么也说不出来——除了静默我什么都做不出。

生时迷茫，那么死时呢？生和死，终究从哲学命题回归到眼巴巴的现实。睹物会思人，触景即生情，即使你收好了情绪继续前行，继续生活。多年以后，怀念和悲伤仍然会抓住哪怕最微小的细节在某个瞬间给你突然一击！可是，你还得接受，你只能接受！你必须残忍地、无奈地甚至轻笑地接受这所有的现实，别无选择！

别无选择……我只能从这垭口一脚一脚往山下走，往拉萨走。哭泣有什么用？伤心有什么用？我几度想要大笑。笑自己竟还没有参悟人生的无常。我一边认清生死，一边看不淡！看不淡生死！依旧蜿蜒的下山路，像是从云端走进了空中。这是我选择的路，它逶迤着不知尽头，曲折着出乎意料，却也美得犹如生命……

我一直试图想弄明白，人究竟应该过怎样的生活？按部就班地朝九晚五、柴米油盐、相夫教子？偏要自己做老板绞尽脑汁在这世间闯出一片天地？还是含着爹妈的金汤匙挥金如土？我们总是在羡慕别人的路，羡慕别处的生活。好像自己的生活总是充满着困难和错误。别人的、别处的……此刻，我离云那么近，云美得像是一块镶了金边的白玉。但云朵不属于我。我感觉自己化身为一个仙人，在天空飞荡，时不时地捋一捋我飞乱的发丝。但天空不属于我。我连此刻尽收眼底的天地都无法拥有，又拿什么去贪婪别人的、别处的。

人生又怎么能用对与错去评判。各有得失而已。

手机屏幕一亮，收到一条微信消息——三哥演示防身术的自拍照。"丫头，记着，要把拳头朝坏人的鼻梁这个角度一拳打上去。"这是他和我说的最后一句话，那天是 2014 年 5 月 21 日。

2014 年 5 月 23 日，剪子弯山好高好高，云好轻好轻。轻得像是我和三哥的微信对话。它再也不会传来信息提示音……

Chapter 09
谁是高原最辛苦的人

即使最平凡的人也要为他生活的那个
世界而奋斗。
——《平凡的世界》路遥

怕啥来啥，睡道班

国道从云间延伸向远方，远方坐落着一座土黄色的楼，这在无人区显得如此突兀。

"这无人区怎会有二层楼？"我闭眼晃晃脑袋，"别是走晕了，产生了幻觉。"铁门将国道和房子隔开，我们推开门，大胃的脑袋探了进去："请问……有人吗？"无人回应。大胃扭过脑袋冲着我和唐僧撇嘴："看来是空房……"

一个中年男人出现了！我并不能说那件皱巴巴的外套是黑色的，上面还糊着灰。土夹在他凌乱的头发中。他的双手握成拳缩进了袖口里。

"大哥，您好，请问我们可以住这儿吗？"我拽住大胃和唐僧的衣角，示意他们由我来询问。大哥将我上下扫视一番，又将视线移向大胃和唐僧，抬起手臂在鼻子前抹了一把，说："可以。"

我们仨齐刷刷地道谢。穿过铁门，被大哥领向今晚我们的房间。

"大哥，这是119道班吗？"大胃问。"这是112，119在前面。"大哥说着便把挂在房门上的一只生了锈的锁取了下来。"这儿。"门被推开，大哥的右手从体侧向上举起三十度，指着黑暗的房间。

大哥听了我们的道谢，点了点头，便走了。

"我滴个娘啊！"大胃仰着脑袋朝前走了三步，左看看墙壁——那墙壁裂了许多缝，还发了霉，再低下头双手拍拍那床铺——一张大炕铺着薄褥，双手摸着床沿儿往内墙走——六七张叠成豆腐块的被子正软趴趴地堆在一起。

转过身抬头一看——一个赤裸的灯泡由一根蓝色电线吊在空中。唐僧顺着电线去寻灯的开关——一根黑色粗线垂在靠门的墙壁上。而我，则走到床边，俯下身，鼻子在床铺上一纵一纵地——"这味儿！"赶忙直起身，双手捂嘴。"女神，别吐，吐了更味儿大。"大胃笑话我。

仨人往房门口一坐，我的手肘抵住膝盖，双手托住下巴："我上次睡通铺是在漠河，烧的火炕。室外零下40来摄氏度，睡得老爽了！谁知第二次睡炕，是这么个……"

"你们能帮我问大哥要盆热水吗，太乏了，想洗把脸。"我感觉自己要瘫成一团泥了。"你是得洗洗，看你今儿哭的，眼睛跟桃核儿似的。"唐僧双手撑住双膝，"哎呀！腿这酸爽。"火腿肠正嚼得香，只见唐僧空手而归。我咽下嘴里的肉，仰起头看着耸起双肩、摊着双手的唐僧，问："水呢？""没有……""怎么可能？"我把半根火腿肠扔唐僧手里，"还是我自己去吧！"屁股才抬离地面，又"扑通"摔了回去。唐僧和大胃将我扶起来。大概花了一分钟的时间让我的双腿伸直，一个深呼吸，朝大哥迈开腿走了去。

"哥，我想用热水擦把脸，实在太累了。"大哥从这个由石头垒起的、覆盖着黑色塑胶布的灶台转过身："好好，我一会儿给你送过去。"我一笑，眼睛就眯成了缝："谢谢哥。"我的双肩正朝后方摆，只听大哥问："一个脸盆够吗？""够啦！哥，您真热心。"我朝房间走，扭头看向大哥——他正撅着屁股捡柴火。"搞定！"我得意地冲着俩老爷们儿说。他俩一听，互相使了个眼色："切！"

排排坐等热水。头一扭，大哥左手提着一只热水壶，右手提着一只热水壶朝我们走来。我们赶忙起身过去迎接，大哥对我们说："不够再要。""够啦，真是麻烦您了。"我们屁股刚要坐回地上，大哥拎着两个套在一起的脸盆说："拿去用，泡泡脚就舒服些。哎呀，走那么多的路，真是辛苦。""用完了就马上给您还了去。""不急，不急。"大哥便转身走了。"哎呀！"我的双手将热水往脸蛋上撩，"怎么能有洗脸这么爽的事呢！"

袜子被手粗鲁地往下一拽，扔在地上。双脚搁在盆沿儿上，头往下一埋，扑面而来的热气，让我兴奋得像是举行一场仪式："泡脚喽！""唉……还是女孩好，女孩就能要来水。"唐僧甩着他脸上的热水珠。大胃也在一旁起哄："女神威武！"

这被子的味儿，我再次忍不住干呕。可海拔 4000 米以上，天一黑就冻得我们钻进被窝。要不是为了喘气儿，这已经盖到下巴的被子非得被我拉到头顶不可。

一股阴风钻了进来。

"门怎么关不严啊！"我仿佛看到一个黑影呼呼呼地飘了过去。"啥？还要住道班？！135 道班。"唐僧查着资料，念叨着第二天的住宿点。"随便吧！大不了比这儿还差。"我赌气地翻了个身。这亮着的灯泡倒是催人入睡——那光亮暗得和没亮有啥区别？

谁是高原最辛苦的人

"所以这是卡子拉山的翻山节奏吗？！海拔将近4800米，瞬时风速得有8级！"一路逆风，大逆风！上山路是全程5级、下山路足足6级的大逆风！

"看这天空，只有高原才会有的天空。"我抬起手臂想要触摸这清晨的天际，它那么轻巧，那么悠远。但我却闻到一股酸臭——我的衣服已经像是一碗发臭的老坛酸菜。

走在通往135道班的路上，双眼已经顾不上风景，心里一直犯嘀咕："135道班能不能洗澡啊！"

四顶绿帐篷搭在国道旁的山坡上。"不会这么快就到135道班了吧！"抬头望望天，再摸出手机看时间，"才11点多啊……"两顶帐篷紧靠在一起，相距10米远的位置，另外两顶帐篷并排着。它们顽强地在大风中努力站住脚，可帐篷还是一副快要被风兜起来的惨样。一个大姐从帐篷里走了出来，我朝她挥手。她则热情地招呼我们过去歇脚。

我们拿出挂面和西红柿，在帐篷的背风处将气罐和挡风屏摆好，大姐便走过来问："姑娘，你们还有西红柿吗？我们好久没吃了……"我右手搅着锅里的面条，左手翻食物袋："大姐，西红柿没了……你们平时就住在这儿吗？那怎么补给？"

"下面定期给我们送，水、白菜、土豆……"她抬起手往帐篷里指，"也就这些。"七八只白色的水桶正堆在草甸上，享受着自然的加热法——太阳就是那团加热的火。我掏出口袋中的糖给她，她乐开了花儿。

"挺想家的。"大姐的双眼望向国道，"你想家吗？"

"想。"我脱口而出。

"你出来多久了？"大姐问我。

"快一个月了。"眼泪要夺眶而出，我眯着眼睛，抿着嘴，强忍着不要再落了泪。

"我今年出来三个月了，"大姐说着，"指不定什么时候才能回家喽。"

"您每年在家多久？"

"说不好，活儿多的时候，在家待不足个把月。这不今年过了春节就上来了。"大姐嚼着我又递给她的小零食，"这地方不比城里，条件太恶劣。"

"那您怎么不在四川干活儿？"

"哪里有活儿就去哪里，我们这干苦力的，没的选。不比你们受过教育的人，有的选。"

吃过饭，大胃和唐僧得知山上有虫草，便逮宝物似的，迎着风往山头猛冲，眨眼的工夫连人影都不见了。我走进绿帐篷，里面光线昏暗，没开灯。我把帐篷四处扫视了个遍，也没瞅着灯泡在哪儿。帐篷左侧堆着几十棵白菜，右侧是四个大布袋，土豆散落在地上。灶台在帐篷最里面，也是用石头垒起来的。

"要我帮您吗？"大姐赶忙放下菜刀，将我往帐篷外送："不用，不用，都是脏活儿，你休息吧！"

我把背包的防雨罩往地上一摊，仰天躺了下来。鸭舌帽从头上取了下来搭在了脸上。双手往体侧一摊，躺成了一个"大"字。国道上传来嬉笑声。我把帽子一抬，才睁开的眼睛因被阳光晃了，眯成缝，眉头也皱成一团。那是一队养路工，铁锹、推车被他们规整地放在国道旁。黄色施工帽，有的在他们的头上顶着，有的则在手里抓着。

此刻正是午休时间，他们回"家"了。当我坐起身，迎接我的是无数张好奇的脸。我摆手和他们打招呼，无人回应我，都在羞涩地抿着嘴笑。我也不好意思起来，便不再注视他们。但还是偷摸地朝他们看去——他们的衣服都是清一色的灰蓝色，皮肤黝黑，粗糙得像是糊了很多层土。

大姐从帐篷中走了出来："开饭喽，开饭喽！"只见工人们迅速颠儿进帐篷，每人捧着一个巨大的饭盆出来，正冒着热气儿，满眼的白菜和土豆之间，夹杂着零星的肉丝，覆盖在大白米饭上。他们捧着饭盒，狼吞虎咽地把一盆饭菜吃了个精光。随手放在脚边的饭盆，不见半点儿油光。我和工人们都懒懒地坐在草甸上，互相看，互相笑，仍不说话。我将他们的队伍数了数，算上大姐总共有九个人。

"你们平时都做什么工作？"我朝相距五米远的队伍问道。终于有一个大哥开了口，拘谨又羞涩地和我说："每天安装防护栏，然后维护。"另一个稍年轻些的接茬儿说："我们是流动的。"又一年纪稍长的咧着嘴笑，说："我们是'游击队'。"大伙儿都乐了。

大姐的目光望向国道，说："哪儿要安护栏，我们就去哪儿。去哪儿我们不做主的，上级单位安排我们去哪儿，我们就去哪儿。"我不禁感慨："真是不容易哪！"

"你们才不容易，尤其是你，女孩更不容易。"大姐说着说着便去

队伍中收拾饭盆和筷子。"这条路骑车的好多,走路的没几个。"大姐
看着国道上那三个在逆风中拼命蹬着脚蹬子的男孩说道。"是啊,一天
能遇见好多骑车的。"我应和着大姐。

"那你咋不骑车?"大姐笑着问我。"我懒啊!走路比骑车更容
易。"眼前又两个逆风骑行的男孩顶着大风经过,我感觉自己的大腿一
酸。"啊?骑车怎么会比走路累?你背这么个大包儿,要走那么远的路,
吃不消的。"大姐很喜欢和我聊天儿,"你是哪里人?""北京的。"
我怯生生地说。这一路太多人问我从哪里来。每当我说出了我的家乡,
他们的反应都是如出一辙,大姐也是一样。

她的下巴都快要掉在了草甸上:"啊?北京……首都!你是首都来
的?我一辈子怕是都去不了了。那是个好地方,特别好。我在电视上看
到过,大城市,那可是大城市哟!"

"真的那么好吗?"我问大姐,更是在问自己。"当然啦!那可是
主席工作的地方。"大姐边说边连连点头,"北京的路有多宽?""三
个国道那么宽?"我的脑袋朝左偏了些,估算着国道的宽度。"真好,
首都,首都。"大姐边说边用力点头。

北京,北京 _

北京,我的家乡。

提及我的家乡,我从不会使用"首都"这个字眼儿。而在这儿——
高高的草原上,这些人——断定自己一辈子去不了北京的人,却用"首都"
形容着北京。他们眼神中流露着向往。我深深地意识到,原来北京——
我的家乡是如此令人向往。我以前从未有过这般感受。

他们对未去过的城市有着深刻的崇拜和热爱。而我作为一个土生土

长的北京人，只有在离开了，才想起家乡的好。北京多好啊！24小时不打烊的超市、饭馆、书店，市区的每条街道都有手机信号，而最重要的是，那条熟悉的街里有我的家，和无论我犯了多大的错都会给予我原谅的爸爸妈妈……

身在福中不知福——我在离家后才明白。我以前究竟是怎么看北京的呢？"人多、车堵、大雾霾"，去哪儿哪儿躁！"好想离开北京啊！"去哪儿都比跟北京好。

殊不知是自己心浮气躁。我想念北京，城里的路虽堵，但不失繁华。说不定哪条街里就藏着一条清幽小路。城外的小村镇上常有的集市也是热闹得人声鼎沸。

北京的公园里，一年四季都有优哉的人，或静静地坐在树荫下看书、发呆，或五六个老头儿将另两个老头儿围住——"快将他的军啊！""观棋不语啊！"或耍着空竹、踢着毽子、练着太极，或牵着刚会走路的孩童"咿呀咿呀"地追鸽子，一对小年轻儿坐在湖边的石头上，女孩的脑袋倚在紧紧搂着她的男孩怀里……

秋天的栗子、冬天的烤白薯，让你的步子再匆忙也会停下脚步："老板，多少钱一斤啊？"夏天的傍晚，总有老太太扇乎着扇子，扇子上下颤动，对着年轻小姑娘指点一番："瞧那小衣服穿的，都露屁股蛋儿啦！"

童年住平房。一进入11月，蜂窝煤就装满三轮车运回家，挨着墙边摆起七八层高，再用塑料布往上一搭，木板一压。再说那冬天的大白菜，裹了薄冰的老叶儿翻开定是那新鲜娇嫩的嫩叶。取一棵，洗净剁碎混合猪肉馅儿包两大屉的大饺子，蘸着醋，就着腊八蒜一吃，嘿！那味道甭提多香了！

"就是一条银河啊！"赶上天气好，从国贸大酒店80层的"云酷酒吧"望夜景。但国贸总不比夜爬香山，整个北京的夜都在香山山顶尽收眼底。北京……原来这么好！

"我能和你们拍张照片吗？"我脑袋扭向大姐，笑着问道。"好啊，我们都没拍过照。"大姐招呼着工人们坐好。我和大哥要来一顶施工帽往头上一扣："这帽子可真大啊！"工人们见帽子把我的眼睛快要盖住了，都笑了起来。

大姐说："我就不照了，我帮你们拍。"她拿着我的手机，我教给她："您摸这个圆点儿就是拍下来了。"大姐皱着眉，举着手机，点着头说："好，好，摸圆点儿。"我坐到工人们的中间，大姐左手举着手机，右手摆了起来，招呼大伙儿说："你往里坐坐，你衣服抻抻。"然后我说："大姐您摸圆点儿时告诉我们啊！"

"好。"大家都凑在一堆儿对着相机笑。大姐把手机拿给我看："你看看拍的行不？""行，行，真好！"大伙儿围着手机看照片，大姐指点一二："你看你笑得真傻，你再看你……"

"照得真好！"我也笑着说，但他们仍是怯生生的。"要开工喽！"其中一个大哥开口道。他们朝国道走去，工人们回过头和我摆手。我站在他们的家门口，向他们挥着手臂。

"哎哟！累死个亲娘啦！"只见大胃和唐僧张牙舞爪地从山头往下跑。"女神，啥都没挖着。"大胃接过我递给他的水壶，大口灌了起来，"这虫草可真难挖。"一屁股坐下来，喘着粗气说道。

而我们也要整装出发了。当我回到国道上，望向站在高处的大姐，她朝我摆着手，当我挥手和她道别时，哽咽了。他们的道班连个名字都没有……

什么能阻挡前进的脚步

这一晚，我们的睡运并没有改变——仍是住没法儿洗澡的道班。135道班的藏族大妈、大叔和我们同住一间房。第一次和藏族同胞同住一间房，手脚不太敢出大动静。晚上熄了灯，平躺着的大胃被黑暗包围着，然而"嘎吱嘎吱"咀嚼脆米棒的声音却击穿了黑暗。他是以为别人听不到吗？

夜晚安静得能听到立柜上的钟表时针在"嗒嗒嗒"地转动。我强忍住笑意，大叔、大妈可就在离床两米的地方打着地铺啊！我翻了个身，面朝墙壁，位于我双脚左上方的那扇窗户，将我和铺满星星的夜空隔开。

"什么声音？"我揉揉眼睛，双手摁住床铺，将身体向左侧转动。唐僧的身体趴在床上，双手撑着一个塑料袋，正"哇哇"吐个不止。

"喂……"我忍着干呕，起身轻拍唐僧的肩膀，"你要不要紧？"唐僧的脑袋忽地停止摆动，脑袋一沉。"哇。"我赶忙摸着手机，借着光亮摸出纸巾，递给唐僧，他接过纸巾，擦了擦嘴角："高，高反了……"

"你发没发烧？要不要吃片药？"

"好……"唐僧又是一阵子干呕。随后，他吃过药片，身体"咚"地落回床铺，双手吃力地将被子拉近脖子。我躺回被窝，扭头望了眼裹着被子的唐僧：也不知他明天能不能走……

早上问他："你能上路吗？要么今天休息？"他满面愁容，却信心满满："能走，没事了已经。""海拔 4718 米。"卡子拉山是川藏线上的第五座高山，更高的山。吃早饭的工夫便和大叔打听路况，得到答复："卡子拉山不好翻。"

这座山，风大、路长、海拔高，而我将带着更酸臭的味道站在雪山之巅。倒是这身体的暖意，因连续三天没洗澡而保留着——当然这只是心理作用。海拔越高气温越低，虽说走路能让身体保持热度，但最要命的可是休息。休息意味着快速降温，那可是会致命的！所以，在海拔超过 4000 米以上休息时，通常要加衣服，然后躲在避风处以最快的速度吞张大饼。

24 天了！在这进藏路上已经走了 24 天了……从没经过一个写有"拉萨"的路牌。直到在这里，在这儿——拉萨 1676KM。

我恨不得用我的脚底把这国道跺烂。"女神，我们还有不到 1700 公里！"大胃激动地恨不得抱住这个路牌的大柱子。

"拉萨！拉萨！"我嘴里猛灌冷风。"扑通"一声，唐僧跪倒在地。他的双手撑在大腿上，头埋得很低，双肩剧烈抖动着，背包像是一个长方形的铁块儿将他的背压得很低。他哭得越发激烈起来，发出"啊、嗷、唔"的声音。

"要不给他叫辆车吧？"大胃把我拉得离唐僧远些，贴近我的耳朵说。我看着唐僧，他像个受了大委屈的小孩子，趴在地上鬼哭狼嚎。我抬头望向那两个字——"拉萨"，双眼不禁湿润了。"让他哭会儿吧……"我和大胃说。

拉萨，我此行的终点。此刻，离我 1676 公里。拉萨，离你越来越近了。可还有那么远的路要走。什么时候才能见到你？见到你的时候，我也会痛哭流涕吗？我会的！我一定会在大昭寺广场鬼哭狼嚎，我会把所有的眼泪都流出来!

唐僧的肩膀逐渐恢复了平静,他的额头叩于地,双手撑住地面,上身抬得高些,右脚向前一迈,单膝跪在这块儿路碑下,仰头望着,大吼一声"啊!"他站了起来。大胃和我走到他身前,给了他一个拥抱。

我们没问他为什么会哭成这样,答案是讲不出来的,尤其在那种时刻。或许过去很多年,再想起那年、那天卡子拉山垭口的哭泣,说不定依旧难以琢磨明白。谁知道呢?

拿什么对付你,野狗

"我们今天是到红龙乡吧?"大胃问。"对,听说红龙乡野狗特多……"一想到野狗凶猛的样子我仨就努嘴。

卡子拉山的下山路该怎么形容?如果说高尔寺山的大风是一堵墙堵在身前,那卡子拉山的大风就是身前一堵墙,而身后则有三匹壮实的野马将你往三个方向拖。

"我眼睛都被吹红了,"我用手机自拍模式,"我觉得我现在像只大白兔。""三天没洗澡的臭兔子。"大胃笑话我。"又他妈的走不动了!"我的腰已经哈得几乎与地面平行了。唐僧倒是机智,转过身,倒着走:"哎呀,被风推着走的滋味爽啊!"话音才落,脚一打软,一个失衡差点儿来个侧翻。

笔直笔直的路,什么时候是个头儿啊?!

"反正走也走不动,何不就此休息。"持续顶风走路,让我筋疲力尽。眼前那片广阔的草甸,我怎能放任它孤独地躺在那里?

"爱谁谁吧。"我跨过隔离栏,背包一卸,鞋一脱,一股酸臭被风吹到了嘴边。虽说徒步过程中脱鞋是不科学的,但好不容易上有蓝天白云为被，下有背风的草甸为席，阳光正好，不做神仙岂不是浪费光阴。

袜子一脱，双脚上的死皮被汗渍泡得有些发软。我将一只脚抬近鼻子："如果有人问我怎么昏过去的，就说是被熏死的。真想泡泡脚啊！"我"嘭"地将上身倒向草甸。

"所以这就是举世闻名的红龙乡野狗？"我无奈地指着这些趴在国道两侧、懒洋洋晒着太阳或是优哉溜达的大狗和小狗，"这简直就是危言耸听，所以说什么，不能道听途说，得眼见为实啊！"

不怕一万就怕万一，野狗还是要小心的。"对付"野狗的办法有三：

Top3　登山杖——双手握紧登山杖指向它们，吓唬为主，切不可轻易动真格的。

Top2　小石子——提前在随手可摸得到的兜里放一把小石子，遇着狗，就迅速抓一把，朝它们丢过去。

Top1　手纸——将手纸拿在手里，朝左举高，再朝右举高，再是变身投球高手，将手纸用力向狗群后方丢去。

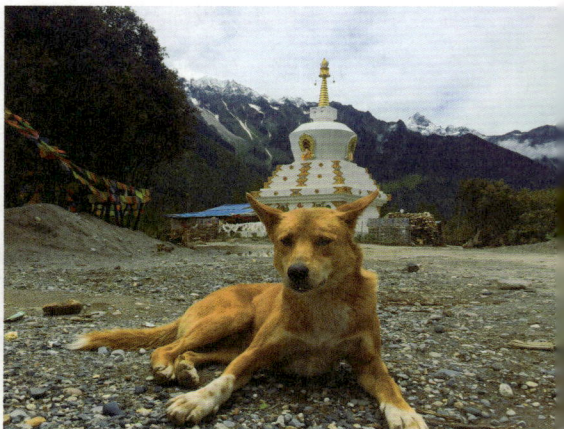

944189 步，理塘

红龙乡的早上，美得我又要用奶声说一句："心都要化了。"成群的牦牛在草原上放风。"那牦牛那么壮，居然跑得那么快。"一只落了队的牦牛朝大队伍狂奔而去。

"全程都 4000 米以上……"我说，"我该怎样到达理塘……"

"和昨天一样，"大胃的胳膊离近鼻子，"但……是更酸臭地到。"

"你们敢在这儿跑步吗？"我的失心疯一犯任谁都拦不住，"来，来，来，给我拍个大片儿。我想想标题啊，'狂奔在高原上的野人'。"

一路向西，离坐落在毛垭大草原上的理塘越来越近。理塘，虽未到过，却早早听说过它的故事。理塘，七世达赖格桑嘉措降生地。

到理塘，怎能不去理塘寺？这座倚山而建的寺庙，它的高低错落，它的层次分明，我们并没有感受到。这修缮的大殿，虽被铁柱和绿网包裹得不见其真身，但那在阳光下闪闪发光的金顶，是那样神圣。它就静静地坐在那里。一个老阿妈转着佛塔，一只野狗在佛塔下打着盹儿，风声无法惊扰他们。理塘的狗比红龙乡起码多三倍！睡姿也更丰富些——有的狗像是刚出炉的面包，满满一屉挤在一起，睡得好不香甜。

"仓央嘉措最爱的城！"我走在这座离天空最近的城，这座世上海拔最高的天空之城，它丝毫没有被那些拉客的青年（多是张罗去稻城亚丁观光的面包车司机）打扰它的浪漫和安静。

街道的尽头是云朵，理塘寺的上空是云朵，佛塔的上方是云朵……云朵像是在和一切生物做着捉迷藏——它一会儿向左飘，一会儿向右，一会儿又定格了一般。"好多好多棉花糖啊……"我双手抱着满满一兜的补给，舌头舔着双唇，恨不得抬高手臂抓下一把棉花糖，化在嘴中，甜在心间。

天上的仙鹤借我洁白的翅膀，我不会远走高飞，飞到理塘就转回。窗外的云朵像是久未重逢的老友，不舍离去。而我不是仙鹤，也不需要翅膀。我香喷喷地躺在床上吃着零食，吃光了一袋，还有另一袋等着下肚，我享受着休整才有的安逸。我想走到拉萨，再多的辛苦也值得。只是在这高高的草原上，最辛苦的人，绝不是我。

距离成都出发，我已经走了 944189 步，635 公里，26 天……

Chapter 10

你说的光明究竟是什么

这片湖泊显得那么真实可信，

美不胜收。

——《曙光示真》欧内斯特·海明威

黑暗怎能将我吞噬

理塘至 229 道班 27 公里，国道旁，一扇铁门大张着，院子足有 112 道班四倍大，它的正前方是一栋二层楼，北墙停着一辆白色轿车，三间平房居南墙，最小的那间房是小卖部，门前摆着一张被条凳围着的方形木桌，一个大叔正坐那儿抽烟。五星红旗支在二层楼的最高处，迎风招展。

"您好，我们是走路的……请问今晚可以在这儿借宿吗？"唐僧问。"我们这儿不提供住宿。"大叔吐了口烟。我向大叔走近一步："我们交住宿费。"大叔摆摆右手，烟灰落在了他灰色的裤子上："姑娘，这不是钱的事儿。"大叔嘬了口烟，"你们有帐篷吗？可以在院子里扎营。"

大胃像只泄了气的皮球："没有……以为一路都有住宿的地方，老早就把帐篷寄回家了。"唐僧无力地说："我们预先查了路书，到下一个住宿点还要 30 公里。现在四点多，再往前走，肯定要走夜路了……"

大叔将烟头往地上一扔，右脚捻灭，大臂一挥："可不要走夜路，很危险的！你们来了道班，就不能让你们走了。只管住下，我们不要钱。"大叔沉吟了一会儿，"但床位真的没有。你们要不嫌弃，那边有间空房子，可以住那儿。"

我们顺着大叔指的方向看去，那间虚掩着木门的平房，在小卖部的右侧。"有屋子就行。"我哈哈地笑着。大叔也跟着笑了："不知你个姑娘能不能住。""我没问题，肯定能住。"我双手拍着胸口说。

大胃和唐僧先于我推开这扇破旧的木门，空气中飘来齐声的"我×！"他俩像木头人似的驻足在门内两步远的位置，我从他俩中间挤进去："我×！"正对面的那堵有裂缝的墙壁上，有扇长约 80 厘米、宽约 50 厘米的窗户。破烂的塑料布挂在窗户的木框上，一会儿高高扬起，一会儿又低低垂下。

"没有玻璃？！"窗户左下方，一张没有坐垫的沙发，靠背朝下趴在地上。窗户正下方，一张木板平躺着。木板右侧，很细的枯树枝堆在一起。"我们今晚怎么住？"我的背开始绞痛。"倒是有个屋子遮风挡雨。"大胃双手掐着腰，双眼望向那张木板。"咱是不是有防潮垫？"我右手打个响指。

唐僧双手一拍："咱可以睡木板。""对，我们就睡它。"大胃双手将袖子挽起来，木板被拖到远离窗户且远离门口的位置。今晚我们的这张床——长一米五，宽一米二。"怎么都得蜷着睡，"我歪着脑袋研究睡法，"得把它横过来，这样我们仨都能挤上去。""女神，你这身高恐怕不用蜷着吧。"大胃瞥了我一眼，笑着说。我蹲下身敲着我们的"床"："好家伙，可够薄的。"

　　唐僧取来枯树枝塞在横放着的木板边缘下方，防潮垫往上一铺当作床垫。我一屁股坐下去："哎呀，被子！我没睡袋，这可咋整？"一个困难解决，又迎来另一个困难。"家里有床不睡，来这破地方睡木板。"我摸出手机看时间，傍晚5点，"这会儿要是在家，我正在床上躺着呢。左手是一盘切好的苹果块儿，右手往团成球的小肥狗身上一搭，书和电影随便看。现在可好，连张被子都没有。"

　　长途跋涉最考验人的是什么？毅力！还有处变不惊和随机应变的能力。"我去问问大叔，能不能借我床被子吧。"我起身往屋外走。

　　"大叔，我出发第三天就把睡袋寄回家了，背不动啊。但这儿海拔太高，晚上肯定特冷。"我在大叔的对面坐了下来，"不知方不方便借床被子给我？"

　　"你啊，管班长说说情况。"大叔悄默地指给我看。班长三十五六岁，大背头梳得整洁，一套合身的灰色格纹西装，更衬得他身材魁梧。"行，一会儿给你送过去。"班长听了我带着哭腔的讲述，痛快地应了下来。

　　我开心地回了屋，经过大叔时，举起了"Yeah"的手势："被子解决啦！管班长借了。"大胃和唐僧摇着头，撇着嘴说："唉，我们要是女儿身该多好啊……"

　　太阳已经落山，我们坐在条凳上，等着泡面泡好的工夫，和大叔聊了起来。

　　"你们这是去哪里？西藏？"

　　"对，去拉萨。"

　　"走多少天了？"

　　"今天是第27天。"

　　"姑娘，你家里人知道你来这儿吗？"

　　"知道，我每天都和他们联系。"

　　"他们一定担心死喽！你真不是偷跑出来的？"

"哪儿能偷跑出来！要是不和爸妈说，我早被警察叔叔抓回去啦！"

"你是哪里人？听口音不是四川的。"

"我是北京的。"

"好嘛！首都的，父母真是想得开。"

"爸妈是挺不容易……"

"跑到这么远的地方吃苦受累。你可一定要和父母说你走路的事，不能偷偷跑出来。"

"是，是。"

泡面带来的暖意很快被黑暗淹没了。我裹着厚衣服，大臂夹着肋骨，双手握成拳缩进袖口里，在乌漆墨黑的房里来回踱步："要灯没灯，木门还关不严。被子咋还不来……"

"姑娘，别嫌弃啊，就一床多余的。"班长抱着棉被进了屋。

"太谢谢您了。"我赶忙迎上前。

和衣而眠。三个人挤在一起睡，进藏路上，我的性别早已被模糊。

被子横着搭在我们仨身上。我右侧卧着，双膝一蜷，右耳、右肩和右髋被木板硌得生疼。没脱的袜子并没有让脚趾保持温热，足尖的冰凉慢慢向上延伸。手臂抱胸，双手夹在尚有余温的腋窝里。鼻头凉凉的，清涕往下淌，又被吸溜回去。

我不敢动——动了会给这高原风可乘之机，将最后的一丝暖意也抢走。我不能动——我的左和右是蜷缩在各自睡袋里的唐僧和大胃。脑袋是唯一能上下动的。我仰起头，看向那扇窗户，窗外的夜空，深蓝得有些发黑。夜风，像是寻找着歇脚之处，穿过窗户往屋里猛灌。

一次次醒来，恍惚以为自己并没有睡着。我想象着在天亮时伸出双手，摘很多高原的云朵，弹一张柔软的棉花被盖在身上，温暖得像是躺在妈妈怀抱里。黑暗怎能将我吞噬？对母亲的思念将我吞噬。

转角遇到光明

"你们看那云，是镶了一圈彩虹吗？"我手中的登山杖指向离我很近又很远的太阳。它刚刚还躲在云的身后，这会儿又捉迷藏似的探出半个身子。

阳光洒向国道旁的草原。辽阔——是我唯一能想到的形容词。禾尼乡就坐落在这片辽阔的草原上。预订了投宿的客栈床位，总算可以睡一宿安稳觉了。安顿好，我便甩下鞋子，脱了潮乎乎的袜子，光着脚走在客栈的院子里。在阳光照耀的草甸上，我躺下身，手臂向两侧大大张开，腿伸直，一个"大"字写在这片绿色之上。

我想扎进土里，变成一株野草，这样就不用惧怕夜的黑暗和寒冷了。草原上的我，想和太阳说话："太阳，你能看到我的样子吗？"天空中的太阳，想和草原说话："草原，你能听到我的声音吗？"太阳下的草原，想和天空说话："天空，你能闻到我的气味吗？"太阳把我烤得懒洋洋的，鼻子一纵，闻到身上的酸臭味儿，还有……肉的香味儿。

"开饭喽！"一只巨大的桶被拎出来，热气呼呼地向上腾起。"这是什么？"每个人都是又惊又喜。空气里的声音都是"牛肉炖土豆！牛肉炖土豆！"

我们每人都先盛上一大勺米饭，再往米饭上浇两大勺牛肉炖土豆。"嘿！这肉真地道！"我们这群饿鬼投胎的人，有的站在风里，有的坐在草原上，第一口下肚后，便顾不得再说半个字。吃肉——是堵住嘴巴最好的法子。

"太香了，我要吃三大碗。"大胃狼吞虎咽着。大叔刚巧经过他身边，便哈哈笑着说："管够，管够。想吃多少，有多少。"就在我半碗儿还没吃完的时候，大胃已经撒腿去盛第二碗肉了。

夜幕下，厚衣服又裹上身，我站在草原上仰望星空。"上次看到银河，还是在拉萨的时候吧……"229道班至禾尼乡29公里路，不足全程2160公里的零头，却让我在这一夜看到了整个夜空。

一条乳白色的带子——像是一座发着光的桥，将夜空划成两部分。星星像是白色的花朵，密集地聚为花海，铺在桥的两侧。我像是站在桥的一端，等待着光明。目光下移，投在德达牧业新村藏族老乡家的木棚里——那密密麻麻贴着圆盘般大的棕色饼子，诗意全无。

"那都是什么啊？"

"牛粪吧？"唐僧说道。

"这味儿！"这面饼子墙，臭中夹杂着一股腥臊。

虽说藏族群众住进了政府援建的新房，但他们还是保留了原始的生活习惯——先将收集的牛粪搅软，再将其拍在墙壁上。这草原上随处可见的牛粪"地雷"，在当地的生活中可是不可或缺的好东西。

　　通往海子山垭口的路，国道两侧每隔三米立着绑着经幡的旗杆。我们本应像凯旋的士兵，接受这至高的荣耀。然而这坡度和强风让我弯了腰，像一个被俘虏的败兵，双脚蹭着路面向前挪步。

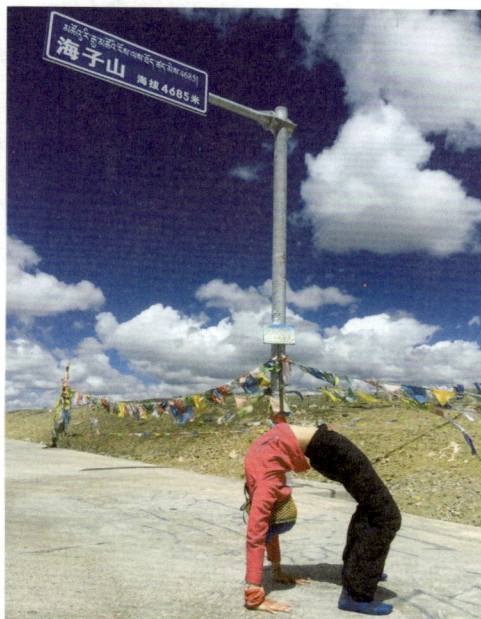

　　海子山——海拔 4685 米，进藏路的第六座雪山。它似乎不孤独，一座座雪山连接着，好似一条长形的扎染布，雪白色自由地晕开。五色经幡在风中卷动，眼前所能看得到的黑色都被抹去了。

　　还没来得及欣赏这静静躺在下山路的神湖，只见大胃一脸愁容："我恐怕要搭车了。"我和唐僧惊讶对视，脑袋转向大胃："为什么啊？""怕是钱不够到拉萨吧。"大胃转身面朝姊妹湖，双手拍着观景台的栏杆。

　　"差多少钱？"唐僧问。"现在还好，只是担心怕不够。"大胃抿着嘴，又忽地笑了。大胃和唐僧并排走在距我十来米的正前方。看着他俩前行的背影，想起快到理塘时，我们正走得痛苦，一辆小卡车呼呼地从我们身边驶过，坐在车斗里的驴友冲着步履缓慢的我们，高呼："加油！我们先走啦！"

我们回喊："你们这群不要脸的！"有多少人能真的一脚一脚走到拉萨？纯徒需要时间、体力和毅力，但也失去了搭车的乐趣。如果大胃搭车，想必会激动地给我讲："女神，那天我搭了一拖拉机，老刺激了！"

终归还是要自己选择。中途改变方向，也只能自己去拐那个弯儿。云朵缀在蓝天中，姊妹湖像一双蔚蓝的眼睛，清澈又深沉。而我却望见了它黑色的湖底……

黑暗将我吞噬

"隧道内黑暗，注、意、安、全！"大胃一字一顿地读着，我用登山杖戳他的背包，坏笑着说："你不是搭车吗？"

"女神，我怕巴塘有打劫的，得留下保护你啊！"大胃笑着说。

"别闹了，这黑暗隧道咱们商量下怎么走。"唐僧眉头紧锁，手里攥着手电。

"有手电啊！"我调皮地从兜里掏出头灯甩在唐僧鼻子前。

"隧道里要有打劫的，我们就按昨晚商量的办。"唐僧说道。

"对，手电猛晃眼睛，再登山杖伺候。"大胃比画着。

一辆巡逻警车经过，隧道口站着一个身穿警服的大哥。

"要我说，没事儿！"我故作镇定。

"警察大哥，这隧道路况怎么样？"大胃递了根烟。

"黑得很。你们走着过去？"大哥没接烟，"要不我叫辆车把你们拉过去吧？"

"车过着都危险，你们小心吧。"大哥见我们坚持要步行通过，只好再三嘱咐。

我们从光明处转过身，和黑暗隧道打了个相距两米的照面儿。光明处的暖意被黑暗吸了进去，暖风像是在哭泣，发出"呜呜呜"的哀号声。脑袋往隧道口探近半寸，凉意穿透了我的头顶，鸡皮疙瘩从额头向脚尖炸开。我的双手攥住唐僧和大胃的胳膊，向隧道走近了两步："咱们真的要走过去吗？"

似乎双脚不是按照我自己的意志迈出的。我的脑袋、肩膀、手臂、腰部、双腿，像是被黑暗拽住了一样，"嘣"地弹入黑暗中。迎面而来的，是越发深沉的黑暗，我扭头看向隧道口——光明越来越小，从一个西瓜那么大，逐渐变成了一粒芝麻那么小。

我想转过身跑向光明，但双脚像是着了黑暗的魔，更快地走向前。一个趔趄差点儿跌倒。

"啊！"我大叫一声，"有鬼！"我怒喊着，紧紧攥住的登山杖在脚的前后左右"笃笃"摸索："地上根本没有石头。"身后的大胃吼着："女神，别自己吓自己。"身前的唐僧也回应着："我们走一段路就大声和对方喊一喊，别走丢。"

当黑暗淹没到我什么都看不到时，我知道光明已经消失了。我失去了光明！我伸出双手，根本看不到手指。那密集的黑，是无数双手蒙在双眼上，再睁开双眼时所看到的。戴在头上的头灯、唐僧和大胃手里的手电，是唯一的光源。但这微小的光源，在黑暗中就像大海中的一叶孤舟。我感到一阵恐慌，如果它们忽然断了电怎么办？我们连备用光源都没有！

我该往哪里跑？上下左右都是黑暗。我的身前背后，我的左膀右臂，我的头顶脚下，都是黑的，黑暗的！"我们根本不该走，为什么要步行通过？"登山杖狠狠地向下戳去，我想狠狠戳死黑暗。隧道内风哀号的声音更闷了，怦怦的心跳声击穿了这片死寂——唯独这声响让我意识到，自己还活着！我还活着！

我的手心已经被汗浸透，登山杖有些打滑，指甲抠进握把处的耐磨绵中。鼻头冻得发紧，扩张的鼻孔并没有减少呼吸的困难，嘴巴张得老大，吃力地吸着黑暗之气。恐惧感开始侵蚀我的头发，发丝乱飞，像是在挑衅我，牛 × 你走啊！

"啊！"我们仨不停地向自己、向对方发出怒吼。每一声怒吼，都证明着"我还在这里"；每一声怒吼，都想把魔鬼吓退。我怒吼！怒吼！一团光亮从身后涌来，"轰隆隆"一辆卡车从身边驶过。全身的肌肉都在那几秒钟绷紧："它能看到我吧？会不会轧我们身上？"大胃大吼："我的手电一直朝后打着光。"

轮胎声带来光明！可短暂得像是流星，一眨眼就不见了。潮湿的舌尖舔着发干的嘴唇。那照亮的光，微弱得轻易被黑暗吞噬。这隧道内的黑暗不同于夜色和暗室的稀松，它稠密而扎实，浓得化不开，像是固体，像有重量，压在我的身上。"什么时候才能离开这个鬼地方？"我还能到拉萨吗？还能吗？能吗？喉咙快要枯竭，不断地吞着口水。

"快看！"我挥起登山杖，指向前方一个直径不超过 5 毫米的亮点。那个白色的、朦胧的像是在一匹黑布上穿的一个针眼儿的亮点儿。我离它越来越近，它变得越来越大。直到我能看清那是一个圆圈，像一枚硬币、像挂在天边的月亮、像是从井底望向天明……

逐渐变得更大，散成一片光明。

"扑通"双膝一打软，在隧道口跪倒在光明中。身后的隧道依旧号叫不停，像鬼怪、像怪兽，而我仰起脑袋，看着眼前的一片刺目的白。

我大笑起来。天空，蓝色的；云朵，白色的；国道，灰色的；衣服，红色的；我，安全的！

来自家乡的美味

"得吃块牛舌饼压压惊。"手心在黑色的裤腿上蹭着，汗水留下白色的渍，我从背包里掏出前几日进理塘时得到的馈赠——咱北京的稻香村。

懒人丫头徒步进藏的事儿在"懒人"之间四散开来。说来也巧，北京老乡——懒人勇哥，也和我同时进藏。同路未同行，他的自驾车队跑得实在快。前些天在红龙乡往理塘的路上，一辆自驾车经过我身旁时，猛地停了下来。

"亦凡，亦凡！"从车上跳下来文质彬彬的勇哥，笑眯眯地走向我。

"勇哥！"老乡见老乡，就差抹眼泪。

"是啊，终于遇到你了。"勇哥和我一个拥抱——这便是我们的初次见面。

"我给你带了些补给。"勇哥边说着边打开车的后备厢。

"嚯！自驾要带这么多行李呢！"后备厢被塞得满满的。

"觉得什么都重要，装一装就满了。"

一个大袋子塞到我怀里，随后是一罐氧气瓶："你带了吗？"

"氧气瓶还真没带。"我怀里抱着这兜儿雪中送炭的补给。

"要随身带着，虽然走路更适应环境。"勇哥把这只未开封的氧气瓶往我手里塞。

"开车更容易高反，您把它给我了，车队用什么？"

"我们多着呢，你拿去用就是。"勇哥下达最后指令一般，"你一个女孩要照顾好自己，"勇哥嘱咐着我，"前面的路况我会及时告诉你！"

"您开车也小心，尤其 72 拐，通麦。"

欲拉开车门的勇哥，扭过头看向我："要么你和我们走吧，很快就到拉萨了。"

"不搭，不搭，我要走过去。"我的倔劲儿惹得勇哥哈哈笑起来。我驻足在原地，望着勇哥的车队离我越来越远。

这兜沉甸甸的补给，被我们仨消化了好几天。只有这家乡味儿十足的点心，我存了好多天，舍不得吃——牛舌饼、萨其马、拿破仑、山楂锅盔、虎皮蛋糕、自来红、自来白……从黑暗中走出来，恢复了平静的那一刻，我举着一块来自家乡的牛舌饼，大快朵颐。

你说的光明究竟是什么

"完了，我脚肿了。"我脱了鞋，右脚抬近双眼，"和大馒头似的了，肉眼已经看不到踝关节了。"借宿在莫多乡的小卖部，苍蝇已经多到无暇也无力轰赶了。

"真是肿了！"大卫和唐僧也凑过来看。右手握住脚踝，大拇指轻压踝关节，白胖胖的地方向下陷，肉色一深又慢慢反弹回来。"喷药！喷药！"娜娜代我开的成都体院运动员专用跌打药当真是派上了用场。一股浓重的中药味儿扑鼻而来，和身体的酸味儿混在一起惹得我直干呕。

"啊！脚咋还肿着？"第二天一醒来便去查看伤情。我尝试旋转脚踝，然后从这张搭在木板桌上的、断了弹簧的床垫中间挪到边缘，双手撑住床垫，右腿往下一伸，大脚趾着地的一瞬间——不疼。前脚掌落地——不疼。整个脚底落地——"哎哟！针刺般疼！"随后落地的左脚只得承受着更多重量。大胃和唐僧帮我分担了些背包的物品。

"真的不用搭车吗？"他俩将背包穿在我的肩上，一左一右扶着我从房间走回国道。"好像还能走。今天 18 公里到巴塘，是吧？"我把皮肤风衣的袖口向上用力一撸，"说什么也得走过去。放心吧，我练了这么多年瑜伽，经验告诉我，骨头没事，就是得忍着痛了……"我拍拍他俩的手臂，示意我自己能走。

"什么？还有两条黑暗隧道？！"缠紧绷带的右脚疼痛才缓解，精神的疼痛感又深深袭来："昨天不是过了四条了吗？今天我这残脚咋整啊？"当我习惯了在黑暗中穿行，就不再惧怕它。但更大的恐惧正啃着我的骨头！

我尽可能放缓步伐，走十来步就停下来休息——重心挪向左腿，弯曲左膝——这时候左脚踝不能也坏了。但随着走的路越长，我的右脚前脚掌已经有些发麻，重心总是不自知地偏向左侧。黑暗隧道的左侧，那可是靠近过往车辆的一侧啊！

"我可不想被卡车轧死。"我的双手挠着黑暗隧道口的冷空气，心脏的每一次跳动，都在给我力量，"加油！"登山杖的每一次撞击地面，都在给我力量，"黑暗不算什么！"右脚前脚掌的麻木、脚趾的寒意、脚踝的刺痛，每疼一次，都在给我力量，"离光明不远了！"

汗流浃背！痛不欲生！我怎么还走不出这黑暗？光明！光明究竟在哪里？这黑暗中的宁静，像是死了一般！我透过近处的一团黑暗向远处的光明望去。我在黑暗中寻找着光明。站在近处，总是因为从远处走来。站在黑暗，总是因为要走进光明！右小腿发麻了，而左大腿在抖动着。门牙咬着下嘴唇，喘着粗气。

一片漆黑中，我能听到淌下的汗水落在地面的声音。我能听到右脚踝被尖针锤砸的声音。我能听到光明处风吹野草的声音。再向前一步就是光明，光明有床，光明有肉，光明能洗澡，光明能和爸爸妈妈通电话！

"感觉我的脚踝是臭肿的！"我白净又清香地躺在客栈的床上，嘻嘻哈哈地调侃着，"6 天没洗澡，这一洗澡，你们瞅，消肿了吧！"巴塘海拔不到 3000 米，36 摄氏度的气温热得我喘气都冒汗，苍蝇倒是飞得欢。

"大妈，您做的饭真好吃。"巴塘休整的这一天，在果子没熟的树下，我狼吞虎咽地吃着晚饭，"您和我妈做得一样香。"

"喂，妈，我脚？没事啦！"饭后，我啃着巴塘买来的西瓜消暑，和妈妈通电话，"和我爸干啥呢？麦扣（我可爱的小比熊）呢？都挺好的？放心吧！"

从客栈的天台望去，雪山真美，像是母亲纯洁的笑。垭口向下的山路，是上山路的光明。八座未翻越的雪山，是未走路的光明。回到爸妈都在的家，才是路途遥远的光明啊……

Chapter 11

让西藏的温暖更甜些

离开黑暗，

不再回来。

——《旅行者》旅行者

哪个少年捧起万粒金沙

"37 摄氏度？！"我手臂软塌塌地抓起挂在背包上的户外温度
计，"巴塘不是高原江南吗？简直是高原火炉！"我踩到国道上再
寻常不过的沥青，"都烤化了！"黑乌乌的沥青黏在了脚底，脚往
上一抬，高原名菜出了锅——拔丝猪蹄。

"热死个人。"恨不得把能抵抗紫外线的皮肤风衣从身上扯掉。
脚下的路，被烈日烤得正冒着热气，我实在不想再做一道高原绝
菜——烤乳猪。下眼睑、面颊、鼻子、嘴巴、耳朵、下颚被防晒头
巾紧紧蒙住，鼻孔扩张，吸进热气，呼出热气，嘴唇发干。额头在
帽檐的阴凉处"哗哗"淌着汗，汗水流经眉头时，眉毛断了它的去路，
而狡猾的汗水则穿过毛发，直闯双眼。挂着汗珠的眼睛，因要看路

而自由地眨动着。手指的指肚有些发胀变红，手背上清晰可见血管鼓胀了起来。

登山杖也像是中暑了一般，无力抬起，擦着地面"咔"着向前。"走到海拔3000米以上就不会这么热了。"唐僧甩着他那头被汗浸湿的黑发。大胃眼角下垂，嘴唇干裂得爆了皮儿，背部向前弯着，一副已经中暑的衰样。

"咱得多补水，不然非脱水了不可。"我拽下头巾，把水袋的吸管扯进嘴里，"都成热水了，这要有瓶冰镇水该多爽啊！"我猛吸一口水装满口腔，腮帮子向外鼓起的样子让我看起来像只气鼓鱼。鼻子深吸一口气，"噗"地嘴唇一噘，腮帮子一瘪，满口腔的水和气喷向了我的胳膊。"哎呀！凉快！"逗得一时快活，皮肤风衣的速干效果带走了皮肤的湿润——更燥热了。

"咱就应该找个阴凉处歇歇脚，把这太阳躲过去。"我揪巴着已经被汗打湿的头巾。但这国道的左侧，光秃秃的无名山壁无处可憩，而蜿蜒在国道右侧的那条奔流的江水，便是那四川与西藏的界河——金沙江。

"今天可是要走40多公里！"大胃有气无力地咆哮着，"咋走？"双脚像是踩在泥潭里，双膝虽有力，但双脚发软。

"鞋不会被烤化吧……"眼瞅着太阳高升至头顶。休息！需要休息！

"快看啊！树荫！"我们像是发现水源的大象一般，笨重又凌乱地一手拽住背包的肩带，另一手托住背包的底部，向那片沿江而生的树丛奔去。

我讲不出树的品种，它们的树干并不粗，却为我们带来珍贵的一处阴凉。阳光穿过树枝的缝隙，深刻地向下，欲要击透所有的黑暗。我们咕嘟咕嘟补水后，躺在铺好的防潮垫上。我不想说话，仿佛每说半个字就会脱失身体的10毫升水分。我不想啃饼，肚子里已经胀满了热水和高原热气。我甚至不想去享受光明，暗处的清凉在此刻才是需要的。我只想打个小盹儿，还有很多的路要走，但我只想任性地，又合乎情理地躲过这烈日当头的正午时分。

我们仨各自霸占防潮垫的一角，唐僧平躺成了"一"字，我和大胃则蜷缩成两朵干瘪的蘑菇。鞋一脱，热得胀肿的双脚得以解脱。金沙江出乎意料的平静。我躺在距离江边最多 10 米的位置，竟听不到它奔腾的涛声。

热风，吹着树叶发出"沙沙"声，却是那么清朗，像是在安抚着我内心的焦躁。上眼皮越来越垂，眨巴两下便和下眼皮糊在一起。我放松得像是一个不谙世事的孩子，我为何要担心过路人会偷走我的行囊？

我睡着了——在这金沙江畔，谁又能说我的心灵在此刻没有得以解脱。

"你醒了？"一个戴鸭舌帽，身着短袖、长裤的大哥蹲在我的身前，他的黑发与腰齐长，单眼皮、厚嘴唇。我眯成缝的眼睛，瞬时瞪圆，下意识地将右手臂向身后一伸，猛地坐起身。我的脚趾缩在一起。脚后跟摁住地面，将我的身体向后挪。

"看你们睡得正香，就没叫你们。"大哥声音很轻地说。我的左手支撑住身体，伸在身后的右手推推还没醒的唐僧和大胃。再一抬头，一群骑行的人停了车，正倚着国道的护栏边补水边望着我们："看这些徒步的，真是厉害，在这里就睡下了。"

"我叫麻忒，是跑步的，"大哥见我们仨都醒了，便自我介绍，"我给你们拍了张睡照。"

那一日，骄阳当顶，我暴行于金沙江畔，应该离川藏省界不远了。路遇三人在路旁树下酣睡，时至中午，这路上少有车过，更无人迹。他们一定是徒步者，很累了，睡得很熟。金沙江很平静，江的那一边就是西藏。他们在做梦吧，梦里是美食和软床，还是这以江为界的千年金沙，散碎得无法把握。

（摘于麻忒的微博）

"啊？跑步！跑川藏线？"我们仨惊讶得张圆了嘴巴。

"您这是铁肺啊！我们走路走急了都喘。"大胃生龙活虎起来。

"那您一天跑多少公里？"唐僧更关心数据。

"大概有七八十公里吧。"麻忒有些不好意思地说。

"啊！这么远啊，七八十公里……"我的脑子快速转动，做着数学题，"我们一天最多走五十公里，您这一天顶我们两天的路。"

越是牛人越谦虚，那是半点儿不假。麻忒谦虚地说："我也是常年跑马拉松，不然也不行。"

"您带了多少行李？"我们好奇地看着背在他壮实臂膀的轻量背包。

"水、一件外套，还有我身上的这一身。"麻忒说道。

"这么少？"背包的体积还不及我们背包的睡袋仓大。

"背多了也跑不动啊！"大哥哈哈地笑起来，"巴塘太热了，我和你们走一程。"

"哥，你可真厉害，跑步着到拉萨。"麻忒见我走得慢，便放慢脚步与我同行。

"烂路也会走一段，像今天这种天气。"麻忒个头虽不高，但我依稀从他的胸口看到强有力的马达。

"我现在越来越走不动了……笔直的平路恐怕都得缓缓。今天还拖着'大姨妈'……"

"你也挺厉害的，一个女孩。"

"现在不行了，自打翻剪子弯山，我就天天掉队，也就刚上路时还能和他们一起走。"我抬手指着走在我前面的大胃和唐僧，"他俩这一路，净等我了。"

"你就按你自己的节奏走，这样才安全。"

"那是一定，"我的脑袋扭向金沙江，"我都开始想我会不会拖累他们了。"

麻忒没有说话，也转过头看向金沙江。

"哥，你说这金沙江，真能掏出金子吗？"我转过身，双手扶在护栏上，面朝江水，"就算是有，这金子又怎么会容易淘来。"

"咱们快到西藏界了。"麻忒目光坚定地望着金沙江。

那一刻，我仿佛看到一个裤腿挽起的少年，正在江边弯低了腰，捧起万粒黄沙。

1265644 步，西藏界

那就是西藏界了吗？！我的双脚是如何走到这桥头的？眼泪还未来得及被烈日烤干，已被迎面而来的热风吹离了面颊。我站在这桥头，这座灰色的金沙江大桥。我站在这一端的四川，望着那一端的西藏。

34 天，843 公里，1265644 步……西藏界……我的双脚又是如何走上这座桥的？桥的右侧——进藏的方向，立着一块界碑——西藏界。它像是一把开启天堂之光的开关。我走过它，便将光明点亮。

站在这座架在金沙江的桥上，我能看到云朵飘在山间，我能看到西藏界内的白色房子。我能看到金沙江的远处更窄，而近处更宽。它的表面那么宁静，宁静得让我以为它的内部也是宁静的。它的颜色那么浓重，浓重得让我以为它的过去不是孤独的。可它，就这么宁静的、孤独的，从高处流向低处，等待着山鹰从它的高处飞过。而我，无论站在金沙江的哪个方向，都尝不到它的千年泪，我甚至无法捧起一手心的金沙。就像我无法品尝高山的雪水，也无法捧起时间。

"对不起，您的手机没有信号"

"老婆，宝宝，我想你们了！这里手机没信号。"——陌生人用黑色的记号笔写在防护栏上的一句话。

我数不清这条进藏路有多少段路是没信号的。我记得清没信号时我的状态。我抓狂！我无奈！走在前不着村后不着店的无人区，手机信号就真的是毫无征兆地消失。无规律可循，可能就是一个抬头，再一低头，屏幕左上角就变成了"无服务"，它来得太快了。

手像摇骰子一样用力地晃动手机，但举回面前，它还是那副样子——让人愤怒！冲着老天破口大骂！嗓子喊哑了，也不会有一座信号塔从天而降。遇到不测，你的办法就是自救和试图拦车，拦一辆同样没信号的车……

没信号时，想念就像细胞分裂一样，快速成长。你明白那种速度吗？手机也会时常没信号，那能怎样？为此不住吗？真的特别想和投铅球似的，用最大的力气将手机抛到远处。眼不见心不烦吧，但怎么能把它扔了呢？不能的！

我加快脚步！唯一能做的就是把手机装好，势必做到人在、手机在。离信号越远，也就是离信号越近的时候。村镇的房子，就像是一座座信号塔，离它越近信号越稳。所以有时候真的是为了联系外界，而加快步伐的。那种力量之大，是比肉和床的吸引力更强的。

电话接通的那一刻："喂？我到了，好累啊，你怎样……"就是为了说上这几句普通的话。就是会为了说上哪怕一句话，脚痛忘记了，疲惫忘记了，真的什么都忘记了。只有一个信念——我要打电话！我要发信息！那种力量我称它为——爱，是爱的力量。没有什么比爱的力量更强大了。

有时候想想，觉得自己很愚蠢。手机信号 24 小时满格时，又在做什么？"哎呀，我很忙！""好烦啊，赶紧说！"或者干脆不接电话，无视。一分钟能说多少句话，你有数过吗？真的可以讲很久。所以想到自己为什么那么着急挂电话，真的忙到 60 秒钟都给不了最关心自己的人吗？

我心安！内心平静极了……电话打完了，信息也发完了，然后就笑了，这是得到了一天中最大的褒奖。非常满足，就像小孩子吃到一块糖果，麦扣吃到一根肉条。但内心又很平静，很心安，我在，电话那一端的人也在。这种感觉很好，像是在寒冬腊月泡着温泉，喝着一壶热酒。

那可是放弃啊

"女神……"大胃躺在海通兵站的单人床上，脑袋冲着天花板喊道。

我朝他丢了一根在小卖部买的火腿肠："你那是叫谁呢？"

"咱们之后两天，也就是 7 号和 8 号，"大胃用牙齿撕着火腿肠的包装，"要连翻两座山，"火腿肠塞进了嘴，"都海拔四千多米，然后隔一天要再翻一座海拔三千九百多米的山，你……"

"你还是吃吧，别说话了。"我打断大胃的话，实在不想再听"噩耗"。

我开始滔滔不绝倾诉过去几天的遭遇，手还不时比画着："咱从巴塘出发的这几天，先是四十四公里摸黑才到温泉山庄，我身拖'大姨妈'，温泉都没泡成。5 号出发时，和麻忒告别后，好嘛这一路，又被太阳烤得无处可躲，连内衣都被汗浸透了。途经挂着'住宿'牌子的小卖部干脆卸包放弃走路……"

"那可是放弃啊！"说到这里，我"腾"地坐起身，双手拍着床板，"今天整个上午都在下雨，雨停了，万般不情愿地，又必须从小卖部走到兵站。也就是这二十多公里没住宿的，不然我肯定再次放弃。"

"所以现在不要再说什么翻山了，我一放弃，兴许明天就不走了，"我的上身又沉沉地倒回床铺，"除非八抬大轿抬着我！"

"大姨妈"正将我的斗志夺走，盖在身上的两床棉被已无法压住我心中的无名怒火。我的双手用力地掀开被子，双腿用力踹。"什么都不干了，我只想躺着睡觉。"再气鼓鼓地把被子拉回。

4 天，翻越 3 座高山

4 天，翻越 3 座高山。第 7 座高山——海拔 4150 米宗拉山；第 8 座高山——海拔 4376 米拉乌山；第 9 座高山——海拔 3911 米觉巴山。进藏路，由一座座高山连接而成。我，哪怕有再大的气性，也还是要翻山越岭！

宗拉山的翻山路，那辆白色轿车是专业搭车的吗？司机经过谁就踩油门问谁："要不要把你搭到垭口？"还真有骑行的上车，不知是高反了，还是犯了懒。还有那大逆风，好不容易寻摸块儿能歇脚的草甸，手里捏着的大饼差点儿被风吹走，啃个饼还得找角度！

垭口的风景倒是不错，我像是从山谷中升天的大仙儿。垭口的山包，从国道望去，缠绕在山顶的经幡和天空连接在了一起。坡上躺着一个身穿橘色上衣的男孩，他的手臂大张着，但双膝是弯曲的，我想他是怕从山坡滑下去吧！他的红色自行车停在国道旁。

我经过男孩时，他抬头冲我笑了笑，我们并没有交谈，我站在高处，而他依旧躺在那里。我看不清他的脸，我猜他的眼睛是闭上的，难得在垭口更高的位置，有种难得的宁静和孤独。垭口通常是进藏路最热闹的地方，所到之人都会停下。尤其是骑行和徒步，到达垭口意味着胜利！

翻越拉乌山那天是从芒康出发的。在芒康又快递了一次行李，虽然只轻了两斤，但感觉轻了 20 斤似的。拉乌山的翻山路，是很平缓的柳暗花明又一褶。但非常开阔。山脉不像宗拉山那样高低错落，它更像一张平坦的绿色毛毯，蜿蜒的国道是精心绣出来的花纹。

拐一个弯儿，是一条笔直的缓坡路通往垭口。垭口有只野狗，它和理塘的狗一样，懒得理我们这群人类——我们各个张牙舞爪地庆贺着又一胜利！离垭口越近云层越厚，天空像是被刷白了一样，蓝色是多余的。

从如美往觉巴村，一面紧挨碎石随时落下的峭壁，一面是澜沧江流经，因离得远而听不到隆隆声，但它的水面总是激起白色的水沫，汹涌之势，势不可当。

晚上住在觉巴村——坐落在觉巴山山脚，像是窝在谷底里的孤寂之所。客栈两层楼，难以想象，如此荒凉之地，竟能洗澡。洗澡房由木头搭起，棚顶躺着圆形的太阳能热水器。客栈的老板是个体格精瘦的大叔，客栈受欢迎的很大原因是他的蛋炒饭和热汤面不限量。大胃吃了足足三大碗。

觉巴山，海拔不到四千米。但它像是被天兵举着大斧子大力向下劈裂的一样。翻山路简直就是生于绝壁。从正面看，它像是一面厚重的高墙。走到绝壁的那一侧，前一秒钟踢一块石头，下一秒钟脑袋往下一探，石头的踪影就不见了。虽告别了澜沧江，但却迎来了万丈深渊……

想必是早上吃得太饱，力气大如牛。我们三人竟打赌："一口气翻到垭口啊，谁休息谁请客喝'红牛'。"简直不知天高地厚！

竟然还真做到了！"行啊女神，虽然收队，但居然直接上来了。""我才不想请你们喝'红牛'呢！"翻越觉巴山这一天是徒步进藏的第40天，但离拉萨仍有1000多公里……非常期待还剩3位数路程的那一天。

让西藏的温暖更甜些

拉乌山下山路两侧的土疙瘩坡上，大大小小的洞眼儿密密麻麻。

"还记着红龙乡吗？"大胃似乎很喜欢这些小家伙，"咱们又和它们相遇了。"

"土拨鼠。"土黄色的小脑袋四五个地从洞里探了出来。它们胖嘟嘟的身躯能钻出这小洞口吗？虽然身体圆滚滚的，但这一点儿都没有成为它们奔跑的阻力。还有什么比野生动物更自由？自由地奔跑，自由地躲藏。

高尔寺山 50 公里风雨雪冰雹路带来的伤痛还清晰地印在心里。而一团厚重的乌云飘到了我们的头顶……乌云将白云一口吞掉，黑压压的天空像是要摧毁世界。

"冰雹？！"又是和高尔寺山一样的手忙脚乱好一阵，总算把雨衣穿在了身上。

"比高尔寺山的更大。"唐僧用雨衣捧起和一元硬币一般大的冰坨。

我们疾步走着，国道两旁依旧和巴塘的路一样——无处可躲！

我的头顶不再被拍得生痛，拍在身上的已是雨水。就在我们小心走在这已经打滑的路面，不知又拐过多少个弯子后，我看到了自己的影子。"出太阳了！"我抬头望天，蓝天像是守护我们的战士，从远处飞来，将头顶的乌云向身后打散。我转身要为这战功赫赫的战士送行，却在晴朗处望见了乌云中的双彩虹。

"双彩虹！"它在乌云这团灰色幕布的映衬下，发着光。低的那一条相较高的那一条彩虹更明亮。我在灰暗中拥抱了彩色，赤、橙、黄、绿、青、蓝、紫……它来势太猛，有些失真。我抬高手臂，似乎就握住了它。路面还是湿漉漉的，但心里像是含着彩虹糖一般。

北京的那一碗炸酱面

彩虹糖融化，彩虹也慢慢模糊，它的色彩逐渐消失在灰色中。我们继续前行，灰暗的天色也逐渐笼罩了我们。

"如美村，"我指着路牌，"天都要黑了，我们就在这个村子住下吧。"

村口，一间干草搭在木房顶上的小卖部吸引了我们的注意，一张台球桌摆在门口。大叔得知我们无处可去，便热情地招呼我们在他家住下。这是一个传统的藏式民居——我们先穿过小卖部右侧的院子。推开木门，扑鼻而来的馊臭味让我们仨都捂住了鼻子。"哼哼哼……"原来我们闯入了猪的地盘啊！

又要上楼……一个阿妈正赤裸着上身站在平台上，用湿毛巾擦洗着身体，她脚边的水盆冒着热气，两只暖水瓶立在盆的左侧。推开一扇有玻璃的木门，是一个长约 40 米、宽约 20 米的大开间。面朝大门的是灶台，左侧摆放更多的是藏式立柜，而右侧则是六张藏式沙发围着两张拼在一起的藏式台桌。

"扎西德勒。"我们的屁股还没坐稳今晚我们的床，就赶忙起身接过卓玛（大叔的儿媳）递给我们的酥油茶。大哥（大叔的儿子）拎着一铜缸走向我们："来，尝尝我们自己做的青稞酒。"

"真的不能再喝了！"我们仨起身推掉这第三轮儿酒，大哥又推开我们的手，再给斟满，"喝！喝！"我们吃着裹上藏袍的阿妈端来的两盘菜——一盘炒土豆丝，一盘青菜炒粉条。我大口吃着家常菜，尤其想念妈妈做的炸酱面。

每逢生日，她都在厨房里一通忙乎：先是和面，往表面发黏的面团上盖一块纱布，将其置于阴凉处。醒面的工夫，便去炸酱，备面码儿。待面团光滑，手指戳动有弹性了，将其从盆中取出，往撒着干面粉的案板上一摔，双手手掌让擀面杖不断擀着这被手摁扁的面疙瘩，擀成薄面饼后，刀尖朝下划开小口，刀刃再朝下将其切成一厘米宽的面片，双手揪其两端，手臂向上伸直，面片被抻得长些，手肘再一弯曲，再一向上，这么仨来回，筋道的面条便是抻好了。一手提着面条的两端，另一手捧着面条，眼疾手快，面条入进清水煮沸的锅中。

那小碗干炸，先取一块儿肥瘦相间的五花肉，切成肉丁。因我更爱吃肥肉，妈妈总是多放些肥肉丁。锅一热，见那入锅的油就要冒起热烟儿，葱、姜末儿煸出香味，肉丁入锅翻炒成金黄色，已用清水调好的六必居干酱倒入锅中，捻成小火，铲子不停地在锅里顺时针搅动，搅到手臂有些发酸，酱逐渐变浓稠，"噗噗"地冒着气泡儿，便是要出锅的时候了。

面码儿——黄瓜、红心萝卜切丝，黄豆焯熟，芹菜焯熟切碎丁……

总之越丰盛越好。取一大碗，盛上多半碗滑溜溜的面条，夹些爱吃的面码儿当盖儿，再往上浇一勺炸酱——咔咔一拌，再兑点醋儿，筷子挑起这挂着香酱、夹着蔬菜、缀着肉丁的面条子，往嘴里一吸溜，再咬口大蒜——嘿！那滋味！

眼巴前，吃上碗热水泡熟的方便面就已经心满意足。更何况还用热水洗了脸，还有被子盖。钻进被窝后，多一句话都不想说。可大叔把灯一关，我的眼睛怎么就是闭不上？肌肉的酸痛感让身体发胀。

"喵……"一只黑色小猫咪踩着我的双腿，经过我的肚皮，卧倒在我的胸口。再睁眼时，猫咪已经躺在窗户的台儿上。

大叔说什么也不收住宿费。我们整装待发。阳光中，大叔将我们送到院门口，冲我们摆摆手："扎西德勒。"我回望这间由木头围起的院子。昨晚8点多，在丁点儿光亮中，一只牦牛倚墙卧着，它并没有因陌生人的走近而吓得惊慌起身。天空由远及近更加深蓝，仿佛一切都静止了。"咩，咩，咩"——家养的小羊羔哼着奶声，那是在和母亲讨要奶水吗？

大叔的家，那么安谧、温暖。一句扎西德勒，湿了眼眶，而远方像是在召唤着什么……

Chapter 12

去爱吧，即使离别明天就来

那时我们有梦，
关于文学，关于爱情，
关于穿越世界的旅行。

——北岛

为什么要把这个故事写进书里？就因为它发生在进藏路上吗？各自开始了新的生活，没必要弄得好像没放下似的吧。

读过很多情诗，听过很多情歌，看过很多爱情电影，谈过几次恋爱，爱过几个人——但爱情究竟是什么？写作是很残酷又很酷的事——天啊，原来我都记得！只是回忆再美好、再痛苦，都回不去了。

没蒜的拍黄瓜，没醋的大饺子，没我的你；

没气的车胎，没桨的孤舟，没我的你；

没手纸的卫生间，没水的淋浴间，没我的你；

没烤白薯的冬天，没大西瓜的夏天，没我的你；

没肥肉的小碗干炸，没土豆的咖喱鸡块，没我的你；

没钞票的大钱包，没额度的信用卡，没我的你；

没大雁的天空，没天鹅的湖泊，没我的你；

没我的你。

2015 年 7 月 31 日，晚饭吃了没蒜的拍黄瓜，差着滋味儿，胡乱写了这首《没我的你》。

2015 年 12 月 1 日，北京雾霾爆表，终于动笔写了这个发生在进藏路上的爱情故事。2014 年 5 月 15 日，一个男孩，从阳光里朝我走来，笑着。

或许是注定去看看太阳

"你好，你现在到哪儿了？走慢点儿，我 5 月 12 日从成都出发骑行。"

"真的吗，好巧啊！我今天从黑竹镇出发，20 公里走到城东乡，现在正午休。"

"按照这个节奏我追得上啊！"

"骑车很快的，我们会遇到的。"

"我之前当兵也就走一两天的急行军，一天 40 公里。"

"军人！你们都怎么走？中午太阳大时怎么休息？早上几点出发？"

"我们是夜行，基本走 1 小时休息 5 分钟。"

"看来我们走得还挺合理。"

"加油吧，等到了大上坡的时候，考验才来。我真欣赏你这个风格的姑娘！要努力哦！"

"必须啊。"

出发前在豆瓣公开了个人微信号，因添加的人太多，两天后删除。他是在那两天发送的好友请求。徒步进藏第 4 天（2014 年 5 月 5 日），我通过了他的好友验证请求。

"你到哪里了？"

"我今天下午到的康定，你坡儿爬得怎么样？"

"爬得死去活来！我们这几天就没遇见太阳。没太阳，山上冷，也拍不出好照片。"

"所以我一直告诉自己，没风景的路都过来了，后面不能掉链子！加油！加油！"

"我明天差不多中午就能骑到康定。"

"坡好多的，上坡下坡，坡坡坡。"

"人生四大恨：一恨骑自行车，二恨骑自行车走川藏线，三恨川藏线的坡，四恨我也是其中的一个——这是今天的感悟，估计之后的山感悟更深刻。"

"隔天的事情就隔天再说吧！明天见。"

5月2日，我从成都出发，一脚一脚地走，很慢很慢。他出发晚我10天，但骑车一脚一脚地蹬，很快很快。成都至康定，我走了13天，而他骑行4天就可以到达。徒步进藏第13天（2014年5月14日），我从日地村18公里到达了康定。

"我爬到康定了，安顿好后咱们见面，现在一身都是土，手上、脸上还都是车油，没脸面见女神……"

"走318还在意这些？！"

"必须在意！一群汉子无所谓，这是要见川藏线女神！"

"我很随意的，好吗？"

"应该是很随意，要么怎么走'318'啊。"

"你住哪个客栈？我住登巴。"

"我住一个家庭旅馆。"

"一会儿'雕塑'见。"

"好，马上到。"

我们约在康定城的第一个标志性建筑接头——国道左侧的雕塑。那天风很大，但阳光很好。我在路边四处张望，就在我再一转身，一个男孩，从阳光里朝我走来，笑着——是他。我把蒙住脸的头巾摘下来，也冲他笑。

我们在康定城里散步，吐槽了川藏线的坡儿。他从银行取款出来，我们偶遇了他的几个队友，我们拍了合照。他住的客栈和我住的客栈是紧挨着的。道别时，我给了他一个拥抱，很礼貌的拥抱。我也说不出为什么，就是想拥抱他吧。

或许是缘分再相逢

早上从康定出发时又碰面了，打过招呼，又给了他一个拥抱，很礼貌的拥抱。怎料我徒步和他骑行的行程撞了——折多塘落脚，以便第二天翻折多山。中午都到了折多塘，互传了信息，但谁都没提再见面。

"你下午泡温泉没啊？"

"去啦，但没泡成。一堆男的瞎起哄，我就跑回来了。"

"那个时候好像我也在啊！"

"原来那群吱哇乱叫的变态是你在的队伍啊！"

"也没泡太久，风太大。"

"我不出去了，怕被吹感冒。明天我6点就要出发翻折多山。"

"你明天能到新都桥吗？"

"肯定到不了，查过路书，垭口下坡10多公里有个贡布卡村可以住。"

"我们应该是8点出发，翻过山后到新都桥。"

"8点，那时我们已经在爬坡了。"

"我们估计在推车……"

"明天碰到面打个招呼吧，之后咱就碰不到啦。"

"我们在新都桥也许会休息一天。如果第二天你们能到，我们还能碰到。"

"好，折多山见啦！"

徒步进藏第15天（2014年5月16日），未见面的折多塘。

我不喜欢爬坡，但我喜欢你

我很早就从折多塘出发，路过了他住的客栈。他的队友三三两两堆在二楼的阳台，大声喊住了我，我和他们远远地招了招手。翻折多山时，我时不时回头望，盼着和他再见面。

当我在一个山腰的小卖部补给时，再次看见一个男孩从阳光里朝我走来，笑着。是他！手不知怎的就摸进了衣兜，刚好有颗糖，我递给了他。

折多山虽是川藏线的第二座高山，但也是第一座海拔4000米以上的山，第一座要翻到垭口的山。我翻山翻得异常兴奋，到了垭口玩得很嗨。就在我要离开垭口时，他出现了。

垭口有观景台可以登台阶爬到更高处，几个驴友想和我拍照，便征求我的同意，他好可爱地说着"不拍不拍"，但还是帮着拍了合照。我们坐在观景台的台阶上有5分钟吧？时间很短，又似乎很长。雪山环绕，经幡飘动。

"千万小心，尤其下坡路。"

"嗯，你也注意安全。"

因还要走路，我便先行离开了垭口。而他则在垭口喝着呼呼的大风等着他的队友。下山时，我像是得到某种召唤，鬼使神差地回了头，一眼认出了他。他的双手紧握着车把，迎面吹来的大风把他的风衣吹得鼓了起来。他经过我身边时，大声地喊了句："我先走了哦！"

他骑车的背影，绝对是我见过的那么多骑友里最帅的，没有之一。你们知道我 90 天遇到多少骑友吗？很多很多的。

"你骑到新都桥了吗？我刚到贡布卡村的藏族老乡家，就下雨了。"

"我到了。下坡路骑得还是快了，现在头有些涨痛，还很晕。"

"晚上吃热汤面吧，然后吃了药闷头睡。"

"休息下就好了，海拔还是高啊，得慢慢适应。"

"我觉得你不错，你之后路上好好耍啊！"

"我觉得你也不错。"

"我的意思是挺喜欢你。"

"我们明天在新都桥会休整一天。"

"明天我能到。"

"我们可以见个面。"

"我安顿好找你。"

我喜欢他，我表白了。川藏线上的相逢从来都是见一面少一面。难得又都在新都桥落脚，一定要见上一面！

徒步进藏第 16 天（2014 年 5 月 17 日），我们在折多山垭口再次相逢。

"你到哪里了？今天太阳超级大。"

"一路没信号，刚刚有。我离 2914 路碑还有 3 公里的样子。"

"路上风景美不胜收吧？"

"美哭了。"

"下雨了，你在哪里？"

"还真是赶上雨了，已狂奔到客栈。依旧和你住的不是同一家，我先收拾下。"

"山里的雨一阵一阵的，你先安顿好。"

　　雨停后，我们在潮湿的国道上接头。我们在他住的客栈吃饭、闲聊、躺在院子里宽阔的草甸上晒太阳、看云。我们漫步在新都桥的河边。

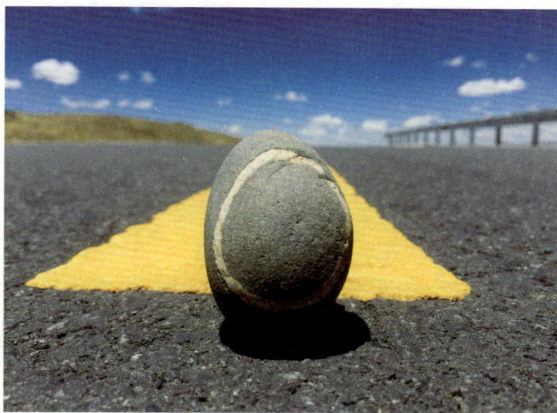

"真美！"他弯下腰捡起一块石头。

"谢谢你送我。"我以最自然的手法从他手里将石头"抢"来。

"本来也是要送给你的。"他笑着。

"反正已经在我手里了，给别人也没戏了啊！"我把石头揣进抓绒衣的兜里，拉紧了拉链。它躺在高原的河边有千年吗？它住在我的背包里，陪伴我走到了拉萨。

天色越发暗了，气温也越来越凉。他送我回我住的客栈，路上两个人都沉默了。到了要道别的时候，我抱住了他，不是礼貌的拥抱，是带着不舍的拥抱，紧紧拥抱，他也抱紧了我。他拉住我的手说："我们还会再见的。"

回了客栈，我就哭了，哭得很伤心。

"亦凡，我忘了和你说一句话，我也喜欢你。"
"我也是。"
"我们继续努力把接下来的路程完成吧。"
"好。"

我是悲伤的，我是愉快的

又是很早出发，不知是情绪低落还是怎么，没感受到新都桥的美。我们如他所说，又见面了，在太阳东升的时候。他的队友叫住我，他停下车，我拥抱他，很礼貌的拥抱。我把我的一条手链摘下来，但手链短了些，他系不上，所以他就把它收进了衣兜里。

"这之后就真的再也见不到了。"我望着他的背影，莫名地伤感。

高尔寺山的路很烂，翻山时总浮现他离开的背影，越走越崩溃，到了高尔寺山的垭口，我就哭了。给他打电话说："我挺想你。"

"你走到村子了吗？"

"并没有，现在还在路上，估计要8点多才能到。我到了第一时间告诉你。"

"那你可要走夜路了，路上有车赶快搭。"

"我们已经从老路走上了新路，麻花辫子似的。"

"你给我打电话时，我刚从圈圈中骑出来。你走出那堆圈圈，就有村子了。我昨天帮你看了。"

"这里的信号时有时无，我搜到了信号，但是超微弱。"

"都9点了，你这是一天狂奔50公里。"

"明天再和你聊吧，我要赶紧休息了。快走废了。"

高尔寺山的下山路，天气恶劣到风、雨、雪、雨夹雪、冰雹、晴天全赶上了。路是一烂到底。这一天走了50公里，人生第一次走了夜路。信号时有时无，好不容易走到了卧龙寺村的藏族老乡家，进了门就没信号，就又出门和他联系报平安。

高原相信我们一见钟情

次日早上，从藏族老乡家的大门一出来，信号就恢复了。收到了他昨晚发的消息，他把我送他的手链缠在了手指上，像是戒指一样。还给我补发的朋友圈留言说："今天是个好日子。"

我没回复，心想：好啥嘛？脚上都是水疱！

我在国道右侧的小卖部补给，一看手机有他的未接来电，还没来得及回复，一抬头，他出现了——他从阳光里朝我走过来，笑着！

我是飞过去的吧？我一定是飞过去的！我们傻傻地笑。我抱住他，问他："你怎么出现了？你怎么往回骑？"

他说："今天是个好日子，我来找你。"

这时我才反应过来，我说："五月二十！在一起？"他憨憨地点头，说："好。"

我们坐在国道旁的长椅上，棚顶遮住了阳光。我们并没有讲话，我把脑袋靠在他肩上，他的手紧握着我的手，我们安静地看云，傻傻地笑着。云轻巧地飘着，世界像是静止了。他推着车陪我走了三公里路，我们约定了他还是骑车，我还是徒步。然后我们就分开了，之后的路程，我们一直都没见面，就只是每天在手机有信号时，打电话、发消息。

"你到哪里了？"

"我快到 3000 的界碑了。"

"我还有 4 公里到雅江，一路都在笑。"

"我刚到相克宗，全程 17 公里爬坡，和队友会合了。"

"我也到雅江了，脚疼得啊……"

"明天休整下。路还很长呢，保护好自己，我们都加油。"

"好。"

我们的时光注定那么少

卡子拉山的垭口，大风把藏族小姑娘的黑发吹得凌乱。我走向垭口的草甸，抬起头，看到那颗心形云。

"这是高原送我们的礼物吧？"

"一定是！"

2014 年 6 月 8 日，他给我打电话，我当时正淋着太阳雨。他告诉我他到了布达拉宫。我很激动，在雨中跳了起来，对他大喊："我爱你，我爱你，我爱你！"就在我一回头，我看到了双彩虹。

他骑车到了拉萨，全程没搭车，没运包。随后他就开始纠结，是回家乡还是返回川藏线来找我。我们商量了下，决定还是他先行回家乡。异地很纠结，川藏线的异地更纠结。很多路段是没有信号的，失联很绝望！尤其是走到 40 多天后，身心俱惫，每天只有依靠和他联系才能走得下去。每天落脚后，最幸福的事情是和他发信息；最烦躁的是，好不容易有了信号，但信号不稳。

90 天的路，已经记不清哭了多少次，但我清晰地记得我为什么哭：因为寒冷，因为脚痛，因为走不动，因为快要病死，因为想家，因为想他……

去爱吧，即使离别就在明天

当我走完这段行程，曾马不停蹄狂奔到他的家乡；曾经，她列车的终点是他。而他也曾放弃一切，千里迢迢来到北京。曾经，他列车的终点也是她。是西藏的美梦太过超脱吗？爱情来时总是猝不及防。是城市的现实太过残酷吗？爱情走时又是支离破碎。

我不想再花力气去写悲伤、写痛苦。我已经写了太多路上的疼痛、黑暗、离别、生死。所以爱情故事就讲到这里吧，爱情常常美好得让人恍惚以为故事里没有悲伤。这样不好吗？就这样很好吧。我要记住欢愉，我要忘记伤害。如今，留在他那里的是一张糖纸，留在我这里的是一块石头。这条未同行似同行的进藏路，永远都在。

一个猎人为爱的人狩了羊，稀奇吗？

一个诗人为爱的人写了诗，稀奇吗？

一个画家为爱的人作了画，稀奇吗？

一个歌神为爱的人唱了曲，稀奇吗？

一个舞者为爱的人跳了舞，稀奇吗？

一个摄影家为爱的人拍了照，稀奇吗？

一个一无所有的人，为爱的人做了件事，稀奇吗？

2013年10月6日，一个没有他的寂静夜晚，胡乱写了这首《稀奇吗》。

如果我毕生使命是意料之外，那么我从没让人失望过。我们永远有梦，永远是个年轻人。我们总会长大，懂得爱和被爱。去爱吧，即使离别明天就来……

Chapter 13

死亡来时，我能做什么

草原尽头我两手空空，

悲痛时握不住一颗泪滴。

——《姐姐，今夜我在德令哈》海子

我永远记得关节的疼痛；我永远记得想活的呐喊；我永远记得手指的僵直；我永远记得脑中一闪而过的记忆片段；我永远记得那团黑暗中的光斑，向黑暗扩散。光斑消失，那黑暗比巴塘通过的黑暗隧道更深，也更密。然后我失去了知觉，我的眼睛已经平静地闭合了吗？我的下巴似乎已经不能张得更大。

那时，我以为自己所向披靡

东达山——川藏线第一座海拔超过 5000 米的高山。5008 米——我该以什么样的状态去翻越它？昂首阔步吗？东达山的山路确实比以往翻越的山路更平坦。但更稀薄的空气，让清晨从容许兵站出发的我，感到有种时刻要把胸腔扩张到撕裂才能得以呼吸的痛楚。

我在风中弯低了腰，双眼只能看到脚前的两米处，像是被夹在两面高墙中，身前的墙和身后的墙像是磁铁的南极和北极。风铸成的高墙——在进藏路是多么平常！

"能翻到垭口就是三生之幸吧？"我自知幸运不会一次次降临于我，"我该怎么翻越它？"笔直的平缓上坡路，我翻越垭口的幸运终止于K3540。而它的出现，也赐予我得以歇脚的幸运。K3540——离垭口如此之近，竟意外地开着一间客栈。它是我的救世主！我想喘口气儿——喘一口肩上没有背包、不必向前的气儿。

两间平房组成了这间客栈。左侧——有灶炉的房间里，也有长椅和长凳；右侧——百来十平方米的大开间，摆着少说20张单人床。我卸下背包，想坐在房门口感受一下海拔5000米的阳光。

云无声地叠加成一张厚重的大棉被，将阳光阻隔得严严实实。此处的风，比海拔4000米的更刺骨，软壳和抓绒衣的拉锁拉到最顶，双手缩进了袖口。前方这条通往海拔5008米东达山垭口的大直路，此刻有些孤独。大批的骑行队伍，早已赶在正午前经过了此处。"他们一定想尽早到垭口吧！"

每座山都是我们这群人最大的"敌人"，而每座山的垭口则是最大的奖赏。奖赏总是伴随着痛苦到来。最无关紧要、最不值一提的痛苦——晒黑。

"这里常年都很冷吧？"

"现在还好些，过了9月会更冷，每天都会下雪。"

"那现在也下雪吗？"

"偶尔也下，海拔太高了。"

忽晴的天，让我的眼睛眯成一条缝儿。双手搭在额头上，仰起脑袋望向天空。一片云追逐另一片云，时而交叠，时而游离。清晨，侵入骨髓的高海拔寒意还未消散，我们就必须出发了。这条通往拉萨的国道，一座座的高山等待着我去翻越。我独自走着，已经记不清从哪天起，我的掉队始于晨。我依稀记得不再想着去追逐大胃和唐僧的步伐。

我走不快了，像是一只老牛，力不从心。我恨！恨这将我四面包围起来的高墙，恨我想走却走不快，恨我以为自己所向披靡！"家"——我心里默念着这个字眼儿。当我萌生对家的思念，我的脚步就停下。

高墙又像是紧箍咒一般，将我的身体从左到右、从前至后地挤压。我龇牙咧嘴，我高声呼喊。我没有带机器猫上路，也没有时光门任我回到温暖的家中。这里实在太冷了——抓绒手套让我的指尖依旧冰凉。

紧箍咒念得越发紧了，身后的高墙推着我的双肩，要我向前走。我的双膝发软，险些跪倒在地，身前的高墙又将我的脑袋向后推。我的脚后跟打滑，险些摔倒在地。我向前向后都是错，但我必须只能向前。

家，家，家！"我×！"我高喊一声，右手从衣兜里摸出手机，左手拽下蒙住脸的头巾，牙齿叼住右手套的一角，手在发抖。我摁动手机的开屏键，左上角的信号有三格是满的。

"这里竟有信号！"我迫不及待地想打一通回家的电话，哪怕只说上一句话。我的右手有些冻僵，大拇指滑动手机的解锁屏，颤抖着输入

Touch ID。我触动电话的图标，最近通话里，滑到父亲那一条。

等待他接起我的电话。未脱手套的左手捧着手机，通话时间变成 00∶00……00∶01……我强忍住泪水，握成拳残留零星热度的右手瞬间张开，抓起手机。

"喂？"爸爸的声音。

"爸！"泪水汹涌而出。

有一个世纪没有和爸爸通电话了吗？雪花从天而降，落在了我的头顶、我的衣上、我淌泪的脸上。"我想你，想你和妈妈……"

是眼泪融化了雪花吗？还是雪花融入了泪水中，电话那一端静止了。我听到自己吸溜鼻涕的声音；我听到小腹剧烈抖动、喉咙颤动的声音；我听到呼吸急促的声音。

"我们也很想你。你现在到哪里了？"

"我在东达山。"我讨厌泪水的咸味。

"在翻山吗？你可要注意安全。"爸爸叮嘱我。

"嗯。"我大口呼着寒气，想要平静些。大风吹在满是泪水的脸上，针扎似的疼。左手将头巾拽回，右手戴回手套。我扭头看向这条国道，恨不得将来时路死死刻进骨髓。国道一侧开阔的草甸上，那一片片在高海拔顽强生长着的紫色植被生机勃勃。它娇艳得像是年轻的少女穿着一条紫色的短裙，在风中舞蹈。

我的双脚继续前行，每一步都是刺骨寒风。一个突来的大转弯，雪停了，阳光来了，垭口到了！垭口！垭口！5008米！东达山！川藏线第10座山，人生第一座一脚一脚翻越的海拔5000多米的高山。

我坐在垭口的石墩上，看那个距离我5米远的骑行少年，他正扛着他的战车，轻巧地登到路牌下方的土坡上。他哪里来的力气？！他举起他那辆战功赫赫的战车，当这辆糊着泥土的自行车被他高高举过头顶的那一瞬间——"啊！"他在呐喊！呐喊着！

当战车在他那双看起来并不粗壮的手臂中来回晃动时，我仿佛看到了一个英雄捧起他的战斧。我想为他欢呼，我想为所有到达垭口的人欢呼！

死亡来时，我能做什么

"左贡够发达啊，还有卫生所呢嘿！"左贡休整的这一天，中午吃过冒菜，便在街上闲溜达。卫生所里，一个穿白大褂的大叔正给坐在棕色沙发上的卓玛换吊瓶。白色的口罩遮住了卓玛的半张脸，她扭头瞟向我的那双清澈的眼睛，流露着疲倦。

我们住的青旅，在院子里抬头便能看到蓝天，却没有一间房能看电视。无从熬夜看世界杯的我们，第二天起了个大早。

"你们就先走吧，"我开始了新一天的掉队，"不用等我。"

"女神，你这是刚出发就又走不动的节奏啊！"大胃在一旁打趣，

"你可别走丢了哦！"

"也不知是什么人写的路书，"我吃力地走在搓板路上，"竟把出左贡的路写成是平坦大路？！"

直线的路上，我还能看到大胃和唐僧的身影。一旦他们转到山的另一面，我的身前和身后都只剩下自己。我想加快脚步，但感觉迈出的每一步都像是脚踝上绑着五斤沙袋。那我就慢慢走好了……喉咙发干，灼烧感从嗓子眼儿里向外冒着火苗。双腿发软，这不是"大姨妈"到访的时候啊。脑袋涨痛，像是有个敲钟之人住进了脑仁儿。

"列达村"——国道旁立着一块蓝色路牌，右侧有民居、有田地，田地里一群孩子围着一个务农的阿妈追跑打闹。国道左侧是一排平房，一块"青旅"的招牌让我的双眼发光。而大胃和唐僧已经四仰八叉地瘫软在了青旅的门口。

"走不动了……"一向更愿向前多走的唐僧满脸汗珠，咧着嘴说道，"亦凡，咱们要不要就在这个青旅住下来？"

大胃抬起手臂，软绵绵地说："咱们别走了，就住下吧。"

"必须行啊！"我一屁股在他们身边坐下，脑袋巴望着青旅，"不过这青旅有人吗？好像都锁着门呢。"

"打过电话了，老板在左贡……"唐僧说道，"让咱们等等，一会儿大哥过来接咱们先去他家歇脚。"

我们从大门紧锁的青旅，辗转到国道另一侧的藏族老乡家。在背阴的房间里眯瞪了半个钟头后，又辗转回青旅。

"这是新装好的房子吗？"推开房门，眼前的一切都是崭新的——白色的墙面没有一丝脏污，四张床并排靠内墙，一张床单独靠窗。白色的床单上，黑色飞虫的死尸摊了一堆，密密麻麻得像是一盘子黑芝麻。

"才装修好，你们是第一拨客人。"卓玛笑着对我们说。

背包卸在床边，双手掸掉床铺上的死尸，一阵干呕。被子很软，床铺很软，又是一阵干呕。

"女神，你咋了这是。不会是要吐吧？"

"好像……"我左手捂住嘴巴，哈着腰从背包里拽出一个垃圾袋。

"亦凡，你……"

我双手捂住嘴巴，狂奔出房间，朝着左侧的空地奔去。我蹲下身，双手将塑料袋撑开，呕吐物像是总算见到它的去处一般迫不及待。我的嘴唇紧闭，小腹向内收紧，双腮向内一嘬，"哇"，嘴大张着，舌头一卷，喉咙扩张，小腹向外扩张，一摊棕色黏稠物，喷涌而出。吐了三茬儿，第四茬儿恐怕就是胆汁儿了。呕吐物让我的鼻子发紧，我大张着嘴吸着干冷的空气，舌尖发凉。

抬头望向国道一侧的田地，田里像是开出了五颜六色的花朵。我闭上双眼，晃动脑袋，脑袋"嗡"地叫着。我双手撑住大腿，双腿抖动得厉害。屁股向上一抬，上身与地面平行。眼下一发黑，险些跌倒，下意识抓住了这片空地的一根杆子。我双手用力攥住杆子，像是做高低杠的体操运动员一般，一悠劲儿，终于站直了身。嘴里一阵酸楚。我晃晃悠悠地像是扭着秧歌一般，晃回了房间。

倒在床上，疼痛像是电流一般，从尾骨直穿骶骨、腰椎、胸椎、颈椎。整个背部发凉，像是一扇吹风机朝着每个毛孔吹着冷风。双眼发胀，眼球快要从眼眶崩裂出来。髋骨和胫骨从上及下，没有一寸不痛，像是无数根小锤子在敲着骨头。双脚发软，我无法将双腿抬到床上。

"好像要发烧。"我的左手摁在额头上。"啊？发烧？女神你是不是高反了？"大胃从他的床上跳到我的身边。"浑身疼得厉害。"我的右手攥住床罩。"我们搭车回左贡吧！那儿有卫生所。"唐僧说道。"我先吃片退烧药吧，"我欲要爬起身，"如果还不退烧，你们就帮我叫车。"

我的手掌向下摁住床铺，但无论我怎样用力，脑袋都像是铅球一样，无论用多大力都无法从床上抬起。大胃从背包里取出药片，站在我的身前，拽住我的肩膀，唐僧在我的身后，一手捧住我的脑袋，一手扶起我的背。坐起身的我，吞了两颗药片，瘫软得像一摊烂泥。他们将我抬进被窝儿，我想翻身，但手臂和双腿像是被黏在了床铺上，动弹不得。

我的喉咙发紧，用尽全身之力喊出来："你们……帮我……翻翻身。"我听到的最后一句话是："亦凡，你手机放你枕边了啊。不行时你叫我们。"我点点头，双眼望向天花板。天花板越来越模糊，眼泪淌到耳边。我的嘴唇张着，我的鼻孔呼出热气。我的嘴巴张得更大，想要开口说话。但我的喉咙像是被锁住了，无论舌头如何卷动，无论嘴巴张得多大，无论我吸入多少空气，都说不出话来。

我的眼泪淌得更多，我开始害怕，害怕会死。我开始后悔，后悔我没搭车回左贡的卫生所。我想抬起手臂去敲床铺，或者抓起手机，让离我不到三米远的大胃和唐僧注意到我——丧失语言的我。我想给家里打一通电话，我想听到爸爸妈妈的声音。

我失败了。手臂无法抬起。它连通肩膀，就那样死死地钉在床上。手指像是被打上了石膏，大拇指、食指、中指、无名指、小拇指，根根动不了。我的眼泪像是瀑布一般，耳朵灌进了泪水。我是不是要死了？我不能死！我还没有走到拉萨，我还没有回家，我还有太多的事情没有做，我还要带爸妈吃遍世界，我还要结婚生子，我要活下去！

我的眼睛很轻、很慢地眨动，似乎快要眨不动了。我决不能睡过去！口水已无法吞咽，我再次试图让我的手指活动，但我又一次失败了。难道我就这样死了吗？我不想死，我不想死，我不想死……

这些年，有着一颗不安分的心的我，总是赚了些钱就出去走走。冬天，到过零下四十摄氏度的漠河，在最北的北红村嘚瑟，把厚重的衣服全脱了只剩短袖，在雪地上撒回野。夏天，到青岛吹海风，吃海鲜喝冰啤，耍到发烧去医院打吊瓶。难道所有的不安分都要在今天终止吗？终止在进藏路上？

"我不要死!"可我用尽全力动弹不得,除了后槽牙能发出些许力量外,我全身从头到脚彻底地丧失了力气。我不能睡过去……

眼前那是在拉洋片儿吗?我看到远行归来的我,推开家门的那一刻,爸爸妈妈的脸上洋溢着喜悦。我看到妈妈正在厨房里做饭,爸爸在客厅看他喜欢的抗战电视剧,麦扣窝在沙发的一角睡觉。我看到夏天傍晚,我驱车看望奶奶,在水果摊买了个大西瓜,够分量嘿,只好抱着它上楼。"哎哟,你买这干啥,多沉啊!"奶奶拍着我的肩膀说。

我看到盛夏的傍晚,我疯疯癫癫冲进院子,跑黑了的小脚丫往水管子下一扎,冲得好不凉爽。墙上趴着只蜗牛,它怎么就是不动。院子里支着马扎儿,屁股一落稳,吸溜麻酱面,就着一口黄瓜、一口蒜。小方桌上怎能没有醋瓶?一抹嘴,碗筷一撂,拍着肚皮喊着饱。

我看到寒冬腊月,我粗心大意把红棉裤的裤头穿得露了出来,可这棉衣的扣子倒是一颗颗扣对了的。屋子里烧着蜂窝儿煤,炉上的白薯被烤得散着香气。我跪在窗边的椅子上,手指停不下来地在满是哈气的玻璃上胡乱地画着,小鸭子、小房子、小船……透过画满了"大作"的玻璃,盯着房檐的冰柱,边看得发呆边心里寻思着它怎么不掉下来。"哐"的一声,冰柱落地,我兴奋起来,转身下椅子的工夫就打翻了桌上的一搪瓷缸儿热茶,热乎气儿呼呼地冒。

我看到年三十,我去橱柜里取碗碟,不知是手太滑还是一下子拿太多,碟子和碗"哗"地碎了满地。爷爷赶忙拿了笤帚和簸箕过来,边扫边护着我:"岁岁平安,岁岁平安。"

我看到平房门口种的月季花开得娇艳,玉簪花开得脱俗。我看到我在小商贩前,非要妈妈给我买那两只小黄鸭。我看到幼儿园的运动会上,我穿着小黄鸭的运动服蹦蹦跳跳。我看到一团黑暗中,有一个光斑。我看到光斑慢慢晕开,向黑暗扩散。我看到一团更深、更密的黑暗。

死亡来时,我能做什么?我什么都做不了……

Chapter 14

那只独行川藏线的猪

只有分享才是真正的幸福。

——《荒野生存》

这一章让我几近崩溃。我无视写作的使命感，整整两个月没有动笔。任性地等待有一天自己能想明白，值得高兴的是，这一天来得有些迟，但还不算晚。

独行川藏线，出发时一个人，行走时一个人，投宿时一个人，啃饼时一个人，喝风时一个人，24 小时一个人。当我从人群中脱离又回归，我才意识到，我是一个多么需要爱和分享的人。一想到这里，不禁泪流满面。

2014 年 6 月 16 日，徒步进藏第 46 天

我的右手无名指向内颤动了一下。那颤巍巍的样子像是一棵要

被西北风吹折的野草，然而无人可以阻挡它从寒冬中苏醒的力量。苏醒前，我像是一只在黑暗中残喘着的羔羊，拿不起距离身体不足 20 厘米的手机，我的上下眼皮像是被胶水糊住了，我无法吞咽的口水已经干涸，身体像是被点了穴，往日灵活的小拇指也无法让空气颤抖。

死亡来时，我什么都做不了。我的眼睛像是被母亲的手温热过，软绵绵地睁开。视线模糊得让我误以为自己喝了半斤二锅头。手握成拳，当无名指触动手心，我的眼睛瞪得更圆。鼻孔扩张，拔凉的空气吸入，干裂的嘴唇紧紧抿着，随着小腹颤抖，鼻头发酸，眼泪淌了出来，滑入耳孔。

死而复生，除了哭泣，我还能做什么？当眼睛越来越快地眨动，我的脑袋左右摆动。嘴唇重获自由，"啪"地张开，冷空气吸进嘴里时，从门牙到牙龈感受到丝丝凉意。我的嘴唇闭合，"咕咚"，喉咙被口水滋润，嘴巴张开，呼出的热气将口腔温暖。

我的手掌摊开，慢慢翻转向下。手掌摩擦着床铺，小臂被带动着也在床铺上向左摆再向右。肘关节抵住床铺，左膝弯曲，左脚向下踩，髋部慢慢地向右翻转，嘴巴和鼻孔张得很大，喘着粗气。当我的左手接触到右手时，我已经右侧卧在床上。身体是软的，衣服是湿的，被子是潮的。

我，活过来了。我的脸蛋儿干燥得发紧，右脸颊擦着枕头，慢慢仰起，窗外是深蓝发黑的。我的左手摸向枕头的右侧，抓起来了手机。

03：36。屏幕的光亮晃着眼睛。身体转回平躺，双眼注视着天花板。我笑了，我的双手挪到面前，捂住嘴唇，又痛哭了起来。胸腔剧烈地抖动，我再次抓起手机，给家庭群发了一条暂时无法收到回复的信息：爸爸妈妈，我很想你们。

2014 年 6 月 19 日，徒步进藏第 49 天

"事故频发路段，此处死亡 16 人。"怒江 72 拐，虽风景不出众，但因弯多且拐得生猛，而被称为夺命拐。

登上海拔 4658 米的业拉山垭口，天降大雨。我们还没有勇气在雨中行走，而垭口的帐篷（藏族青年搭的简易小卖部）成了我们的救命稻草。我们脱去淋湿的外套，沉醉在炉火的温暖中，然而这场幸运的避雨让我们耗费了一个钟头。雨后彩虹虽给了我们安慰，但时间的紧迫和满眼的悬崖峭壁，让下山路更加艰难。

如果说觉巴山的悬崖使人双腿发软，那么夺脚拐的悬崖是令人不寒而栗的。风是夺命拐的帮凶，充满着死亡的意味。翻山路始终在无规则的急转而下，一会儿走在阳光中，一会儿被阳光背弃。

我像是得了迫害妄想症，仿佛看到眼前一辆满载至亲的汽车，变成一个被老天抛出的苹果，任凭挣扎和呐喊，最终坠入万丈深渊。

没有将命运交给车轮的我，双脚和第三只腿——那只始终被紧握的登山杖，稳稳地落向地面。我开始庆幸我的选择，但当我疼痛的双脚不

厌其烦地发信号"主人，我们需要休息"时，夺命拐对于时速无法达到双位数的徒步者来说，是夺脚拐。

不知从何时起，每天第 21 步起，我便丧失跟随队友脚步的活力，只得按照自己的速度，咬着牙在队尾龟速前行。但了然于心的是，从同行的第 1 天起，每当我抱怨和感觉不爽时，大胃总是乐呵呵地安慰我："女神，我们马上就能休息了。"唐僧总是鼓励我："亦凡，你可是女神啊！不要放弃！"

他们总是不厌其烦地在前方等待我的出现，我也始终享受着这样的照顾。直到天色更暗些，我终于在脚痛中，对着夺脚拐张牙舞爪大骂一通："要老娘我走到什么时候啊？""还有完没完啊？"我得到的回应是——风动，树动，驴动，我也必须动。

我对二人说："你们先走吧，别等我了。"

"没关系。"大胃说。

"叫你们别等就别等了，我这心里总想着你们在等我，我走得更累！"我有些歇斯底里，像极了一个丧失理智的女人对等待她的情人说话的状态，完全无视别人的好意。

天色渐深，我的脚趾开始抓挠粘在鞋底的卫生巾。汽车停在身边，招呼我搭车。我的骨气倒是满格，腰板笔直："不搭车，谢谢。"当汽车加油从身边驶远，我又恨不得用登山杖扎自己的脚："为什么不搭啊？！"

在天空刷成深蓝色时，我拖着残脚挪到了同尼村，卸去背包的唐僧见我终于出现在他的眼中，跑到我身前，激动得跳起来，欲要给我一个拥抱。如果我还有半丝力气，我一定挑着眉毛，拍拍唐僧的肩膀说："怎么着，姐儿们牛 × 吧！"但从唐僧背到身后的双手、抿住的嘴唇、尴尬的眼神中断定，我一定给了他一个难看的脸色——别理老娘，累着呢，没工夫跟你庆祝。

"再走不到 10 公里能到嘎吗村，那儿有住宿的，"女人偶尔会心里想的和嘴上说的千差万别，"你们去吧，我走不动了。"当我说出"要走你们走吧"时，我内心是希望他们能留下陪我。但理智告诉我，这同尼村若要留宿，条件注定艰苦。

"多苦咱也不是没吃过，大不了再睡一次没窗户的屋子，睡一宿木板呗。"大胃发了话，"我刚问了，村委会可以收留我们，就是苦。"

推开这间村委会的会议室，两张宽度 40 厘米的长桌，四把木椅子。唐僧说："亦凡，你没睡袋，地上太凉、太硬，你睡椅子，我和大胃在地上铺张防潮垫，睡睡袋。"我一时语塞，脱口而出的是："谢了，哥儿们。"

晚上，我拨通爸爸的电话："今天晚上住在村委会。"

爸爸关切地问："安全吗？"

"安全倒是安全……"我支支吾吾正不知如何形容今晚的床铺。

"你那些叔叔阿姨都让我劝你回来，"爸爸顿了顿，"可我觉着，你还是要走的吧。"我的眼泪奔涌而下。

"你不懂我！"这不是我平日最常和爸爸说的话吗？而此刻，他分明是全天下最了解我的人。

"爸，今晚村委给我们准备了棉被和折叠床，"我忍住哭腔，"您和妈别担心，挺暖和的。"

当我把所有衣服都裹在身上，翻不得身、伸不直腿地蜷缩在四张拼在一起的椅子上，从未离开家人庇护的我，突然有些明白影视剧中的子女：即便自己吃了再多苦，当拨通父母电话时，无一例外地报喜不报忧，甚至谎报实情："爸妈，挺好，吃的牛肉，可香了。"而电话那头的父母，真的相信我们这些离家的孩子报的喜吗？

正当我沉浸在思念父母的感伤中，"亦凡，你翻身小心点，别摔下来。"唐僧就是这么啰里吧唆。

"赶紧睡吧你！"我嘟着嘴说。我扭头瞅了一眼睡在地上的两人，心中不由得泛酸——要是没有我，他们肯定就能走到嘎吗村，睡在床上了。

"之后的路要怎么走？要不和他们分开走？"双脚的灼痛感，让我下意识地翻身，险些从椅子上摔下来，我停止纠结，努力地数羊。但我又多么希望白天迟些来，这样我便可以多些时间休息，哪怕是在椅子上。

2014年6月20日，徒步进藏第50天

"女神，你到哪儿啦？怎么走得那么慢啊？"手机发出提示音，群里发来的信息。我没好气儿地回复："能不能别催我？""你们别等我！"

男女体能的差别，个人计划的出入，时间的限制，旅费的预算……在这个相对封闭的空间条件下，都是相当现实的问题。而我一一把这些问题搬出来，作为我要独行的理由。

当初行的激动慢慢被日复一日的前行消磨，所有美好的幻想都被琐碎的磕绊一点点渗透。每个人的脾气禀性、优点缺陷，都会显露无余。这样算来，最好的时候和最差的状态，在各种环境下的适应能力，都集结在了这看似短暂的旅行中。

头晕眼花的脑袋和疼痛欲裂的双脚让我丧失了欣赏怒江壮观之景的心情。我丧失了所有的耐性，不想和任何人说话——我想独处！想把自己完全地封闭起来，变身成一只不想破壳的蚕蛹。能让我安静会儿吗——这是我内心的呐喊。

兵哥哥把守的怒江大桥，不允许拍照。前脚迈出这座横架在怒江之上的冷冰冰的钢铁板，后脚便见蹲坐在桥头等待我的二人。

"女神，你走得这么慢，和兵哥哥逗乐子来着吧？"我大声嘶吼："滚开！"我忍着疼痛加快脚步，完全不顾大胃对我的喊叫："喂！你什么情况啊？"大胃和唐僧疾步又将我超过，头也没朝我扭。"嘿！你们还跟我置气了？"我冲着他们消失的身影怒喊道，"姐姐我还不跟你们走了！"

随着海拔的降低，路也趋于平坦，只是不知这近在耳边的江水轰隆声是否助长了我愤怒的气焰，每走一步都坚定："我不和他们一起走了，我要独行，独行！"随着离村庄越近，江水声也越弱，心也跟着平静了些。

"刚刚好像不该和他们发脾气，"我陷入自责中，"要不要和他们道歉？不过我确实走不快了，感觉再继续走下去是彼此的拖累。也不知后面的路我自己走行不行，"我陷入纠结中，"如果自己能走，要么就不和他们走了？"

唯一给我安慰的是手机信号。我给远在拉萨的朋友 kao 姐发信息询问路况，她给了我安慰并从朋友处得知："后方的路一个人走，问题不大。"

"那我就自己走，能走多慢就走多慢。"二人早已卸下背包，坐在瓦达村村口的凉棚里，喝着冰镇水，等着我的出现。唐僧满面愁容，大胃满脸委屈，而我却如释重负地坐在藏椅上，我心想，彼此解脱吧！

"我决定了，不和你们走了。"这句话，我是横着说出去的。

大胃和唐僧先是一惊，大胃用力地掐灭烟："女神，你说说，在这路上我哪次没让着你，你是为刚才那玩笑话生气

吗？"坐我旁边休息的藏族小帅哥普通话流利："女孩子不要自己走，和他们一起走安全得多，不要生气嘛！"

我故作淡定地将护膝摘下来："我体力越来越差了，走不快，也不想赶路，我就想慢慢走，只要能走到拉萨就行。我明天就要在这个村子休整。"藏族小哥赶忙劝我："那你也不要自己走，真的不要。"

"我真不着急，"我说，"我明天走不了，如果后天体力还不行，我还休息。所以就分开吧，我已经决定了。"大胃和唐僧虽只和我相处了 50 天，但我的脾气禀性，他们是清楚的。"好吧。"他俩无奈地默许了我的决定。

我双手拖着背包走出凉棚，我下意识地一低头，一摊红色映入眼帘。手撒开背包，下意识地抹鼻子，手掌再一翻——"血？！"我的头还再朝下低着，"噗"鼻血又喷了出来。我赶忙仰起脑袋，左手摁住鼻孔，血腥味直涌大脑，右手摸进衣兜，掏出手纸，将手纸塞进鼻孔。

手掌的红，地上的红，吓得我连退两步："我×！幸亏明天不走，不然就是找死！"身体又一次向我发出死亡的警告，这让我感到恐惧。伴随着阵咳，鼻孔扩张，让本没有塞牢的手纸从鼻中脱落，鼻血又滑了出来。我仰起脑袋，双膝弯曲，恐怕身体一个没站稳向后摔倒。

菜一齐，我们充满仪式感地举起水杯："来，走一个。"清脆的玻璃声像发送号令——分别就在眼前。唐僧的脑袋像是要扎进碗里，每当他沿着碗边儿往嘴里送饭，布满血丝的双眼便瞟向我。大胃每夹起一筷子的菜，都用力地塞进嘴里，他拿出嚼牛肉干的力气在嚼西红柿炒蛋和回锅肉。

同行 50 天，彼此照顾的三个人，此刻真安静。"啪"打火机点燃了香烟，大胃在烟雾中叹了口气。他的脑袋朝向窗外："女神，你自己小心点儿。"

"你少抽几口烟，回锅肉就省出来了。"我笑着说。

"我总想着咱仨会在拉萨吃顿庆祝宴，"唐僧的双眼注视着他右手摆弄着的水杯，"亦凡，我们在前面给你带路。"

"你们俩体力再好，累了就休息，别赶路。"我笑着说。

我们三个人的目光都看向窗外的路，那条延伸向拉萨的国道。

"有事儿群里喊话，"大胃掐灭香烟，站起身，"早点儿休息，女神。"

唐僧的双手轻拍饭桌，缓缓地起身，抿着嘴望着我，对我点点头。我从他的眼里看到了难过和不舍。我的心里码了八百个字要说，说出口的却只是一个字："好。"我望着他们穿过国道，走进他们住的客栈。当我的身体呈"大"字躺在单人房的床上，心中竟有些轻松。

2014 年 6 月 24 日，徒步进藏第 54 天

独处的起初是解脱："我的整个世界都安静了。"随后到来的是寂寞："连个说话的人都没有……"

"那是牛吗？"当我独自行走在进藏路，恨不得脚踩风火轮奔向那只牛亲吻时，我开始思考人生最大的问题——幸福，究竟是什么？我横穿国道，朝那片盛开的油菜花奔去，只因为那里有一只活物。我忘记了我穿的皮肤风衣是红色的。三、四、五、六只牛的大脑袋忽地从油菜花田间朝我齐刷刷望过来时，我抬起的右脚和挥舞的手臂凝固在了空中，我向上扬起的嘴角瞬间僵硬。

十二只牛眼盯着我，我感觉身体的各个部位都冻结了。我的嘴角向下，目光挪向红色的上衣，右脚悄摸地落向地面，缓缓地向国道倒退而行。忽来的尿意让我的大腿并拢，我双手握成拳，龇牙咧嘴恨自己："来得真是时候啊！"

我在花田中，羞涩地褪下裤腿，蹲在牛粪供养过的土地上，留下我的新鲜肥料，心中不禁哼起了那首《花田错》。

"那个人是谁？"重回国道，我的眉头一收，眼睛眯成缝，用我两只250度的近视眼死死盯住反向朝我越走越近的人。男人！穿着一身黑色衣服的男人，他正坏笑着朝我走来，他的右臂锁住我的喉咙，右手捂住我的口鼻，任由我的双手如何拍打他的手臂和脑袋，都无法将他打倒！他拖住我的身体，将我拖向油菜花田……

我的心跳越来越快，嘴中吐出的不是莲花，而是我的心脏！该怎么办？怎么办？就在我的大拇指指甲快把食指抠破，努力地回忆女子擒拿

术时，那个男人，脚都没停地朝他行进的方向继续行走，最多扭头看了我两眼。我原地不动，脑袋扭着，看着他离去的背影，双手拍打脸蛋儿："真能自己吓唬自己啊！"

肉包铁的骑行少年们匆匆而过，陌生的老乡一个，六只花田间优哉的牛，偶尔经过的汽车，是我独行中最大的安慰。我如愿以偿地自己一个人走在了路上，行走的节奏是意料之中的快慢自如。但我依旧要必须走到住宿的地点才能避免露宿街头——这一点，并没有因为独行而得到改变。变的只是，我再也得不到鼓励，也不再有人给予我安慰，甚至连个讲笑话的人都没有。

世界太安静了，像是山谷的底部，心被涂满了幽深的蓝色。而安静也会让人抓狂。为了抵消负能量，我开始哼歌，试图从音乐中得到治疗。我从野孩子唱到陈升，再唱到 Leonard Cohen。我大声地唱，调子跑到拉萨又跑到迈阿密。我胡乱地唱，词是乱的。我唱得嗓子发干，呼吸急促。为了活命，我闭上嘴巴，不再说话。

为了活命，我不敢边走边听歌，我生怕会错过鸣笛声而命丧车轮。音乐是精神伴侣，它无形地存在于生活中。当我热恋时，音乐让我幻想爱情的美好；当我失恋时，音乐让悲伤不受束缚地释放；当我丧失斗志时，音乐让我重整旗鼓；当我满怀希望时，音乐让我更加充满能量；当我难以言表时，音乐成为我的语言；当我想要拥有整个世界时，打开音乐；当我身体疼痛时，音乐让我忘记这些痛……

然而音乐更让我想和人交流，哪怕只是说着听不懂的语言。途经扎西岗村，让我更加渴望和藏族老乡相遇。命运像是听到了我的祈祷，一阵嬉笑声传进我的耳朵，四位藏族大叔正坐在国道旁的棚子中打牌，一位藏族老阿妈坐在棚外的长凳上，她在阳光中慈爱地对我摆手，就像我的奶奶一样和蔼可亲。一位看上去30多岁的藏族阿姐从对面的屋子走过来，那间屋子的门口立着一块招牌：雪域饭店。

我热泪盈眶地走到阿姐跟前，清了清嗓音："阿姐，饭店有住宿吗？"

"有，"她热情地起身，招待我随她进饭店，"跟我走。"

"如果搭车，你就告诉我，我可以让我父亲给他的朋友打电话，叫他帮你。"大姐语重心长地和我说，"路很远的，到拉萨。"我坐在阳光里，坐在老阿妈的身边，坐在这张用石头垒起来的凳子上，我听不懂藏族大叔们边笑边说的藏语是什么意思，但我跟着笑了。人感到幸福时，就会不自主地笑，是这样吧？

我们身后的青稞田是满眼的绿色。我抬头望天："那片云……好美……"我专注着，只见左边的云正慢慢地向右飘，而右边的云也慢慢地向左飘。两朵云像是牛郎和织女——从远处走近，更近。它们要将自己献给彼此，连同身体、心灵，所看和所听，整个世界。它们交融了。

这一刻，我最想做什么？我想把云朵摘下来送给爱人，我想拍张照片发给我的父母。这样做，我感到幸福。当我扭头看向老阿妈，她像个小孩一样对我笑，她是那样地可爱。当有人对我笑，我感到幸福。喜从天降或是大难临头，通常是毫无征兆的。没有人会提前预知这里哪一刻会乌云铺满天空，瞬间倾盆而下的雨水，让万物成为雨水收容器。

当我独行，我的身体成为收声器。我听到车胎摩擦地面的声音；我听到登山杖敲打地面的声音；我听到双脚落地的声音。但我最想听到人的声音。

"亦凡，你要小心啊，这段路都是无人区。"同路不同行的昔日队友——大胃和唐僧，时常在群里为我直播路况。

无人区，简单的十个笔画却将我的心分裂成一万份。搁先前，就算是漫长的50公里高尔寺无人区，有他俩在，即便走了夜路，走到双脚失去知觉，心里也是清楚的，只要我高喊一声，他们便会从距离我不超过10米的地方向我狂奔而来，拯救我于危难中。

然而此刻，任我喊破喉咙，也不会有生物注意到我。这让我更怀念我和队友朝夕相处的日子，尤其当我想起离别前的那段路，心中不禁感慨自己有多么愚蠢。当我独行，我和自己交流。我提醒自己："我是自愿一个人走在路上的，无人区是我到达拉萨的必经之路。"

我鼓励自己："每个取得成功的人都要耐得住寂寞，忍得了孤独。"

我安慰自己："孤独只是一时的，我并不是一个人。"

我怎么可能是一个人？没有他人，我甚至无从得知我是谁。所以独处真的存在吗？为什么我所有关于人生的思考，对自己的认知，都是建立在和他人的联系上？为什么我如此渴望分享那片青稞田在风中飘荡的方向？渴望分享早市10点钟的结束哨有多恼人？渴望分享这些无足轻重的小事儿，渴望分享成功和失败、悲伤和快乐？没有分享，活着还有什么意义？

我想，有一天，我要在我的墓碑上写一句话——有你在，真好。

Chapter 15

在然乌湖饮泣孤独

生活就像一盒巧克力，你永远不知道你会得到什么。

——《阿甘正传》

一意孤行？举旗投降？

"凡姐，你自己走了？"抽筋发来了消息，"遇着大胃他们了，按说你掉队也不至于天黑了还走不到吧。那天你自己住在瓦达村，就感觉不对劲儿，你咋不和我说呢？"

"男孩走得太快，我跟不上，"我解释道，"前面路况应该还好，我自己走走看。你们在我前面给我引路。"

"你知道女孩自己走多危险吗？"抽筋发来一张乌漆墨黑的室内照片，"今天我们住的这个小卖部，老板是个年轻的藏族壮汉，单身。晚上有很多年轻人都来这里喝酒聊天，这种地方，你一个女孩怎么住？"

"应该不会有大问题吧？"我心中不禁打鼓。

"瞎搞！我可不想哪天看到一女子川藏线失联的新闻。"抽筋说，"我们留个人等你。"我撇着嘴摇头笑了，前几天不是坚信自己一个人也能走到拉萨吗？不是决定即便是在川藏线，也要像以前那样，做个潇洒的、不结伴的独行侠吗？怎么这才独行了个把天就动摇了？

我要如何答复抽筋？我的心像钻石风中的青稞田。是一意孤行，拒绝好意，就像拒绝大胃和唐僧的陪伴那样决然？还是举起白旗，接受帮助，向那个自以为是的自己投降？

我为什么是个女孩

川藏线第 12 座山，安久拉山，它果真如其名，像极了慈爱的 Angel，没有惊心动魄的悬崖峭壁。我被天使的光芒温暖着，似乎闭着眼都能沿着这条出奇平缓的大道直达雪山之巅，恒久刮着的钻石风，让我见识了何为"天使与魔鬼本是同体生"。

我揣着被无人区分裂得稀巴烂的心，继续前行。每向前一步都在书写《钻石风的一百种夺命大法》。它虽不及东达山的风凛冽，也不比海子山的风狂猛，但无间断的节奏让我没有 0.1 秒钟的喘息。全身从头至脚，除了双眼在遮阳帽的阴凉下，全都接受着钻石风赤裸裸的洗礼。眼部的肌肉活动是往日的一百倍，一会儿眯成缝，一会儿又不得已为了看清路而将眼皮勉强撑开。当我独行时，一个命题始终环绕着我：如果我的生命止于今天，历史将如何记录？

□ 一女子血崩于川藏线

拖着"姨妈"走路，整个人像一颗被丢进罐子的骰子，被摇得浑身疼痛。老天眷顾我，前 56 天的路程，两度"姨妈期"的第一天都恰逢休整，坚决不下床的卧床休息让我感到了上天的垂怜。只是上了路，心有余而力不足，再平坦的路都无法让我酸软的膝盖充满力量，我一次次祷告绝不要在翻山路上遇着"姨妈"；祈求"姨妈期"的住宿，哪怕有张独立的单人床也好。

然而无人区鲜有三急之地，寻找隐蔽之处是常有之事。女孩总不能和男孩一样，腰带一解，拉链一开，屁股一朝外，"哗"地一解烦忧吧。在哪儿解手？卫生巾怎么换？我岂不是要上演影视剧中惯用的情景：一女子血流于大腿根，一注猩红顺腿而下，女子倒于一泊血红中。随着一阵胸部的胀痛感，我掐指一算："我×！'姨妈'岂不是又快来了？！"

有哪个女孩不想在"姨妈"到访的日子，衣来伸手饭来张口？往常在家，我宁愿在床上不吃不喝，躺着流泪，也不愿下床多走两步路。可川藏线，有贴心的家人给你沏杯红糖姜水吗？有舒适的大床任你捂着肚皮打滚儿喊疼吗？有可爱的朋友当你情绪的垃圾桶吗？统统没有，川藏线哪儿容人犯公主病？！患公主病的，扔川藏线两天，就全治好了。

□ 川藏线上的活雷锋

因为是女孩，大家都会想："她竟要走到拉萨，真是不容易。"因而得到更多的关注和帮助。几度偶遇的"山驴户外"（专业跑进藏线的自驾俱乐部）就给了我太多帮助。作为川藏线活地图的他们，就像是我的云端，哪里有灾有难，前方住宿如何，热心的花花姐总是第一时间将信息传达给我。

"亦凡，前面路比较危险，你不要离山体太近，以免被落石砸中。"

任何信息，都是慰藉。任何补给，都是雪中送炭。2014 年 6 月 17 日，还未独行的我，龟速在队尾挪动。一骑行少年潇洒地将我超过，一个急刹车吓得我站住了脚，我皱着眉头想要破口大骂："干啥呢，掉钱了你？"话未开口，他的双手离开车把，转过身将我上下打量一通，这个面庞清秀的少年，有些迟疑但又像是确定的样子："你是那个纯徒的姑娘吧？"

他笑着从车上跨步下来，弯腰从包里掏出两包沙琪玛和一听"红牛"，递我身前："喏，送你了。"补给对骑友也很重要，我又怎好意思要。我赶忙推辞："不用，不用，你也需要这些，我这儿有，真有。"

"你就拿着吧。"男孩死死地将这些往我手里塞，"女孩更需要。"

"你叫什么？"

"我叫程程，"他边回答边跨步上车，"我得走了，再见！"

当他潇洒地骑远，他的衣服背后写着三个大字：求"红牛"。

□ 川藏线没有如果

如果我是男孩，我就不会在上路前为自己的性别而愤愤不平。难道徒步只能男孩去做，女孩就只能动动手指滑滑手机屏幕吗？凭什么说女孩走川藏线就搭车，搭车就靠"出卖色相"？

如果我是男孩，我就不会在路上一次次证明给别人：女孩怎么

了？女孩照样可以不搭车，照样可以凭双脚走到拉萨！老娘我个子是小，但我力气大啊！

如果我是男孩，我就可以背更多更重的东西，而不会贪图轻量，早早地将睡袋快递回家。

如果我是男孩，我就大可不必担心女儿身会带来的那些男孩所遇不到的危险。

如果我是男孩，我就不会因为听到一句别人的夸赞"真牛！是女孩！"而沾沾自喜。

如果我是男孩，我就不会在空荡荡的村庄路口做补给时，被三个藏族小男孩抢走火腿肠和大饼。

但我不是男孩，我又怎能去做这样的假设？我只有饿着肚子，将散落的装备和食物胡乱地塞进背包，我甚至无暇将背包背上身，只得拖着我的全部家当落荒而逃。

"这些孩子从哪里冒出来的？难道是村庄里的？"我喘着粗气，在远离孩子追逐的地方停了脚，"可村里分明连个成年人都没有。难道大人都去务农了？这些孩子是留守儿童？为什么没去上学？怎会对游客如此？"

给自己30秒钟的放松已经到时，多一秒钟都不敢停留。恐惧，在这个时候成为我前行的动力。眼瞅着要走出村庄，怎么远处有一骑行少年被另一伙孩子围住？

安久拉山的翻山路如此平坦，这为我提供了绝佳的逃跑条件。当我趁孩子和骑行少年纠缠时，我一路小跑穿越这片危险之地。背包里储备的零食和零钱，不正是要带给这里的孩子的吗？他们一声声娇嫩清脆的"扎西德勒"，不由得让人心生爱怜。而此刻，面对这些身高齐腰的孩子，我却落荒而逃。如果我不是独行该多好？如果我有勇气向他人伸出援手该多好？如果我不是个该死的落跑鬼该多好！

无人区的绝望是怎样的？是《荒岛余生》中所讲述的那样吗？幸运生还的Chuck不幸被困在小岛上，当他面对宽广无边的大海，他的呐喊就是他的绝望。我没有冲着国道呐喊是因为我不够绝望吗？如果我一无所有，我会搭车，还是跑进村庄挨家挨户敲门，寻求帮助？

我的假想无一成立。我的食物被抢，但我还有水、背包、手机。我开始为自己的矫情感到愤怒！但我仍感觉像被密封在一个黑漆漆的房间，快要在无人之境中窒息。迈出的每一步都想将孤独碾压得细碎，"3837"走到"3838"的路碑，上有青天白日，下有土地高山，我没有朋友伴随左右。如果朋友在，一定会在经过"3838"时，拿我开涮："嘿！三组三八！"我一定挥起登山杖直指他们的脑袋："再说一遍，谁三八？"他们一定捂着脑袋左右闪躲："女神不三八！女神最美！"

川藏线没有如果。站在国道路碑处，我掏出手机，发送了一条信息：我已经到"3838"了。聊天记录中，躺着互传的信息。昨晚，我清空了输入的"不用等我吧"，发送成功的那条信息写着：好。

孤独绝杀大法

我身穿红衣和五只"蓝精灵"围坐在然乌湖第一家青旅的一层饭堂，一桌丰盛的筵席等待我们扫荡。坐我右侧的"蓝精灵"，这位头顶"悟空"帽子的男子正是抽筋——在雅江相识的奇人，他呢，就像他一路不停嘴的拉萨啤酒一样，热情但口感温软。

我前脚刚踩进屋门，抽筋的"扶南"普通话就传入耳朵："凡姐！你真是走得太慢了，发八百条信息还不到。"

"你好，你好，"我咧着嘴笑，略显拘谨，和另外四只"蓝精灵"打招呼，"你们咋都穿的是蓝上衣。"

坐我左侧的"蓝精灵"是小帅。小帅——抽筋队伍中留下来等我的兄弟，他高挺的鼻梁上架着无框近视镜。终结独行的傍晚，我左手拖住背包底部，握着登山杖的右手拽住背包的右肩带，一路小跑，粗气无法将我的喜悦掩饰，笑得花枝乱颤："你好，我是亦凡，让你久等了。"

小帅淡淡地笑着："你好。"他比我认识的山东人都要精瘦，却有着南方少年的腼腆。抽筋右侧的"蓝精灵"，脸蛋圆圆的，胶原蛋白呼之欲出，那可爱的模样像极了一块刚出锅的圆馒头。"我叫小馒头"——这个出生在阿坝州的小男孩，让我差点儿喷出一口热汤。

"你为啥叫小馒头？""上学时就被这么叫了。""你怎么不从家乡往拉萨去？""我想从成都走撒。"我被调皮的尾音逗得大笑。

"凡姐姐，你是不是得了笑癌晚期哦！""我总感觉我们遇到过很多次。""我们在雅安时就遇到了。路上我们遇见时，还打招呼呢。""你拄着双杖走得巨快！"我打了个响指。小馒头，他就像一盆西红柿鸡蛋汤，温暖。

坐我正对面的"蓝精灵"，五官俊朗，眉目间透着一股凛冽。他落下筷子的手顺势抬起帽子，好大一颗卤蛋！他不就是那天在列达村送我西瓜的秃瓢吗！"我叫小新，蜡笔小新的小新。""你咋吃这么少？"我好奇一个七尺男儿怎只吃一碗饭。小新笑着说："正餐在楼上。"

小新的床上散落着各种各样的零食。他就像他最爱吃的黄桃罐头——外表冰冷，内心细腻。那个埋头吃肉的"蓝精灵"是阿超，白乎乎的模样哪里像徒步的？"我已经晒黑好多了。"阿超撸起袖子给我看。

"你觉没觉得你长得像陈小春？"

"瞎搞！我比他帅。"

别看他长得憨厚，砍价可厉害了。"哎呀，老板，我们那么多人住，便宜些嘛。30元一人？好！我帮你拉客！"

阿超——像极了他家乡的名菜，回锅肉，热烈得像是冬天里的一把火。戴小红帽的第六只"蓝精灵"在饭后现了身。推门声伴随着欣喜之声："咦？亦凡，你也加入这个队伍了。"

小双，这个在川藏线寻我多日的文艺青年，也和抽筋这伙人"厮混"在一起了。之所以说他是文艺青年，因为只有他背着相机。

眼前这六个爱笑的男孩，平均年龄23岁。作为姐姐的我，该如何问出埋在心里一整天的话？我边吃边思量："他们明天就要继续上路了吧，所以这顿饭是'天下没有不散的筵席'吗？"

"走得那么慢，吃饭也这么慢，"抽筋时不时地拿左手肘撞我的右臂，"凡姐姐，你倒是吃菜啊！"

"我们明天吃完午饭去然乌湖郊游。"抽筋说道。

"啊？"我惊讶地扭头看向他，莫非他懂读心术，"你们今天不是已经休整了吗？明天再歇一天？"

"然乌湖没耍痛快，"抽筋夹起辣椒炒肉丝，"你明天不休息？"

"我肯定休息,因为我在安久拉山上,来了'大姨妈'……"我双手捧着温水,声音渐轻。"我说什么来着,女人就是麻烦。"抽筋摇头,"后天咱们一起出发。"我的口水和一口混着西红柿炒蛋的米饭吞下了肚。人在想哭时,嘴里总是充满口水。

他们没有义务和责任收留我——想到这里,我真不知道该如何感谢他们。纯洁的革命友谊似乎只能把酒言恩。可惜人在高原,只好以水代酒。

"来,来,走一个。"捧起的那杯水不是酒,胜似酒。

晚饭后,我躺在潮湿的六人间,床铺有跳蚤,惹得我们时不时地隔衣抓痒,抓不得只好猛拍。抽筋趴在我左侧的床上写日记,若有所思;小馒头躺在我右侧的床上玩手游,喜笑颜开;小新侧卧着,双手开封了一包零食,津津有味;摘了小红帽的小双坐在床上,自言自语感叹着冰川之美,一脸兴奋;阿超望着窗外,和他的母亲打长途,背影寂寞;多人间的床铺有限,小帅不得已睡在了隔壁房。

我把枕头垫在后背坐在床上,塞着耳机听歌,忽地想起大胃说的那句气话:"亦凡,你根本没拿我们当朋友!"

我有很多朋友，喝酒吃肉的、抱头痛哭的、保持距离的、两肋插刀的。川藏线上有一种叫"我不需要知道你的真实姓名，但让我知道你有难，我定会伸手帮你"的友情。我抱怨背包沉重时，是谁大包大揽地将补给塞进了背包，"这种事儿得男孩子来做嘛！"我愤怒地想要放弃时，是谁始终如一地耐心鼓励我，"女神，你看你都走了这么远的路了，再走几步，咱就能吃肉了。"我发烧得要死时，是谁在身边守护我，"女神，我们就在你身边，你难受了就喊我们。"只有朋友才会做这些事啊！

而此刻，得知我一人走路的这伙人，宁愿多花一天时间和费用，也留下来陪我，他们不是朋友，那是什么？我不知道这种友情该划分为哪一种，但似乎称之为生死之交更合适。

"凡姐姐！我要把你送我的旺仔牛奶带到拉萨。"抽筋怀抱着我的见面礼，"我才不像小馒头他们，咕咚咕咚喝了都！"四人将脱下的臭袜子向抽筋齐齐扔了过去。我哈哈笑着，望着窗外然乌湖的迟留暮色，心中不禁欢喜起来——认识这群人真是我三生之幸啊！

然乌湖饮泣孤独

我像是一个重获语言自由的失语之人，从翻越安久拉山到然乌湖，我的嘴巴只有吃饭和睡觉时才能歇会儿。

"看看现在这路，平坦得哪像是在翻山啊！"我兴奋地和小帅说着，"刚从八宿出来时，那搓板路快赶上U形池了，脚下就差踩滑板了。"

"你们前两天是不是也风巨大啊？"钻石风就要撑破我的肚皮，"就这大风，和钻石一样恒久远啊！"

"快看啊！"我远远地望见两个藏族青年，匍匐于地再起身，我停下脚步，"他们一定是在朝圣，他们要一路磕长头到拉萨！"

　　我从衣兜里掏出手机，小跑着颠儿到离他们近些的位置，将镜头对准他们清晰的背影。一束阳光洒向他们的身体，我的双手垂到体侧，痴痴地望着，他们五体投地的样子像是循环播放的影像。他们的身体在发光，我的相册里没有他们的模样。或许这只是我一厢情愿地不愿打扰。但除了静静地从他们身边走过，我不知还能做什么。

　　我曾两度在冬天的大昭寺广场痛哭流涕。我从未记录过朝圣，但我记得那个在大昭寺磕长头的小男孩，他的右脚打着赤足，而他的左腿空荡荡的；记得那个年近百岁的老人在布达拉宫拥挤的楼梯上，拄着拐杖，用力地向上攀爬。

　　朝圣——多么充满仪式感的事情！仪式感——多么可贵的时刻！喜极而泣的新人领取结婚证的那一刻；婚礼上父亲将女儿托付给女婿的那一刻；凯旋的军人领取勋章的那一刻……似乎生命需要无数个仪式感的时刻，去证明自己活着，活着有意义。

　　或许我懂得土地的生命在于种子的生长，或许我理解眼泪的生命在于内心的动容。但我还不懂朝圣的意义。我会被生长在海拔5000米的植被感动得留下泪水，我却无法说清生命的意义，就像我无法说清为何一片叶子能记载岁月。或许我们的一生就是一场朝圣——从新生走向死亡，从死亡回归新生。也许我穷极一生也无法明白的，会在某一天清晨突然醒悟。答案藏在时间里，我又何必贪恋？

　　然乌湖——这片西藏东部最大的湖泊，即便是在雨中也像一面青色的镜子，像是能将天地间所有的污浊照透，又将所有的美好参透。

　　还记得我和朋友打趣："我要在房子里挂一面巨大的镜子，每天都打量自己的身体。"如果我当真能如自己所说，敢于直视自己，或许我早就活明白了。

　　走在川藏线，总是在不停地面对生存问题：吃什么，住哪里，还要走多远，走不到该怎么办……当生活简单粗暴到只需要求生时，还有心情欣赏美丽吗？这一天，我们独享这座海拔不足 50 米、距离然乌湖不足 10 米远的山头，我们每个人都嘻嘻哈哈的像一群天真无邪的孩子。将然乌湖围住的雪山，像是身穿白色礼服的女神，永恒地守护着这片土地。

这一刻，我忘记了"姨妈"痛，忘记了走路的艰难。这一刻，我有朋友。孤独能奈我何？孤独就像那瓶被喝光的拉萨啤酒，空荡荡地躺在那儿。

一个人要自私到何种地步，才会肆无忌惮地任性行事。我真想对唐僧和大胃说一声："对不起。"我独自走过了无人区，但我从未战胜孤独。我不要再将自己置身于孤独中。此刻，只有这个自私是必要的——我要诚实地面对真实的自己——我需要分享、需要陪伴。

2306542 步到达波密，40 只鸡翅

"今天是我们徒步进藏的第 62 天，离拉萨还有 700 公里。"

2014 年 7 月 2 日，我们呐喊着、欢呼着，我们脱去雨衣，让大雨淋透我们的身体，我们没有感到寒冷，没有哭泣，我们想拥抱那被涂成彩色的 4000 路碑。当我在雨中振臂欢呼，又一次幻想自己站在布达拉宫广场的情景：我的表情将扭曲成多少度，眼泪会淌下多少毫升，我开口说的第一句话会是什么。

"2306542 步。我走了这么多步，简直难以想象！"我举着计步器，兴奋地摇着小馒头的肩膀说道。"凡姐姐，你不洗澡吗？"小馒头边看电视边说着。水温稳定的洗澡水让我的身体解乏，一堆湿臭的衣服等着我付出体力。路上最开心的事情之一就是——洗衣服。

"亦凡，你怎么总穿这件衣服，你路上都不洗吗？"——朋友圈时常收到这样的评论。徒步不比旅游，衣服从里到外，最多每类两件，户外嘛，只须保证舒适度和专业性能。洗干了就穿，穿湿了就洗，淋湿了

也洗，洗了不干也得穿，香衣服要穿，臭衣服也要穿——这就是川藏线穿衣日常。想有机会洗衣服，那就只能步履不停地向前走，走到条件好些的县城，走到应有尽有的拉萨——别说洗衣服，买新衣服也不是事儿。

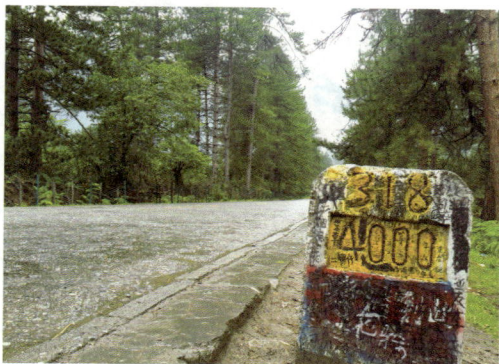

"咱们别去饭馆吃了，难得在波密大县城休息两天，咱自己做饭吧！"衣服刚洗干净，阿超提议。

"自己做饭？"

"我帮客栈拉了不少生意，老板特批咱们可以自助做饭。"阿超挑着眉毛说道。

"终于不用下馆子了，"抽筋拍着他的大长腿，"终于不用啃饼了。"

"豆沙饼、发面饼、烙饼、甜饼、咸饼，"提到饼，我得到了发言权，"还有被捂馊的饼！"

"凡姐姐，我要吃鸡翅。"小馒头撒娇道。

"你怎么不说想吃满汉全席啊！"我大笑着问。

连休两天的第二天，我们竟像是约好了，都起了个大早。

"哇！这里有数据线卖。"我在菜场里兴奋地喊道，"看啊！成堆的苹果，还有大西瓜。"

"首都的孩子就是见过世面……"抽筋打趣。

小新和阿超麻利地收拾着食材，抽筋和小馒头搬来了电锅，又是给我捏肩，又是一通捶背，"辛苦凡姐姐了，鸡翅要多久出锅哦？"

"你们就等着吃吧！"

小新和阿超负责做素菜，而我则担当唯一荤菜的大厨。川藏线不比在家，家伙事儿难免缺一少二："做得不好，你们也得说好吃啊！"

"凡姐姐做什么都好吃！"

我先用菜刀在解了冻的鸡翅上划两刀，同姜片、酱油、盐腌制，起锅将腌制入味的鸡翅放入凉水，鸡翅在沸水中去除血沫，捞出变了色的鸡翅，控干水分。再起热锅，入凉油，将糖炒成棕红色，气泡一冒，入葱、姜、蒜煸出香味，再入鸡翅翻炒，待鸡翅挂上糖色儿，入调料，翻炒后添热水至没过鸡翅，转中火，锅盖一盖，就等着闻香味儿吧！

"嚯！看看这一大桌子！"小双搬来两张圆桌，拼在两张单人床之间，四人两两面对面坐于床上，另几人坐椅子。

"炒土豆丝，这土豆切的，跟手指一边粗。"小双夹起土豆丝说道。

"好吃就行了，瞎搞什么。"阿超说道。

"这茼蒿炒得不错啊！"我边嚼边说，"又嫩又脆。"

"鸡翅颜色漂亮撒！"小馒头吞着口水说道。

"西红柿和辣椒也都好看。"小新说道。

"好吃最重要。"抽筋灌着拉萨啤酒，"好久没吃自己做的菜了，上次吃还是在巴塘。"

"哎呀！"小馒头啃着鸡翅说，"土豆哥哥做的肉，那香啊！"

"你这怎么吃饭呢，没个姑娘样儿。"在家时，妈妈总在我抓着鸡翅啃肉时说我。我吸吮着沾了汤汁的手指说："在家嘛，又不是在外面。"而此刻，我们每个人都直接下手抓着鸡翅啃，像是一家人，像是在家里。

Chapter 16

通麦天险历史上平凡的一天

Time will remember us.

——Epic Score

"通麦天险将成为历史！川藏线死亡路段不复存在！"2016 年 3 月 1 日，这条消息在朋友圈爆炸了。

天险终结，是鼓掌？是遗憾？我陷入沉思。如果川藏线不险，我还会奋不顾身地上路吗？ 2014 年 7 月 9 日，川藏线徒步第 69 天，通麦天险历史上平凡的一天。

辗转难眠的通麦夜

"亦凡，我的一位朋友两年前在通麦天险不幸遇难了，"kao 姐给我发来消息，"你经过时可以代我为他献束花吗？""发生了什么？"再次面对死亡的噩耗，我仍旧无法淡定。"交通事故，"kao 姐回复，

"22岁，他还那么年轻。"我一时语塞，迟疑很久："我会采束花的。"

我无从得知通麦生长的花朵是黄色还是红色，但这海拔不足1900米的通麦，弥漫着狭小密室才有的窒息感。"重大事故""多人伤亡""多处塌方""特大山体滑坡"充斥在关于通麦天险的网络搜索中。可它竟没有令人望而却步！人们化身为骁勇战士，披荆斩棘，像超级英雄一样，欲要战胜死亡阵地，在通麦天险的尽头——排龙乡，摇旗呐喊："战无不胜！"

但天意会如我们所愿吗？泥泞不堪的路，从素有"小天险"之称的102滑坡群，向通麦天险蔓延。

"这是在他妈的给明天走通麦天险做演习吗？！"我的双脚拼命踩着烂泥路，想把黏人的脏泥巴从鞋上甩下去，"从来没这么脏过！"泥脚从一洼水坑迈向另一洼水坑。"如果今儿顺利通过，明天通麦也不是问题吧？"我们坐在102滑坡群的小卖部门口歇脚。"要是就好了，"小馒头无奈地说，"恐怕差得远。"

一只猫咪惬意地躺在木台上，任我调戏："它知道这里很危险吗？"或许人类与动物的区别在于，动物对自然有着更强的生存力，而人类对危险有着更敏锐的恐惧。没有人知道明天等待我们的是什么，是死亡？是胜利？当我"大方"地将命运交给上天，我感觉自己渺小得和生长在疏松山体的杂草没有区别。将自己比喻成杂草，我就能在此生存吗？这里的无人区虽不及高尔寺山漫长，但为何每一步都充满着更大的困难。

当困难被战胜，困难不再是困难；当困难近在眼前，我再次想要放弃！车体糊满泥土的车辆颠簸着从我面前经过，我心中又一次燃起"要不要搭车"的念头。搭车——川藏线徒步的最大欲望，我能战胜吗？

"明天怎么走？会死人的！"通麦小镇的客栈六人间里，抽筋边收拾背包边眉头紧锁地念叨。"那就不走了？来了川藏线，就别尿啊！"小新的双眼从未离开手机。"瞎搞！明天预报有雨。"躺在床上的阿超用力拍打床板，"下雨的话肯定不能走。"

"绝对有跳蚤！"我撩起衣服，拍打肚皮，红色的小包从肚脐向四周无规则地散开，"然乌咬的还没好利落，这儿又咬了新的。"一阵剧烈的痒感弥漫小腿，我挽起裤角，"腿上也全是，我成疤神了。"

小馒头"鄙视"地望向我："亦凡姐姐，你这算啥，看我的。"说罢，他便将裤角猛地向上一揌，绯红的大包密密麻麻地从他的小腿排列至大腿，"没看我都睡睡袋吗，睡袋比床铺干净。"患有密集恐惧症的我，头皮一阵发麻。

"啊！这是什么？"阿超从他的床上蹦起身，"这蜈蚣有手掌那么大！"抽筋无心理会虫子，他的脸黑得像包公："咱们在波密时不就听说通麦大伤亡吗？！明天下雨的话，这路没法走。"

"谁说下雨走路啦？"洗完澡的小双走进房间，一脸茫然。

"那是不实消息，"我安慰道，"如果真那么严重，咱们现在还能在这里抢 WiFi？"

"来川藏线又不是来送命的！"抽筋说道，"今天夜间中雨，明天白天中雨。"

小新不再摆弄逮了活蜈蚣的水瓶，说道："下雨我们就不走，不下雨我们视情况再走，就这么简单嘛。"

往前走是通麦天险的雨，往后退是102滑坡群的雨。而此刻，"吧嗒吧嗒"的声音是雨声吗？雨下得猛烈，而我们只能听天由命，不然还能怎样。

人性中是否有着对世界末日的幻想？我将如何死去？被滑坡掩埋？被泥石流冲进江水？被懦弱吓死？在川藏线，幸运捡回一条命的我，会在通麦天险又一次得到死神的召见吗？

"死无非死，大不了一死。"——这是多么离谱的念头。我多么地贪生怕死，我多么地想要战胜困难，我又多么地无法转移天意。棒棒糖甜腻了嘴巴，雨水潮湿了衣服，死亡幻想充满了大脑，我想睡个好觉，我多么希望明天——充满死亡味道的路途结束，我带着一双没有黑眼圈的笑眼站在路的尽头。

通麦天险历史上平凡的一天

"来，拿着，"我笑着给每人递了支棒棒糖，"这可是能量糖。"抽筋手里紧紧握着一张护身符，滴雨未下的清晨，并没有打消抽筋的焦虑。我们又何尝轻松？如果下雨，我们大可不必从遮风避雨的房间走出来，来到天险路直面死亡。

"这雨会下吗？"——我们每个人的心都揪成一张褶皱的纸，但我们又默契地都没有将这个疑问讲出来。心里像是被一个音痴打着架子鼓，前方的景象让我们停了脚步。

"怎么车都停在这儿了？"我们疑惑地问。"通麦大桥限行通过。"一自驾的大哥站在车外等待。

通麦大桥——这架肩负保卫川藏线重任的悬索桥，横架于帕隆藏布江，全长 258 米。为了确保承载量万无一失，大桥只许单向通行，但它和怒江大桥同样被威严的武警把守，任何人都不可停留、不可拍照。

我深吸气，腮帮子一鼓，热气从嘴中吐出。车辆缓慢地从身边经过，驶上大桥。我的双眼死死盯住脚下的铁板，我攥成拳的左手指甲快要把手心抠出血，每一步都尽可能地落地无声，生怕它会被我踩裂。每向前一步，关节僵硬的右手在冰冷的钢铁索链上抓紧再松开，又抓紧。我的心脏剧烈跳动，像是刚参加完中学 800 米比赛。我紧闭的双眼睁开，当我走在大桥的中段，我感到轻松——钢铁的保护，不会给我坠入深渊的机会。但它又像是一颗糖衣炮弹，让我险些沉醉于短暂的安全中。我"扑通、扑通"跳动的心脏这时又像被一颗重石绑架，和车轮辗压铁板的声音如出一辙——沉闷地让人发慌。

我慌乱得像是一只迷路的狍子，但我没有退路。不知道这段 15 公里的天险路，我要走过久……未知总是给我探索的力量！而此刻，我竭尽全力地克制我的情绪——那该死的恐惧感！

我们默契地说着："我们要快速通过。""水可以不喝，脚步不能停。""一鼓作气走到底！"

"嗯。"每个人像是吃了五桶菠菜的大力水手，就等着在这天险路上留下足迹。小新、小双、阿超像是身手矫健的特种兵，已经昂首阔步地走上战场。然而我的双脚仿佛深陷泥潭，内心的小魔鬼在阻碍我前进的步伐吗？

"凡姐姐，你在干吗哦？快走撒！"小馒头见我愣神儿，赶忙提醒我。"小馒头，我们大概多久才能通过这段路？"手机在我冒着冷汗的手里攥来捏去。"15 公里，快的话不到 3 个小时，"小馒头挥着他的双杖指向前方，"但这么烂的路，可能要 5 个小时。你就沿着我踩过的路面走，尽量走快些哦！"

5 个小时，300 分钟，18000 秒——我默不作声地把手机揣进衣兜。

"走！"我大吼一声，给自己助威。我的左手向身后的背包伸去，那束在清晨采的杂草，在天险路依然生机盎然。我弯腰将"花束"摆在远离悬崖的位置。那天的天空是万里无云吗？还是和今天相似，浓雾缭绕的山间？

容纳两车相向而行的天险路，一侧是松动山体，另一侧是悬崖峭壁。路面泥泞得像是一条被稀泥浸湿了的咖色毛巾。从身后驶来的卡车像是要将你撞成稀巴烂。"能躲到哪里？"我像是难以逃脱如来佛掌的孙猴儿，天险路将我围困，容不得我逃跑。我多想撒腿就跑，但我从近处的泥泞向远处望去，等待我的不是坦途，更不是花海，而是没有任何防护的、更为泥泞的路。

跳江——似乎是我此刻唯一可以从天险路逃离的方法。我真想纵身一跃，让这千年江水洗净我犯下的罪——懦弱！逃避！自私！我向悬崖深处的帕隆藏布江望去，它像是一只年轻气盛的巨龙，无论它酣睡或清醒，每时每刻都在汹涌地咆哮着，那嘶吼声像是在给懦夫壮胆！那狂鸣声像是在给勇士助威！

我要做勇士还是懦夫？并没有英雄踩着七彩祥云迎接我，远处，环绕大山的雾气渐淡，近处，车胎碾轧泥路。上坡路的高处，从低处望去，似乎是毫无转机的绝境。那辆努力爬坡的卡车，是否会因前车轮打滑而车尾翘起，像跳水运动员一样在空中进行前空翻？登山杖的杖尖扎入泥土中，我定睛于那辆卡车，像是在等待一场死里逃生的戏码上演。只见这辆卡车贴着山体，向右扭动的轮胎带动庞大的车身右转 90 度，尾灯和后轮胎消失在眼前。

"是拐角！"我吃力地将登山杖从泥土中拔出，加快脚步想要爬到拐角一探究竟。然而等待我的是逆向车辆拥堵在国道上。90度的拐角，即便是两位顶级赛车手也难以相向并行吧。

"我×！"那毫无隔离带的国道外侧，像是被大刀用力地向下纵切，垂直的悬崖面，让我的双腿发软。昨夜的降雨让我们幸运地免于吃土，但泥巴路像是磁铁的N极，强烈地吸住S极的鞋底。我们的体力消耗强烈，每走一公里都像是完成了100个深蹲、100个俯卧撑。

此刻，骑行少年无一不推车而行。他们的双膝弯曲，前脚掌着地，像是蜻蜓点水般的在泥泞之路想要躲过烂泥。但谁能躲得过？瞧那位大叔，双脚蹚进泥里，一副"脏就脏了！谁怕谁！"的架势。

自行车本是加速的交通工具，让少年在下坡路时以至少40km/h的速度潇洒前行，而在通麦天险，自行车却成为他们最深刻的负担。深陷泥潭的车轮让他们早已放弃双脚的洁净，他们龇牙咧嘴，双膝弯得更深，背弓得更低，青筋暴出："我×！"轮胎裹着泥土的样子像极了巧克力甜甜圈。没在通麦天险推过车的少年，莫说你骑过川藏线。没在川藏线遇过堵车的人，莫说你来过通麦天险。

"川藏线通火车了嘿！"我举起登山杖指着由卡车、巴士车头接尾、尾接头连起来的车队，大吼道。

"唉！不知又要堵到什么时候。"司机站在车外，右手掐腰，左手揪住衣服的前襟，扯着清凉。"这是常事？！"面对如此阵势，我难掩震惊，"如果发生塌方，车还不得全被掩盖了？""只能看命。"司机望着火车头的方向，无计可施。而徒步的我们，竟可以凭借双脚超越车辆，这让坐车的人无法按捺情绪。

"走路比坐车还快！"车里的人纷纷摇下车窗，发出感慨。"咱也跟他们一样，走走吧！"越来越多的人加入了通麦天险的徒步队伍。

"禁止通行！"一皮肤黝黑的大叔，头戴黄色安全帽，手臂大张，右手举着一面红色的旗帜，握在他左手中的对讲机嗡嗡作响，"这里刚刚塌方了，太危险。""哪里塌了？"我们和一群骑行少年，个个都探着脑袋，齐刷刷地盯着距离我们不足 20 米的塌方处。我的双膝一软，险些跪倒在地。"别怕。"小馒头赶忙扶住我。我攥住小馒头的手臂："咱们会死吗？"

小馒头的沉默，让我的心险些从嗓子眼儿跳出来。我们像是大头针，被死死地钉在这儿，等待时间拯救我们。但没有人知道等来的是灾难还是希望。如果前行是希望——生命的威胁即将解除，我们会安全地继续前行，通过这该死的天险路。

抑或灾难——山体断层，巨石、泥土、被撕裂的植被向下滑动，你的反应时间大概可以迅速到 0.2 秒钟，巨石击中脑袋，身体埋进泥土中，裂开的植被插入胸腔，只需要几秒钟的时间。然而你逃跑却需要 30 秒钟甚至更久。如果上天赐予你奇迹，那么或许你还能见到武警和搜救犬。但奇迹生还的概率是多少？

无人在意时间的流逝，无人抱怨此刻的处境，无人知晓如何拯救生命，无人讲话。沉默——让我感觉像是溺在一摊死水中。我的嘴唇时而紧紧抿起，时而张开喘气。我的双手紧紧攥住登山杖。先双手护头，再弯低腰，把脑袋和躯干都躲在背包的下面。我心里默念着：逃跑吗？往哪里跑？搭车吗？车被堵得水泄不通。自然灾难来时，再结实的铁皮，都像是孩子手中不禁摔打的玩具车；再智慧的人，也不过是广袤大地中的一粒尘埃。

"我要写封遗书吗？"——恐惧到何种地步才会把事情往这里想？死亡来时，我什么都做不了。那么面对可预见的死亡，我又能做什么？

我还在为上一次濒临死亡险些让年迈的父母痛失爱女而感到自责。而现在，又再次预备和死神短兵相接。我为什么不打道回府？我为什么还要拼尽全力地去实现该死的梦想——建立在他人痛苦之上的梦想！如果我的行动带给他人的是痛苦，我还说什么独立，又谈什么梦想！

"你想做吗？好，我们支持你。"父母的成全是出于爱。那么我对他们的爱呢？是一味地索取，是在生死关头说出的那三个日常难以讲出口的字——我爱你。世上没有一种爱能比父母的爱更伟大，也没有一种自私比得过子女的索取。

我质问自己：如果我的孩子和我说"妈妈，我要去川藏线！"我会作何反应？我会和我的父母一样吗，给予支持？还是宁可打折她的腿，也不许她去冒险？在我自以为足够成熟之时突然醒悟，原来自己还是个孩子。面对现实的残酷和必做的抉择，我手足无措，我不知要如何平衡梦想和家庭。然而我唯一能做的，就像赶赴前线的士兵一样，勇敢地向前冲，战胜内心的恐惧。

"我会第一时间报平安，我爱你。"——我掏出手机，成功发送一条消息。我要活着！为了活，我必须赢！我只能赢！

"接到通知，你们才能走。"大叔是在安慰我吗？大叔和通麦天险以及 102 滑坡群所遇的养路工并无差异，他疲惫的面容像是没睡过一宿安稳觉，他的双脚会在胶鞋里捂出疹子吗？他一定知道自己的衣服沾满了泥土吧？他的皱纹褶皱里夹着泥土。

"每天都有塌方吗？"我问道。"不一定，今天运气好，还没下雨。"大叔话音才落，对讲机发声："喂，喂。"大叔将对讲机移到嘴边，转身面向塌方处，待他再回过身，他大臂一挥："可以通过了。"坐在乱石堆儿的骑行少年，欢呼地起身。我和小馒头也激动地将双手握成拳。"千万小心。"大叔嘱咐道。

通麦天险，有一刻平静吗？如果没有，那么这些养路工和武警，他们每天要在绝命要塞之处镇守几时？单是拿出生命中的一天，一天中的 5 个小时，我就想做个逃兵！人和人的意志为何差别如此之大？通麦天险，从不缺少懦夫，更不缺少英雄！

当我途经正在修建的通麦隧道，工人和武警们驻守岗位，他们看到我们这群来川藏线冒险的家伙，会认为我们是群疯子吧？在如此险恶之地修建隧道，要面临的风险是其他地势的多少倍？ 100 倍？1000 倍？

　　隧道通了，我们就再也不必步步品尝死亡的味道；隧道通了，他们就再也不必夜以继日地同死神对话；隧道通了，就再也不会从拥堵的车辆间擦身而过。

　　"亦凡！"

　　我驻足，眉头紧蹙，惊慌地左顾右盼："怎么好像有人在叫我的名字？"

　　拥堵了将近两个小时的"川藏线火车"，终于以不高于20km/h的车速颠簸前行，这些轻松就能将脚踝淹没的、接二连三的水坑，像是一颗颗水炸弹，当车轮轧过，泥水被高高地溅起，为了保护眼睛不被泥巴封住，只好频繁地将背包化为挡泥牌。

　　"亦凡。"又一声悦耳的女声，把我从紧张的状态中唤醒。

　　我的头顶写满100个惊叹号："谁在叫我？"远处一辆越野车里，恍惚有一个长发姑娘在向我晃动着双手："亦凡。"我用力地冲她点头。摇下的车窗内，她笑起来的样子真美。川藏线的相遇常常扑朔迷离，这个眼睛水汪汪的女孩是谁？她怎么会知道我的名字？

　　"小馒头！"我嘶吼着，"我的脚拔不出来了！"我将登山杖撇到地上，哈着腰，像是一只在拔胡萝卜的大兔子，正用力地将陷入泥潭的右脚向外拔。烂泥像是一双有力的手，拽住我的右脚踝，将我的右脚向下吸。而我的左脚因承受更多的重心，也逐渐地下陷。

　　"快来救我啊！"我感觉自己就像一颗咖喱锅里的土豆，"我要掉进沼泽了！""沼泽？凡姐姐，你脑袋坏了哦？"小馒头闻声小跑着朝我奔来，"好路不走，非往泥里走。""我，我，我……"我一时不知如何辩解这只是一场偶然。双膝一软，屁股往下一沉，蹲下身继续拔我的一双萝卜腿。"左脚往外拔，慢一些，"小馒头从我的身后架住我的身体，当我的小腿胫骨近乎与地面垂直之时，他将我向上举起，"再把右脚轻轻地往外抽，千万别向下踩。"

双脚从泥潭中拔出，我险些拿小馒头当了肉垫儿，一个屁墩摔倒在地。小馒头一阵狂笑，不忘嘱咐我："我走哪里，你就走哪里哦！"没有队友，我会不会走进悬崖？

"我们真幸运！"当我们坐在天险路的尽头，仰天长舒百口大气，"现在可是雨季啊！我们每天都在水里走，今天竟然没下雨！"

一阵喜悦后，我们都低头看向自己那裹着泥巴的双脚和土黄色的裤腿。这 15 公里路，有哪一步走得轻松？而记录凄惨状况的照片，少之又少。当体力和心思都用来保命时，所有的艰险都会深刻地刻入骨髓。

我掏出手机：我已平安通过通麦天险，放心。当信息发送成功，我有种上了刀山躲过千把刀，下了火海躲过万丛火的轻松。国道旁悬挂的"黑木耳"招牌，并没有被我们拿来开涮。在天险路，我们的脑袋三点为面，快速移动，没有一秒钟可以用来松懈，每一步路都保持高度警觉——小心高处的落石、身旁的车辆和脚下的泥泞。

川藏线徒步第 69 天，在最危险的地方，做了最大的冒险。然后，胜利。然后，距离拉萨，不到 600 公里。

Time will remember us _

2015 年 3 月 6 日，我收到一条信息：

亦凡女神，我就是 7 月 9 日那天在通麦路段车里喊你的那个妹子呀！去年 5 月，我偶然看到了你的进藏相册，正巧我准备暑假徒搭到拉萨。出发前每天都会刷新你的广播看，然后这就成为我每一天的习惯。出发那天起，我一直惦记着你：你现在该走到哪里了呢？

那天在通麦天险，我搭上了一辆湖北叔叔的车，水泄不通堵了将近两个小时。终于等到车开起来了，我不由自主地往窗外的险山看去。竟然看到一个女生和男生一起正拿着拐杖在一步一步地往前走，我激动得不知道说些什么，就大喊了你的名字！你没有被我吓到吧？虽然你不认识我，但见到你的那一瞬间，我觉得我这次进藏太棒了。

如果川藏线没有奇遇，你还会去吗？如果川藏线不险，你还会去吗？太多的谜团等待时间解开。如果唯一不变的是改变，那么时间会永远地记住我们。我们会铭记每一天，即便那是历史上平凡的一天。

通麦天险，再见。你好，通麦坦途。

Chapter 17

多雨的林芝，缠人的诱惑

Rain and tears all the same.

But in the sun,

you've got to play the game.

——《Rain and tears》Aphrodite's Child

当你谈及林芝，你会想起什么？桃花？石锅鸡？雅鲁藏布江？南迦巴瓦峰？我记忆中的冬日林芝，有奔跑的藏香猪，有拨开云雾的神山，还有寒冷中的炽热骄阳。而记忆中的夏月林芝，有游泳的大螃蟹，有享受日光浴的毛毛虫，还有一场又一场的雨——未降的雨、整日的雨、整夜的雨。

整日的雨

"夏天的林芝和冬天时不一样，"走在阳光中的我，在国道上东张西望，像是在寻找着什么，"我还是更喜欢冬天的西藏。""凡姐姐，你以前来过西藏？"小馒头问道。"2010 年。"记忆碎片在心中拼凑。

"四年前你就来过哦！"小馒头握着登山杖的右手，推了推架在他高挺鼻梁上的黑框眼镜。"嗯，"我的舌头从齿间钻出，轻舔向内抿起的嘴唇，"那是我第一次来西藏。""那你为什么还要再来？"小馒头问道。我的脑袋向左转动，望着这个初次进藏就选择了徒步川藏线的男孩，一时语塞。

2010 年 12 月，我坐着火车到拉萨，再坐上汽车到林芝。那时，我哪里会知道我还会再来。"是啊！我为什么还要再来？"我问着自己，继续左顾右盼，继续寻找当年的痕迹。

我们是否会对某个地方着迷，但这个地方究竟为何令人魂牵梦绕。我们是否会在某个情境想回到过去，但过去究竟有何魔力令人牵肠挂肚。

我仿佛是走在一条老路上，仿佛看到四年前的我。我坐在拉萨开往林芝的巴士车上，头戴绒帽的我将脑袋靠在车窗上，窗外的藏香猪奔跑的欢实样儿，着实不像一只猪该有的速度。我的右手将车窗的哈气抹开，望着这群黑乎乎的大猪小猪，咯咯地笑："你们真的是猪吗？"

2014 年 6 月 28 日，川藏线徒步第 58 天，太阳充满诱惑，我贪恋着阳光。当我从然乌走进林芝，从白天走进黑夜，告别孤独，享受晴朗，我无法预料日出之时等待我的会是雨——整日的雨。

"我们还走吗？雨这么大，"我嘟起了嘴，"昨天雨就够一梦了，今天看样子更要命。"

2014 年 6 月 30 日，川藏线徒步第 60 天，我像是一只装满负能量的气球，飘啊飘地荡在空中，"啪"的一声爆炸——我不想走了。

"凡姐姐，我们必须走，"抽筋说道，"昨天咱淋雨搞得这么脏，客栈老板娘都嫌弃咱了。"

"谁能保证往前走，就没人嫌弃咱啊？"我气鼓鼓地将潮湿未干的衣服乱揉成团，丢进背包里。

窗外噼里啪啦的雨，像是一万颗石子向我的玻璃心猛砸。雨水之于干旱之地，是"如果老天能下场雨该多好"的诚心祷告，是贵如油的稀罕宝贝，是拯救生命于死亡线的养分，是上天赐予的奇迹。雨水之于林芝之境，是"我为什么又想放弃"的自我拷问，是将雨衣打透以致让身体湿透的水魔，是我想逃却无处可避雨的必须前行。

搭在客栈走廊的雨衣，一摊水在它的下方，中心映出雨衣的倒影，外部是发浅的潮湿水印。我的双手抓起雨衣，一上一下地甩动它，水珠溅到我的脸上。我的鼻子凑近雨衣，我的小腹内收，喉咙发紧，嘴巴大张，舌头吐出，眼睛翻白眼，一阵干呕："难怪我们会被嫌弃了。"

"走。"我的双肩已背起背包，我纵着鼻子，套上雨衣，健步如飞地走进雨中，"雨啊！快把这身馊臭味儿洗掉吧！"

国道呈平缓的"凸"型，外侧形成了积水。雨滴坠入水中激起的波纹之间有着交集，当纹路向外扩散，趋于平静，又有新的水滴将其激起新的波纹。

此消彼长，像是爱情。两个陌生人，因缘相遇，两颗心靠得越近，交集越多。然后交融，淡化。当爱意消散，又有新人重蹈覆辙。什么是新，什么是旧？这世上有永恒的爱情吗？如果有，为什么我们会为了追逐自由和新鲜，而潇洒地分手，兜兜转转，终逃不过再见。如果有，为什么我们会在失去所爱之后，心中滴着血，悔不当初，重新思考珍惜的意义。如果没有，为何夜色正浓时，年迈的老爷爷牵着老伴儿的手，向他们的家缓缓走去。如果没有，为何结婚誓言是："不管是贫穷还是富有，不管是健康还是疾病，我都爱你、尊重你，直到死亡将我们分离。"

所有的仪式感都在见证着生命力，又都在给予结局以预示——没有新，也没有旧。就像这摊积水的波纹，或许你能看清哪个波纹更大，却无法说清哪个是新，哪个不是旧。如果爱情真的像波纹，那么我们究竟是爱一个人，还是爱着爱情本身。

雨水将洋灰色的路面涂成深灰色，阿超在我前方五米远的地方朝我挥动手臂。他大张着嘴巴是在和我说话吗？

我杵在原地，大吼道："你在说啥？"话语被雨声吞没，并未回传。我皱着眉头向前走，阿超的手臂更剧烈地在空中挥动，而我也模仿他的样子，边走边挥起我的手臂。"哗——"落石将我的去路挡住。我的肩膀向上提起，脑袋缩进肩颈，双手握成拳，大臂向内夹住肋骨，脚下像是安了弹簧，向后跳三步。

阿超的手臂从头顶像是扣篮一般向下大力甩动。他跑到我面前，大吼着，我分不清空气中的是雨水还是他的口水："我玩命和你说'别走！有落石！'你咋还向前走？是不是傻？"

我看向离我四步远的石头——如果我走快一步，它们将击中我的脑袋。而我却把伙伴发来的信号，错误理解为雨中的舞蹈游戏。雨——让我们不仅要注意车辆，还要眼观高处，预判落石跌下的可能性。当我的脸向上扬起，雨水将睫毛挂上水珠。

我想从最内侧的衣兜掏出手机记录林芝的雨，记录没有穿雨套的裤腿已经被雨衣淌下的雨水淋透，记录裤腿的雨水顺着没有收紧的裤脚淌入鞋内，记录袜子湿答答的每踩一步都发出"噗、噗"的水声，记录我的脚趾像是被水泡过的两坨毛毛虫。但即便照片在手，也无法想象那时的雨下得多么急，我们走得多么无奈。

我们无处可避雨，我们只能向前。我们不能痛快地解三急。走过了落石坠落的山体，经过写有"内有动物出没，请勿靠近"的树丛。我们不能停下来休息。停止前进，意味着行动所产生的热量会被冷空气迅速带走。我们不能畅快地补水。冰凉的水，像是电流一般，入喉后将寒冷充满全身。我们不能快速地前行。快速行走会让体力消耗过大，体力透支是第一杀手。我们只能走，夹紧大腿地走，雨水湿润嘴唇地走。我们只能走，带着每向前一步都是离温室、离拉萨更近的希望走。

如果了无希望，我们还会继续吗？距离拉萨还有 2000 公里时，我想着"都出发了，总不能刚开始就放弃吧。"距离拉萨不到 1000 公里时，我想着"已经走了这么远了，不能轻易放弃呀！"

拉萨，就是我的希望。拉萨，有朋友、有酒、有肉、有藏面和酥油茶、有松软的大床和水温稳定的淋浴间、有危险的旅途结束、有平安的消息可以发送。我们一定是倚靠希望而活下去吧？所以才能擦干眼泪走在这该死的雨路上。拉萨！拉萨！

游泳的大螃蟹

"我们能在这湖里游泳？"我惊呆地看着阿超，他正从背包里变魔术般地掏出一条黑色泳裤。

"老板娘说能游泳，"阿超趿拉着拖鞋朝屋外走，"我去赛神仙喽！"

小双蹦到阿超身后："我也去。"

"好不容易没雨，你们说不走就不走，"抽筋摇头说道，"看到雪山和湖水就走不动。照这速度，咱啥时候才能到拉萨？"

"难得艳阳高照，"我抓起抽筋的衣领，"咱也去快活快活。"

赤裸着上身的阿超，已经在湖的中心漂浮着。他闭上双眼，一脸享受的样子，仿佛身处一座静谧的小岛上。小双穿着内裤"扑通"跳进水里，以自由泳泳姿游向湖心，他的双腿忽地向下收起，身体站直，他的右手捋着湿发，左手招呼坐在岸边的我们："水好温暖啊！你们快下来。"

小新抬头望向我又害羞地躲过我的目光："我不去了，没有泳裤。"

抽筋说："瞎搞！难得不下雨，非要下水把自己搞湿——我才不下去。"而我的内心像是住着一只年轻气盛的小鹿，我的屁股从草垫上猛地抬起："我来！"

阿超像是士兵听到了集合哨，"腾"地在水中站了起来，手臂在水里扑腾得水花四溅，小双吹起了口哨："凡姐姐，勇敢！不尿！"

抽筋和小新从草坪上捡起小石头，向水中的二人丢去。石头划出抛物线，"扑通"落入水中，由圆心向外散出由窄渐宽的波纹。我把塞着袜子的鞋往草坪上一丢，手机递给抽筋。被鞋捂出汗的脚丫有些发胀。赤裸的脚丫越走离湖水越近。小石头像是丝滑的巧克力糖，无规则又密集地铺在松软的泥土上。

我的脚趾向内抠，脚底踩着泥土，湖水淹没了我的脚背、脚踝。我提起裤腿的速度，无法追上湖水从裤脚向上蔓延的速度。为了保持平衡，穿着红色外衣的我，像一只发着高烧的大螃蟹，双手像是两只巨钳，向上扬起。"啊！"当我的膝盖和大腿被湖水浸湿，我大叫着，"太爽了！"我像是一个初次见水的孩子，我想把身体从头到脚都浸泡在这湖水里。

湖水清澈得像是一个碧色的盘子，双手激起的水花，像是落在盘中的水晶。我把帽子摘下，外衣的拉锁发出"嗖"的声音，岸边的抽筋麻利地起身接过它们。我的双腿像是安了马达，充满了力量向湖心走去，当湖水齐腰，我的双膝弯曲，湖水没过我的肩膀，鸡皮疙瘩在脖子和手臂散开。当身体适应了这温暖的湖水，我在水中连做 10 个深蹲，当第 11 个深蹲时，我憋足了一口气，猛地将脑袋和"巨钳"扎进水中。我的双眼紧闭，双脚抬离湖底，向湖心游去。

没有雨，我的心里却装着彩虹。近处的青山，将更远的雪山挡住。2014 年 7 月 5 日，川藏线徒步第 65 天，在 K4023，快乐——我们中了这无形诱惑的毒，以至于忘记了林芝的雨将我们拍湿的痛，也忘记了等待我们的是什么。川藏线，从不缺少眼泪，而快乐也总是因痛苦而弥足珍贵。

享受日光浴的毛毛虫

连续几日的雨水后，太阳似乎燃烧得更猛烈。国道的颜色变回明亮的灰。K3062—K3072 的路，像是一条被黑色、红色和绿色密密麻麻点缀的长方形油画布。然而这段路的真实景象，并非颇有收藏价值的艺术品。那些密集的点点，是由黑色的、红色的、绿色的毛毛虫组成。如果说拉萨是最大的诱惑，那么毛毛虫则是开启那扇大门的密匙，它在提醒你："想得到，就要先过了我这关！"

毛毛虫的子子孙孙，有的被轮胎和双脚踩爆肚皮，暴毙于此，无虫收尸，有的正努力地蠕动，欲要躲过丧命劫。肩负背包的我们，像是平衡力卓越的芭蕾舞者，脚尖点地，在国道上一蹦一跳的，欲要不染指这些血色。我的眼球险些被我从眼眶翻出，小腹内收险些撞到腰椎，舌头险些从口腔脱节。呕吐感会伴随脚步延伸到何处？拉萨吗？

"快告诉我，住宿的地方有没有毛毛虫？"趁着手机有信号，我在群里怒吼道。

"你猜。"先于我和抽筋，已经在客栈落脚的小馒头拿我逗闷子。

我攥着手机的手在空中乱舞，和抽筋抱怨："住的地方要是有毛毛虫，我就拒绝睡觉。”

抽筋淡定的脸突变，张牙舞爪地说：“一睁眼，全身爬满了毛毛虫。”

我举起登山杖拍打抽筋的背包。

“我骗你的。不会有的，不然怎么会有人在那里开客栈。”

“要是有毛毛虫，我摸黑也要走到没有毛毛虫的地方！”我驻足，转身，双膝弯曲，重心向后，背包抵住防护栏。

“这里也有。”歇脚的我扭头看向抽筋所指的位置，五只黑色的毛毛虫，正头朝上蠕动着。

我的双脚踩地：“啊！还让不让人活了。”

毛毛虫路在木头搭建的客栈貌似终结，我欢欣地向坐在门口的小馒头跑去：“终于没毛毛虫啦！”我前脚刚要落进房门，便尖声大叫，“爬进房间了！”

闻声而来的小馒头抬起他的右脚。“啪！”毛毛虫被踩得稀巴烂。客栈的老板娘跑来，她的双手提起裹裙，双膝微弯，上身前倾，她抬起那张美丽的面庞，叹了口气，转身离去。我和小馒头双双耸肩。

“她怎么了？”

“不知道。”

“你们为什么要踩死它们，把它们扫走就好。”老板娘右手握着笤帚，将毛毛虫的尸体和活着的毛毛虫一起扫开，“它们和我们一样，都是有生命的。”

整夜的雨

寒冷侵蚀着我的骨头。手指僵硬得快要握不住登山杖，这场大雨是要逼我将我的第三只腿撤掉吗？无处可泻的雨水将我的鞋底淹没，我的双脚在一片汪洋里蹚着走。我不知道还要淋多久的雨，才能走到鲁朗。我分不清脸上的是雨水还是泪水。

"我们为什么要这样受苦？"疲倦感将我吞噬，我宁愿在雨水中坐成一尊水雕像，也要歇歇脚。

"为了走到拉萨。"小馒头坐在我旁边，轻声地说。

"我们还要走多远？"我多么希望这场大雨过后，到达的是拉萨。

"还有五百公里？"抽筋站在雨中，估算着里程。

两个阿姨身着黑色的长身雨衣，踩着红色的雨靴，从我们身前经过，向我们即将到达的鲁朗方向走去。

"本地人。"她们在雨中淡定的模样，让抽筋就此断定。

高原雨季，再极端恶劣的天气，对于她们而言是生活的常态。而我呢，所谓的城市里长大的人，因为大雨和寒冷，坐在这里，抹着眼泪，生着闷气。

"咱们走吧。"我深吸一口气。

"都在等你，好不好，"小馒头调侃我，"手都等僵了。"

"下雨天还真是不能休息，更冷了，"抽筋说道，"到了鲁朗咱得来锅石锅鸡暖暖身。"

穿越一片烂泥地，走到小新、阿超和小双先行落脚的青旅。我驻足之地，留下一摊汪洋。

小新跑到我的身前，帮我脱掉雨衣，卸下背包。

"凡妹妹，你太惨了，"小新的右手捏着从我头上摘下的帽子，水珠沿着帽檐"滴答滴答"落在地上。

"嘴唇都冻紫了，"小新帮我从背包里取出洗漱包和衣服，"快去洗洗。"

我的身体是在冒烟吗？灼烧感将我的肩颈和背部侵袭。

小新搀扶着我来到洗澡间："你先用温水把身子回暖，再调高水温，别着急脱衣服，不然会感冒。"

我拧动开关，温水"哗"地浇在身上，当我冻僵的肩部可以旋转，手臂能够弯曲，恢复知觉的大拇指和食指捏住衣服，将其从肩部一点一点地向上提。上衣脱下后，我弯腰，用双手揪住裤腿，将裤子一点一点地往下褪。随着温水持续地滋润，热气模糊了双眼，寒气得以驱散，身体一激灵一激灵地回暖。

"天居然晴了。"淋浴后的我推开房门，彩虹挂在晴朗的天空中。林芝又一次将我玩弄于股掌之上。

我们幸运地在鲁朗吃到正宗的石锅鸡，幸运地在晴朗中翻越色季拉山，晴朗——足以粉碎我们在海拔 4720 米的色季拉山垭口未能见到南迦巴瓦峰的遗憾。当我追随小馒头的脚步，不走寻常路，胆战心惊地玩起高原穿越纪实时，穿越中的抽筋不幸地将手表掉入泥潭，跨越水沟的小馒头不幸地跌入水中。当我们把自己的快乐建立在他人的不幸之上时，更大的不幸将会降临在我们身上。

"你们咋都坐这儿？"乌云遮日，而小新、小双、阿超坐在了铁门紧锁的院子外，失魂落魄，"这是咋啦？"

"道班没人，只有狗在狂叫。"

我走近铁门，一只大狗和两只小狗的鼻子挤在栏杆的缝隙，喉咙发出"呼"的震颤声。如果我们翻门而入，它们会将我们咬个细碎。

"要我说，咱们就一鼓作气走个20多公里，直接到林芝镇。"小新说。

"这天儿马上要下雨，"阿超说，"从这里到林芝镇，少说得有二十公里都是无人区。"

"下雨，"抽筋说道，"还走夜路……"

小馒头脱口而出抽筋的经典语录："我们来川藏线又不是送死的。"

"道班晚上肯定会有人的，"小双将小红帽戴回头上，"我们在这里等等。"

"现在走，意味着我们又要冒生命危险。但不走，我们住哪里？"我的心里七上八下。

"那里怎么有个木屋在冒烟？"我卸下背包，三步并两步朝木屋跑去。

果真有两个藏族大哥探出身来，我放缓语速，连带双手比画："我们有六个人，今晚想借宿在道班，但道班没人。不知道我们能不能在您这里借宿，我们有住宿费。"

"我们这里太小了，那边也许可以。"他们指向另一间木门紧闭的屋子。道谢后，我向木屋走去，推开门的那一刻，我绝望地离开了——狭小且漏雨的牛棚无法搭起一顶帐篷。

"你看小双旁边坐的那个大叔，他是谁？"我和能说会道的阿超说着，"阿超，你过去聊聊。"

大叔的双手背在身后，他起身朝道班隔壁的大院走去，跟在身后的阿超给我们使眼色让我们跟上。

"我们得救了？！"

大叔严肃地叮嘱："一定不要拍照，不要乱走。"

为了能遮风挡雨，我们当牛做马、不吃不喝都行。大叔将我们领进一个套间，屋里整洁地摆放着书桌、书柜、沙发和茶几，一张宽屏电视立在矮脚柜上："好大的电视啊！"

给我们泡了壶热茶的大叔转身离去。当我冰凉的双手捧起温热的水杯，像是在夏季的傍晚，啃着爸爸递来的冰镇西瓜。

"不知道咱们会不会被大叔收留。"小新声音很轻地说。

大叔消失的半小时里，我们轻手轻脚不敢乱动，轻声轻语不敢大声讲话，毕竟他那只散养的藏獒就蹲守在门外。

"来。"大叔现身，随即将我们领入另一个房间——右侧是灶台、橱柜和洗理池，左侧是饭桌的一间厨房。

"大叔给我们做了晚饭。"我激动地和小新说。

"都是家常小菜，"大叔招呼我们，"来，快坐下吃点儿东西，又冷又饿的。"

阿超为大叔斟满一杯酒，大叔呷摸着："我是四川的，你们都是哪里人？"我们各自介绍后，大叔问，"你们是怎么走到一起的？"

"我们是路上碰到的。"抽筋答道。

"这是缘分啊！难得！"大叔又呷了口酒。

我们举起手中的茶水敬大叔。"我在这里很多年了，每天都和学生在一起。"大叔从衣兜掏出手机，随着音乐响起，他哼唱了起来。

我们放下碗筷，为大叔击掌。

"姑娘，你唱个《北京的金山上》。"我羞涩地说："我不太会唱。"大叔的双手各握一只筷子："我来！'北京的金山上光芒照四方，毛主席就是那金色的太阳，多么温暖，多么慈祥……'"

闭合的眼角无法阻止眼泪的飘出。抽筋赶忙安慰我："凡姐姐，吃饭，吃饭。"

我极力地控制着，每咽下一口饭，都将眼泪往回吞。酸辣土豆丝、炒白菜，这么简单平凡的饭菜，却是川藏线最可口的美味。饭后我们返回房间，大叔给我们播放 DVD 影像：新娘身着雪白的婚纱，站在新郎身旁，温婉可人。

"这是我女儿。"大叔和我们说。

嫁女儿是身为人父的头等大事，却也是为人父最伤心之时。婚礼上，父亲亲手将一生挚爱的心肝宝贝交到另一个男人手中。

"他会对女儿好吗？"即便新郎令人称赞，父亲也依旧心存疑虑。

我的眼泪又要夺眶而出。大叔一定把录像看了无数遍，一定给每一位来过这里的人放过录像。孩子为了"证明"自己，不断地去做"我离得开父母"的事情，比如创业，比如来走川藏线。然而每一件要做的事，都无法脱离父母的成全和理解。

"这里没办法留宿你们。"大叔的话让我们失魂落魄。

"我帮你们联系道班的班长。"我们又重拾希望。

　　手机显示时间 22：12，我们被大叔带到道班门口，他先行进入道班为我们安排借宿之事。我们六个人，站在漆黑一片的国道上，夜雨拍在我们的身上，手电的光亮将雨水坠落的轨迹照得清清楚楚。

　　"感觉我们像是一群流浪汉，流离失所，无家可归。"

　　"我们这是在干什么？为什么要来川藏线？"我抬头望天，乌云将星星藏起。"北京也在下雨吗？爸爸妈妈现在睡了吗？要睡个好觉。"——远隔千里，思念让我的心挨了千刀。和大叔道别，我们进入无灯的道班。道班最宽敞的房间，屋顶是玻璃的。

　　寒冷、潮湿、漏雨的道班，我们打开手电，在微弱的光亮中，支起一顶帐篷。我睡在帐篷中，他们则是保护我的使者，围在帐篷外，睡在防潮垫上。我湿漉漉的头发粘在头皮上，侧卧的身体蜷成团，似乎这样能让暖意逃跑得迟缓缓，牙齿咬着握成拳的右手，左手夹在双腿之间。夜雨，像是失恋女人时浅时深的抽泣声，不经意地将闻声之人的悲伤唤醒。

　　为什么悲伤总是和雨水相联，因为雨水和泪水相似吗？在雨中哭泣，可以假装滑过面颊的是雨水。你放声号哭，你低声浅泣，都像是雨中的一场哑剧。

　　"哗啦、哗啦"是夜雨肆无忌惮地向下自由落地的声音。"吧嗒、吧嗒"是夜雨钻了玻璃屋顶的缝隙，砸向室内地面的声音。哪一种天气会让你的心下沉到深渊？夜雨，像是一颗原子弹，将建立的坚强城池轻易摧毁。夜雨，穿过玻璃，穿过帐篷，穿过衣服，穿过肌肤，将我的心打成筛子。

　　我没有书，无法用阅读将悲伤转移；我没有枪，无法用子弹将悲伤射杀。我的大脑一片空白，我想睡一会儿，想做一场美梦，梦里我走到了拉萨，走到了布达拉宫。

　　即便今夜注定无眠，但黑夜的降临无法阻挡明天的太阳照常升起。

　　当太阳东升，我将距离拉萨不到 500 公里……

野人的呐喊响彻米拉山

我觉得自己会永远生猛下去，
什么也锤不了我。
——王小波

　　"翻过米拉山，到拉萨就指日可待了！"我感觉自己像是一团烈焰，雨水也无法将我熄灭。米拉山——海拔 5013 米，抵达拉萨前的最后一座山，我将如何翻越？

2661867 步，野人重见高楼

　　"1，2，3，4，"2014 年 7 月 15 日，徒步川藏线第 75 天，我冻僵的手臂无法高抬，只好翘起手腕，手掌随着数字的增加上下颤动着，"10 层高？！"

　　"凡姐姐，我们到八一镇了？"小馒头的眼镜镜片上挂满水珠。

"是高楼吧？"我像是从山林出逃的野人，"会不会是海市蜃楼？"

"是真楼，"小馒头伸出的左脚踩了我一脚，"疼吧？"

二人驻足在上坡路，大雨拍在雨衣上，发出"啪啪"声。

"上次在哪儿见过六层那么高的楼？"我回忆着，"雅江。"

"八一镇是不是很洋气？"小馒头问道，"你不是来过吗？"

"感觉四年前没这么多高楼啊，"我说着，"咱赶紧进城吧。"

"我的天啊！"我和小馒头沿下坡路行至拐口，再次驻足。

"这马路这么宽？！"我们托住背包的底部，奔到马路的正中间，肩膀像是被注射了灵活剂，挥动的手臂将雨衣撑高，"有两个国道那么宽！"

"红绿灯？！"我惊呼道，"上次有红绿灯是在哪儿？康定！"

"凡姐姐，红灯停，绿灯行。"小馒头拽住险些闯了红灯的我。

"我都不会过马路啦。"

"出，出租车！"我大张着嘴巴，驶过的汽车车顶上顶着"TAXI"

车灯。

"还能捏脚。"小馒头扭头看向一间挂着"足疗"招牌的门店说道。

"公园？！电影院？！火锅店？！美甲店？！德克士？！"时间足以让一个城镇发生巨变。

"这里就是不一样啊！"二人用力地点点头，冰冷地双手抹开拍在脸上的雨水。

"我们真的要走吗？"7：02，我蜷成蘑菇的身体慢慢坐起身，轻拉开帐篷的拉链。伙伴们沉默地躺或坐着，雨水像是一道水幕，冲刷着道班的玻璃窗。

地面上那几摊积水的面积越来越大，雨水钻过屋顶的缝隙向下坠落至积水，发出"滴答、滴答"的声音，像是时间在诉说着什么。

"漏雨漏了一宿，搞得人都没法睡觉。"大伙儿怨声载道。

我总是矫情地挣扎于走和不走，然而胜负早有分晓——我必须前行。为了胜利，不惜一切代价吗？走到拉萨，就是我的胜利吗？我的内心一次又一次地回答："是的！"我像是打了鸡血一般重回国道，仿佛今天不是徒步川藏线的第74天。这一定是幻觉！饥寒交迫将我打回原形，每一步向前都是风雨中的瑟瑟发抖。

然而每一步向前却也都是为了有朝一日享受着日光浴，在拉萨闲游，衣着干净地坐在德克士啃着汉堡包，感慨一句："野人也有今天！"

"我现在背卷手纸都嫌沉，更别说那些没用的东西了！"炸鸡块在我嘴里被剧烈地嚼动。

"八一镇能发快递。"土豆说道。眼前这位体瘦、肤白、细眼、全身三叶草的帅小伙，不正是小馒头口中的川藏线神人吗？"听说你一天走80公里不在话下。"我对土豆说。

川藏线从不缺少神人，神人就在你的身边羞涩地笑。

"上次相遇是在巴塘吧？你光着膀子坐在院子里，双脚往冒着热气的脚盆里伸，那药味儿，给你熏得直咧嘴，"我抓起薯条往嘴里塞，"我心想，这是哪儿冒出来的帅哥，老天不公啊，脚还坏了。"

"所以我不就搭车去拉萨了吗？"土豆吸溜着可乐，"一个人是真无聊，这不又搭车回来找你们吗？他们还把你给捡了。"

"听说你做饭特棒！什么时候再整一席？"德克士并未能满足我的胃。

小馒头赶忙撒娇："土豆哥哥，我们想吃排骨炖山药。"

"大超市、大银行、大商场、大酒店、大网吧！"——游荡在八一镇的野人们，打着饱嗝，被眼前的繁华震撼着，见什么都新鲜——"嚯！还有这个呢！"

"我要发快递。"——这是我在川藏线上第四次发快递。四次减重，次次减二斤。怎么总有东西可以减？我怎么就带了那么多不必要的东西？女孩的行李总是装着一半的无用品，这是安全感缺失的表现？女孩的衣柜里永远缺少一件衣服，这是欲望膨胀的想法？如果旅行只带必须品，双肩将轻松多少！如果衣柜没有塞满衣服，可以收藏多少书和唱片！

野人也思考人生。野人决定一切从简，平安归家就来场断舍离。野人决定自我欺骗，假装双肩无负重地上路。

野人渴望雨水或是晴朗

当我身穿雨衣走在路中，我似乎已经对这里的雨习以为常。雨，似乎有一种魔力，愤怒、不安、悲伤像是得到了允许，一股脑儿地伴着雨声一倾而出。当我无力回以重拳于坏情绪时，那是一种深刻的麻木。我无力狡辩"看啊，我依旧在冒雨前行"，以此证明自己的意志多么顽强。

如果我有的选择，我断不会将自己置身于此。然而，我究竟要如何解释拒绝搭车的行为？因为我不认输？或者我为了后生而非要先置之死地？我未能起身跃进雅鲁藏布江洗礼我的灵魂，而雨水毫不费力地冲刷着我的意志。

尼洋河温柔得像是女神的眼泪，清澈得像是一条蓝色的丝绸。大雨将天空挂上彩虹，我想拥抱这转眼即逝的美丽，奈何乌云压城我又醉。我醉身于大雨的又一次突如其来之中。我的衣服早已神不知地被剐破，鞋底早已鬼不觉地被磨坏，雨衣一如既往地形同虚设。

"离拉萨还有300公里了！"我高仰起我的脸，让雨水将我的双眼洗净！我像是一个归家之人在接受圣水的洗礼，内心像是开启了复读机，右手躲在雨衣里握紧左手，生怕自己为了逃过这场大雨的劫难，伸手拦下一辆汽车。如果到达拉萨必须经历这最后300公里的雨劫，那么我愿意。

工布江达似乎看到了我在心中挂起的晴天娃娃，2014年7月22日，川藏线徒步的第82天，久违的晴朗让我像是告别了一场危险之旅。喜悦让我忘记了自己身在何方——即便滴雨未下，但我仍走在川藏线。得意忘形的言外之意是，浑然不知另一场更大的危机正在降临。缺水——会让我枯竭的身体渗出鲜血吗？

"好渴！"挂在胸前的吸管已经无法从水袋里吸出水，"水瓶里也没多少水了。"

高温让我的嗓子冒烟，眼睛发胀。沥青在灼热的路面上肆意地散发着黏糊糊的信号，等待着不开眼的人和它来场纠缠的游戏。

"你走我前面吧，给我带路，我还能有些动力。"我的双肩下垂，双膝弯曲，疲软的样子像是一摊被烤化的橡胶人，有气无力地对小馒头说。

"走你前面，再一转身，你人没了，"小馒头双眼斜视我，干笑着说，"毛毛虫和你赛跑，你输。"

"还不如来场雨呢！"我用力将已经见底的水瓶摔进口袋，吞咽着口水以解喉咙燃烧之痛。

雨天寻找避雨之处，而晴天要寻找避暑之地。长达43公里的无人区，无水可补，"这路怎么走？"

"你还记得我吗？"当我感觉自己快要被烈日烤成爆米花时，这声音恍惚来自上天。

"我们又遇到了，"一位体壮、头戴鸭舌帽的大哥将越野车熄火，走到我身前，"前些天在老林芝镇的路上偶遇，当时在下大雨。"

我极力拼凑当时的情景，然而那天的我并未透过磅礴的大雨看清他的样子。但我清晰地记得有位大哥摇下车窗递给我两瓶水。艳阳高照的此刻，大哥递给我最急需的、有钱在无人区也买不到的——水。

"太感谢了。"川藏线有太多感动发生在陌生人之间。我和小馒头加快脚步，像是捧着血袋的军医，我们七人都在等水续命。当打蔫的我们注入生命之水，你们不能说我们不是满血复活的战士。

雨中，我祈求晴朗；而在晴朗中，我开始祷告雨水的降临……

野人的呐喊响彻米拉山 _

说起"最后"，你会想到什么？最后的拥抱、最后的晚餐、最后的信息、最后的见面……不尽相同的"最后"，总是在雷同地诉说着心中最难割舍的一份情怀。

最后——我为何对这两个字动容？因为我错过了太多的下一次吗？人的一生中，有多少的这一次，意料之外或合乎情理地发展为最后一次。米拉山——海拔5013米，抵达拉萨前的最后一座山，我将如何翻越？

"明天我们要走多少？"我躺在床上，挤上WiFi，翻着路书，"55公里？！比高尔寺山的路还远？！"

"我们要27公里连续上坡到达垭口，"抽筋说道，"然后再28公里连续下坡到达日多乡。"

黑暗中，传来小馒头的嘱咐："凡姐姐，快睡吧，明天很早就要起床。"

"不就走50多公里，至于吗？"

多人间被取笑声充满："凡姐姐，你再说一遍？"

"几点起床合适？"我赶忙转移话题。

"我们9点起床都还好。跟你一起走，6点就得出发。"

"那我5点半就起床。"海拔近4500米的松多乡，任我盖严棉被也无法将暖意存留。

5：30，手机的闹钟将我叫醒。寒冷，让我没舍得将秋裤脱下身，直接套上外裤便下了床。

6：20，国道黑灯瞎火，头灯的光将雨的轨迹照得清晰，光斑随着脑袋的晃动，落在脚前 1 至 2 米远的位置。

"路上只有咱俩，"我揪住小馒头的雨衣说道，"这比咱之前从百巴镇往工布的路还瘆人。"

"百巴镇那天 48 公里，今天 55 公里。能相提并论？"小馒头的头扭向我，灯光将我的眼睛晃花，"当然对你来说都是一样的难度系数，100 分。"

入骨的寒意让行进更缓，而缓慢让寒意更深。渐亮的天色并未带给我太多希望。"走了有 4 公里吗？"我一屁股坐在国道旁的隔离砖上。

"老子不想走了，"迟些出发的抽筋赶上了队伍，一股无名火从他的头顶冒出，"怎么走？还下雨！"

上天是听到了他的愤怒吗？雨停了。

"咱赶紧走吧，"山野间解三急归来的小馒头说，"路况这么好，但总感觉这座山最难翻。"每走三步我便抬头望天，盼望这阴沉沉的天空给我们些颜色。怕什么来什么，"哗"一场大雨倾盆而下。

"这里的地形为什么会有这么猛的风？"这风比安久拉山更恒久，比东达山更猛烈，而最为恐怖的是烈风在将你的身体四分五裂，而大雨在将你的身体打成筛子。

湿透了的秋裤，紧紧地黏在皮肤上。那冻透的感觉，让我仿佛掉进了冰窟窿，在冰水中做着无谓的挣扎。雨渐小，垭口已到。我的双膝发软，险些跪倒在里程石前——"米拉山口海拔 5013M"。

裹住整张脸的头巾，雨水使其颜色更深。最后一座山……我就这样惨烈地站在山之巅！我像是一个打了胜仗的战士脱去铠甲，揪住我的雨衣将它大力地从身上扯开。我要以一个胜利者的姿态站在这里——我翻越的最后一座山！最后一座！

当我大力地张开手臂拥抱远方的亲人，我想起通往二郎山隧道空气稀薄；想起第一座真正翻越垭口的折多山山路弯弯；想起 50 公里烂路的高尔寺山四季无常；想起翻越剪子弯山的那一天远在北京的朋友离世；想起卡子拉山垭口的心形云将心融化；想起海子山的姊妹湖清澈如少年的眼睛；想起连续两天翻越的宗拉山和拉乌山将我走烦；想起一口气翻到垭口的觉巴山悬崖陡峭；想起垭口飘雪的东达山和父亲诉说思念；想起业拉山的怒江72拐拐丢双脚；想起安久拉山的独行直面孤独；想起色季拉山的113道班空空荡荡……85天，14座雪山，任我一一称王。而我，只是一个秋裤之王。

"我要不要把秋裤脱了？"躲在垭口的帐篷里欲以藏面暖身的我，狼吞虎咽最后一口面条。

"瞎搞！你怎么穿着秋裤走路？"抽筋吃惊地吼道。

"早上太冷，就没脱。现在穿着，更冷了。"我可怜巴巴地说。

"所以我就一直好奇，你到底是用什么智商和胆量来走川藏线的。"小馒头唉声叹气。

"那我到底脱不脱啊？"我有些气急败坏。

秋裤不排汗，速干系数为0。秋裤已经打湿，在持续大雨的天气下又哪里有机会干燥？秋裤变成冰裤，死死地扒在腿上吸你的体温。

"脱了更、更、更、冷！"抽筋和小馒头齐声吼道。

"那赶紧走。"我们双脚落回国道，一场暴雨向我们泼下来。

狂风将身高将近一米九的抽筋吹得左摇右晃。我弯曲双膝，弯腰，尽量以头顶迎接风的重拳，以免稍不留意便化作飞天猪，飞在天空中。

"这路没法走！"抽筋不顾喝风的危险，念叨着，"我要搭车！"

我和小馒头故作镇定："反正快到拉萨了，你想清楚。"

一辆越野车果真被抽筋的碎碎念念到我们的身边。坐在副驾座的漂亮姐姐摇下车窗，冲我们摆手："搭你们一路，雨太大了。"没等我们开口，抽筋抢先说："谢谢，我们不搭车。"扬长而去的汽车溅起水花，我们鄙夷地望着抽筋："你不是一直喊要搭车吗，怎么不搭啊？"抽筋解释道："凡姐姐都没搭车，我哪里好意思。"

搭车，是退路。每个人都有退路。但到拉萨的路只有一条，而这条路只能向前！搭车和不搭车，我无数次挣扎。每当我犯尿，我就质问我自己——走到拉萨不是你的梦想吗？怎么你要放弃你的梦想吗？脚伤没有让你放弃，发烧没有让你放弃，距离拉萨2000公里时你没放弃，500公里时你没放弃！

凭什么距离拉萨150公里时放弃？凭什么？没有理由。离拉萨越近，不越是考验你的时候吗？不前行，你就只能在雨中哭泣！崩溃！

没有理由！我恨透了雨，我恨它突如其来，我恨它难以捉摸，我恨它变幻莫测，我恨它像我的玻璃心，我恨我自己是个矫情的懦夫！为了成为梦想中的自己，我要走到拉萨！谁可以宣判我的输赢？！

如果只有一人有这项权利，那个人就是我自己。黑暗可以将我吞噬，但你说的光明究竟是什么？大雨可以将我打垮，但你说的坚强究竟是什么？风的声音，雨的声音，无法将我的呐喊掩盖！

当我从白天走进黑夜，我的脑袋像是一个坠地的大西瓜，被大雨拍得稀烂。但我不能说这不是一场洗礼。当我距离拉萨只有150公里时，五场大雨将我的所有毛孔扎开。

我的心里害怕极了。我害怕这高原的无人区有狼出没，害怕那些过往的卡车不能照到我的身躯。害怕今夜我不能走到人烟之地。我越是害怕，我的脚步越走得急。我要从黑暗走向光明，就像我从黑暗隧道走近光斑、走进光明。雨水将我的恐惧洗去吧！

"那是检查站吗？"距离我们只有10米远的地方，车辆的尾灯聚成团，从远处看，那光斑像是一座光明的房子。我加快脚步，离房子越来越近。那感觉像是回家，回到有灯为我而亮的家。

"21：40。"当我们走进检查站登记信息，我掏出手机，"我们今天将近走了16个小时……"

当我打着寒战，走进干净的房间换上干燥的衣服，身体仍持续颤抖着。冻僵的双脚已经无法弯曲脚趾的关节，两只肿胀的脚欲要扎进热水中洗去疲惫和疼痛。"啊"针扎似的刺痛感从大脚趾钻入心脏。三大碗牛肉汤下肚，身体的颤抖并未消减。大家匀了三床棉被给我，我露在外的脑袋时不时地轻颤，后槽牙上下颤动发出"嗒嗒"声，身体一激灵一激灵地回暖。

22：30，"我现在好冷。"当我在家庭群里发出这条信息，眼泪不争气地飙出来。

22：35，"盖好被子，睡个好觉。"爸爸妈妈嘱咐道。

02：35，我的脚趾恢复了些暖意。

我已经记不清我在川藏线上哭了多少回，记不清那些飙出的眼泪为谁而流。恐惧？疲惫？思念？喜悦？而 2014 年 7 月 25 日，徒步川藏线的第 85 天，我的眼泪在深夜为喜悦而流。因我翻越了 14 座雪山而喜悦；因我离拉萨更近了而喜悦；因我的征途还未结束而喜悦……

Chapter **19**

三百三十万步，拉萨，拉萨

转山转水，殊途同归。

——亦凡

梦回西藏

"你们到拉萨都什么打算？"泡在日多乡温泉池里的我，暖意从脚趾向额头流动，这更像是对自己的发问，"我想把所有进藏路都走一趟。"

"我去哪儿都决不走路了，"抽筋说，"凡姐姐，你不要这么拼命嘛！"

"我要回家，"小馒头说，"还是回家好。"

回家——是啊，要回家。我已经在川藏线走了86天，这是自出生以来，最久的一次离家。而眼看着离拉萨只有百公里远，心中为何有些伤感？因为我快要走到路的尽头，从此无路可走了吗？

路的尽头——它像是天上的繁星，我想要攀爬天梯将最明亮的那颗摘下；它又像是海中的宝石，我想要潜入深海将最璀璨的那粒捧起。为此我充满热情，每一步都是为了离它再近些，更近些。拉萨是路的尽头，我就要走到了，梦想就要实现了。

还记得第一次到拉萨时的样子吗？四年前，我坐在北京开往拉萨的T27列车的走廊座椅上，当列车在夜间经过了格尔木，清晨太阳东升，阳光透过车窗将顶着一个油头的我晒得眼睛眯成了缝。我的瞳孔放大，双手击掌，鼻尖紧贴在冰凉的车窗上，窗外那三四只屁股上画着桃心的白色绒毛的小家伙，正在开阔的草原上奔跑着。"藏羚羊，跑得真快嘿！"

列车降速缓缓地驶进拉萨站台，我的心脏"怦怦"地跳动，若不是嘴巴封住去路，它一定从喉咙加速蹦了出来。

高原的天空是梦幻的，虽然它只有蓝色和白色。拉萨！拉萨！我赤裸着双脚坐在拉萨河畔，任阳光将我温暖，我的嘴角或许正微微上扬着。一个老者步履缓慢地沿河而行，他的右手摇动着转经筒，轻声诵着经。当他经过我时，他刻满皱纹的面庞回予我笑容。

当你爱上一座城，她的好和不好，你照单全收。八廓街拥挤着摊位和朝圣的人，但我对此并不感到烦躁。我惊讶于是何等力量让这些人在每个清晨日落虔诚地喃喃赞颂。而无论你是走在拥挤的人群中，还是孤身一人坐在角落里，没有人在意你是谁。你的名字、年龄、工作、收入，所有关乎现实的标签，都被拉萨的阳光燃烧成灰。

或许这就是为什么有那么多的人热爱西藏。那是一种对现实的逃离。身份和地位，迷茫和困惑，都那么地不值一提。当五湖四海的陌生人围坐在"殊途同归"客栈的藏桌旁，有人抠着手指头发呆，有人捧起阿妈现酿的青稞酒一饮而尽，有人弹着吉他唱着李志。若不是无人吹嘘自己，我恍惚以为我身在北京，正吹着夏天黏湿的夜风，喝着京啤撸着烤串和朋友侃大山呢。

"你为什么来西藏？"似乎我们在寻找着一个同类，然后捧起酒杯先干为敬。

"失恋了。"

"想来就来了。"

"失业了。"

"西藏离家最远，没人认识我。"

我们都褪去了面具，你只是你自己，而不必去说出我是哪个单位的什么官，哪个牛人的什么朋友。

我只是个喝青稞酒都会天旋地转的家伙，他是个喝 10 瓶拉啤也能做百以内加减法的酒神。

一切都回归简单，因为逃离了现实吗？

"你会留在拉萨吗？"在某个瞬间又不得不思忖未来。

"我会。"

"过来放松放松，留下做什么？"

"不知道，但我感觉自己还会再来。"

在北京，在拉萨，在世界各地，待久了终归是要生存的。吃什么、喝什么、睡哪里，钱呢？谈钱多伤理想。理想又是什么？我们是不是都会在赚钱养理想的日子中迷茫恍惚、爱恨交加，甚至遗失梦想。

梦想——我还有梦想吗？理想——它又是什么？爱情——疲惫生活中的精神食粮，你吃得起吗？世界——还会好吗？为什么所有的圣洁都离不开钱？钱就是最大的现实啊！庸俗！

四年前的我愤世嫉俗，四年后的我不再咆哮，是我妥协了吗？如果哭泣证明我依旧年轻，是否也在证明着我还残存着一点点思想。我质疑梦想，它真的会有实现的一天吗？我怀疑自己，为什么我总会挣扎于现实和理想？然而世界却无声地在向你证明——有太多人正竭尽全力地拼搏着。

父亲为了让女儿吃到她想吃的蛋糕，可以弯腰去做他不想做的任何事；少年为了让心爱的女孩躲在他怀里诉说青春的烦扰，可以穿越半个中国奔到她身边；而我又有什么资格高谈阔论，有什么资格对现实的生活评头论足？

既然一心想要走到拉萨，那么最后的路程，就拿出意志完成。当我到达拉萨，望到的蓝天，捧起的酥油茶，拥抱的老友，那种真实，即使将大腿掐出血印也不敢相信。梦回西藏。现在是该醒来的时候了！

你为什么去川藏线

梦中不问缘由，清醒时探求究竟——你为什么去川藏线？

如果不去，此生抱憾——不去别的地方也会觉得遗憾吗？为什么一定是这里？

探知欲驱使诸如此类的问题接二连三地向你发问。但有一个问题一定在等着看你哑口无言的衰样——川藏线对你最大的改变是什么？它教给你即使你在生活中是一个平凡的甚至平庸的小人物，也可以凭借自己的勇气、努力、坚持、热情和一点点的运气成为一个英雄！你发现原来你也可以像一个英雄，即便预知输的可能，但为了取得胜利不惜肝脑涂地。

当你的双脚、你脚下的车轮，经过无人区，经过雪山之巅，经过雨水狂风，到达拉萨，没有黑暗能将你吞噬，没有痛苦能将你粉碎，你就是一个英雄，你坚信自己就是一个英雄。川藏线有太多的英雄！有的头发斑白，有的青涩得像 4 月的枇杷。我们这群人来到川藏线，究竟是要征服高原，还是证明自己年轻？但如果我们真的年轻，为什么当我们回归现实的生活中，会畏手畏脚、会轻言放弃，甚至会舍弃梦想？

川藏线和现实的生活究竟有多少不一样？为什么这条路没有让我们成为一个真正的英雄？我们不正是因为向恐惧和懦弱宣战，才徒步川藏线以磨练自己的意志吗？川藏线从不缺少英雄。和我同路同行的大胃、唐僧、抽筋、小馒头、小新、小双、小帅、阿超，那些不曾相识的、一面之缘的，同路未同行的人们，你们都还好吗？你们是否和我一样，常常想起川藏线，想起这条路相逢的朋友，想起英雄一样的自己。

当你开始回忆，是热泪盈眶地讲起某天的故事，还是沉默不语地不愿提起这条路的往事。我们的一生究竟有多少值得回忆，又有多少人被你深深铭记。

"对不起，您拨打的电话已关机 / 是空号 / 无人接听 / 暂时无法接通，请您稍后再拨。"当你听到手机那一端传来这样的声音，你有没有为此痛哭流涕、暴跳如雷、无可奈何、心急如焚。

川藏线教给我们最活生生的道理是——你个愚蠢的人类！你要珍惜你所在的地方不是一个手机时常没有信号的失联之境，珍惜你所拥有的时间去联系你想联系的人，去见你想见的人；珍惜你有限的生命去捍卫你的爱情、你的梦想；珍惜你电话拨通后那端响起的是一声"喂"……

人和人的相遇是命中注定吗？一定是吧！不然为什么偏偏在有生之年，我们都走在这条路上？或许是天意，或许是缘分。

三百三十万步，拉萨！拉萨！

是因为快到拉萨了吗？小馒头像是打了鸡血的勇士，一路狂奔。而我依旧龟速前行。

"凡姐姐，你怎么哭了？"

我扶着树干，门牙咬着下嘴唇，重心更多地放在脚后跟，脚掌的刺痛感并没有因为腾空而减少，真想拿把砍刀把脚剁下来。我多么希望自己能腾空而起，但双脚的刺痛感像是100根银针正扎着脚趾和脚掌，脚趾快要把已经走烂了的鞋底抠穿。小馒头像是一颗大树，我则像一只生病的考拉，双手狠狠地攥住他的手臂，双脚交替地抬离地面。

"疼，"眼泪顺着眼角的皱纹淌下来，"我要死了。"小馒头一言未发，他扶住我的样子，仿佛我正做复健，而他是个严肃的医生。

我的双膝发软，脚底板硬邦邦地像是绑了两块板砖："我不行，我走不了。"我吸溜着鼻涕，哭腔让我更加灰心。

"有我在，你别怕，"小馒头安慰我，"再走几步，习惯了就好。"

我听话地拖着残脚，八步、十二步，我的双手腾空，尝试着离开小馒头的保护，二十步，三十步。"我好像能走了，"我破涕为笑，"我以为我会像只采了一兜子胡萝卜的兔子似的，活蹦乱跳地走到拉萨呢。"

"你是断了钳子的老螃蟹还差不多。"小馒头唉声叹气。

"你到拉萨会哭吗？"我问道。

"谁像你似的！"小馒头递给我一包彩虹糖。

"我肯定会痛哭流涕！"我往嘴里扔了一把糖，"我要把所有忍住的眼泪都哭出来！"

我惊讶于我的眼泪为何如此之多，难道真的是因为脑子里的水多吗？失恋时哭、热恋时哭、感动时哭、伤心时哭、思念时哭、生气时哭，似乎哭泣能将好的坏的情绪统统宣泄出来。莫非我还幼稚，不然为何我总是像个小孩子一样把喜怒哀乐都挂在脸上？管它呢！到了拉萨，我要痛快地哭一场。谁能说眼泪不是一种特别的庆祝？

然而上天并没有让眼泪成为我到达拉萨的第一场雨。2014 年 7 月 30 日，徒步川藏线第 90 天，9：30，达孜县上空的乌云将太阳遮住，一场暴雨将我们浇成落汤鸡。到达拉萨的第一个假想以破灭告终。

"我以为咱们能香喷喷地站在布达拉宫脚下呢！"我们躲进由简易房和帐篷搭成的小卖部，颤抖的双手捧着一盒温水泡的方便面，发紫的嘴唇冻得有些发肿。

11：00。"看来我们注定要在阳光中走进拉萨啊！"雨过天晴让我们重注鸡血。脚下是装了弹簧吗？每一步都是轻快的。双肩的背包当真不是轻的？每一步都是轻松的。我们像是郊游的小学生，背包里塞满了零食，心里装满了好奇："是不是快到拉萨了？"

当我们走过村庄，雨衣被我们大力地甩进垃圾堆——那怎么可能仅仅是一件雨衣？它是 90 天的困难、痛苦、折磨。

"我们不会再淋雨了，对不对？"眼泪打转。

"不会了，"抽筋吼道，"再也不会挨淋了。"

是啊，我们不会再淋雨了，因为我们到拉萨了。当心中升起太阳，雨水又算什么呢？永别吧！雨水。初次进藏的小馒头左顾右盼，忽地驻足，双手指着右前方的方向，兴奋地说："那就是布达拉宫吗？"

"是。"

远处的青山间，金碧辉煌的金顶像是一种召唤。为了倾听这神圣的

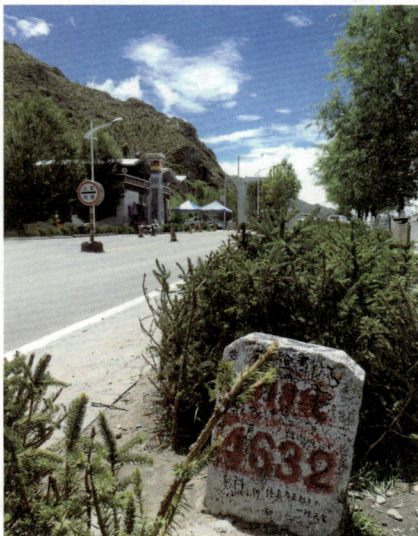

召唤，我转山转水 90 天，来到你的身边。

西藏，你为何如此令人向往？因为你空气稀薄，因为你雪山环绕，因为你佛光闪闪，因为你难以到达，因为你三步两步便是天堂，还是因为世界只有一个西藏？当我走进拉萨，我想了解西藏更多一些。我无法讲出我为何如此向往这里，就像我无法讲出我为何对一个男孩爱得深刻。

"4！6！3！2！G！3！1！8！"

4632 之所以是里程碑，因为它是到达拉萨的最后一块路碑。明天，我将不会再经过刻着任意数字的路碑；明天，我将不再查找路书，计算里程，确认路碑；明天，我将不再早早起床，不再中午啃饼，晚上寻找住处；明天，我可以痛痛快快地睡到日上三竿，然后懒散地迎接无事可做的下午。

我可以去仓姑寺喝酥油茶，再去拉萨河晒太阳。因为我终于走到了拉萨。我回来了，拉萨……

"好繁华，拉萨。我们还有 3 公里就到布达拉宫了。"

走在繁华的拉萨街头，寻找着我熟悉的一切。时间改变了很多又什么都没有改变。我仿佛走进了我的过去，我想奔跑向四年前的我，想对她说点什么。但我欲言又止，我的大脑忽地空白，这一切太不真实了，像是做了一场梦，梦里我饱受磨难。

当我坐在布达拉宫广场，背包躺在我的身边，像是我的难兄难弟。骄阳将地面烤得灼热，我的屁股像是一颗煎鸡蛋。布达拉宫与我相隔二百米，而我却感觉自己住进了它的心里。我目不转睛地看着它，像是看着我的爱人，生怕它从我的眼前溜走。它不会走，它永远地站在这里，接受阳光、雨水、风雪的洗礼。

我静静地坐着，坐在布达拉宫的对面，没有痛哭流涕的惊天动地，没有欢声笑语的大肆庆祝。90 天的画面像是拉洋片一般，一幅一幅从眼前缓慢闪过。每天，无论吃什么，是可口的川菜，是没味的大饼，是热乎的面条，还是救命的压缩饼干；每天，无论睡在哪里，是干净的床位、是坚硬的木板、是薄薄的防潮垫，还是拼起来的椅子；每天，无论睡眠如何，是倒头就睡，是疼痛到睡不着，还是发烧时想睡不敢睡；每天，无论疼痛，是脚痛，是背痛，是发烧，是呕吐；每天，无论路况如何，是平坦，是崎岖，还是泥泞；每天，无论路程多少，是 10 公里，还是 55 公里；每天，向前是无人区，后退还是无人区。每天，向前是雨季，后退还是雨季。每天，哪一步不是举步维艰？每天，哪一步不是关乎生死？每天的每一步，是人生的全部。向前，不一定到达，但后退注定永远无法到达。

90 天，3 个月，一年的四分之一。我还要走多远，才能计算出生命的长度与宽度？如果成长是由困苦、诱惑、过去、自由、放弃、缘分、幸福、未来、梦想和爱组成的，那么现在我想沉沉地睡去，做一场美梦，梦里我有爱人，有家，有一个孩子，她的小名叫呦呦。

三百三十万步，拉萨！拉萨！转山转水，殊途同归。或许远方的尽头是家。如果"你好"终逃不过"再见"，那么谢谢你爱过这样的我。我要回家了，家里有光。

像是在做一场开场致辞

如果徒步川藏线对我而言是一场难以完成的挑战，那么写作更是。在这个过程中，幻想和现实一次又一次地撞击，我无数次地质问自己："你！凭什么放弃？"是啊，这世界为我准备了太多放弃的理由，我可以毫不费力地放弃。或许在某种情境下，放弃意味着解脱。但我忍不住要去探索——坚持究竟是什么？努力究竟是什么？

当我独自走在未知又漫长的川藏线无人区，我不能说命运掌握在自己的手中，也不能说我把命运交给了上天。我跌倒、受伤、发烧，和死神纠缠，我声嘶力竭地哭泣，张牙舞爪地挣扎，孤独、恐惧将我建立的意志力摧毁。我是谁？我从哪里来，要到哪里去？

"都是我自找的，没人逼我来川藏线！""不是要走到拉萨吗？这就放弃了？""既然来了，就要像个勇士一样去战斗！"我不得不面对一个现实——在最痛苦、最绝望的时候，我只有我自己。我能做什么？我拒绝任何形式的放弃——搭车，不！回头，不！唯一能做的，就是牙齿把嘴唇咬破地、指甲把手心抠出血地、大雨把脑袋拍得稀烂地、烂路把双脚走丢地、心中激起千层浪地站起身。

当我站直，我的身体充满能量。那能量是黑暗中微弱的光斑逐渐扩大，是大雨过后渐晴的天空挂起彩虹。我的左脚迈出落稳，右脚抬离地面，右手紧握的登山杖落地，右脚迈出落稳，登山杖轻巧地抬离地面，左脚再迈出落稳。

对，就这样向前走吧！就快到拉萨了不是吗？90 天 2160 公里 3304800 步，走到拉萨。请你告诉我，坚持究竟是什么？然而在这段冒险游戏结束后，我开始写作。

"我仿佛又重新上路了，但我怎么走也走不到拉萨。""我不会写，我写不好。""没有人读我的文章怎么办？""都敢走川藏线，为什么拿不出勇气写作？"600 天，我写、修改、写、修改，N 度放弃，又 N+1 度重提笔头。"我还就非要把内容写好不可了。"我暗暗发誓。

"即使它没有出版，它也是一本书。"我开通个人订阅号：凡不凡呀，在每篇连载的结尾呐喊着。对！我就是你们眼中那个没粉丝、没影响力、丢在人群里最多只能看见脑瓜顶的、平凡的小人物。但就因为这样，你们就有资格评断作品的好坏、我的输赢吗？我不会赋予你们这项权利！我要证明给这些嘲笑我、无视我的人看——亦凡，她做到了！

但随着写作越来越久，我突然发现——我，已经，不需要，和任何人，证明什么了。只有我自己才有资格去断定我写的是好还是坏，我究竟是输还是赢。当我不再关心阅读量，我已经赢了，我赢得了信心和勇气。赢得了专注和自嗨。我为什么去川藏线？我又为什么写作？

或许就是有股热情，想把人们所认为的"绝不可能"变成"我做到了"。或许就是有股执拗，想把自己变成梦想中的样子。

很多人问我，你什么时候再去西藏，你还会去哪里旅行？我总

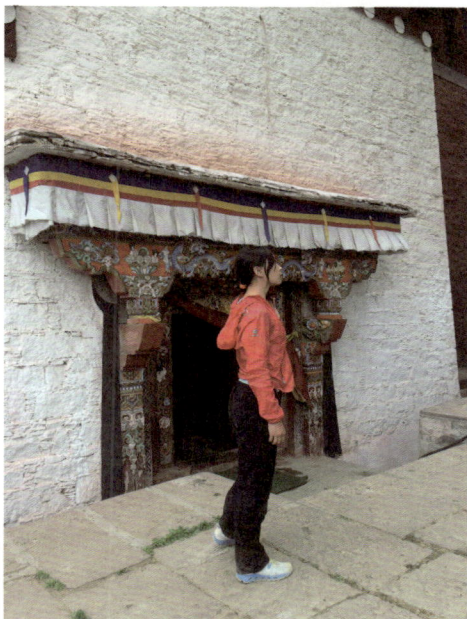

是回答——"再看吧"。我不想再做一个不结伴的旅者了。分享才是真正的幸福，不是吗？我渴望有朝一日能和至爱手牵手旅行，渴望和至爱组织家庭，过最平淡的生活，去菜市场、去电影院、去公园、去那些平凡又温暖的地方，去发现和享受平淡中的小浪漫和小兴奋。

而现在我要做的就是，把当下的每件小事做好，不断地完善自己。

今年是我练习瑜伽的第 10 年，而我已经 29 岁了。我想对很多人说声"我爱你"和"对不起"，"谢谢"也要说。在此，请允许我以最仪式感的方式，对你说声"谢谢"。谢谢你在我脆弱迷茫时，给予我力量和光明。谢谢你在我梦想成真时，给予我拥抱和祝福。

感谢你们：

感谢董保存老师、杨文泉老师、杨建春老师。

感谢新华先锋王笑东老师、徐玥编辑、杨祎妹编辑。

感谢孙广宇小姐。

感谢大胃（曹大玮）、唐僧（宋飞）、抽筋（邹钦）、小馒头（李德京）、土豆（唐健）、阿超（吴超）、小新（徐小新）、小双（李双林）、小帅（李明帅）、麻飞、程程、山驴花花。

感谢张阔（三儿）、刘洋、拉萨混子、小明不死、海底的猫、Kao。

感谢杨苏也、赵冉、马渺、黄宇、赵倩怡、谈浩、皮秉哲、崔冠雄、贺鹏飞、于福涛、朱小凡。

感谢何青、吕静、杨峰、王鲁滨、尹霞、张婷霆、段锦芳、澹台瑞芳、王竹一、孔孔惟、刘婧、崔雅雯、侯洛延、李盈莹、周怡萱、小六（彭斯）、苑晨、段迎、赵娜、胡威尔、雨佼、高倩、孙倩、李杨、更非、张湛、商彦、段梦琦、陈静、刘羽、末未、花籽儿、汝爱、郭锡、张盛雪、DQQ。

感谢常丰、陈燕华、王耀鸿、纪凯、崔勇、王琦、谢建良、叶长铭、吴志硕、黄天、邓谱松、李峯、赵星汉、张帆、遥远、齐栋、董鑫、柳怀宇、朱子奇、赵大宝、李星宇、唐洋哲、闫征、王旸凯、穆鲲、姜军、徐坤、张勇、鹏哥、苏佳、王鹏Rafe、郁见、李文博、李云鹏、刘利。

感谢福根儿、大懒糖、黎霹雳、卢十四、伊豆、阿狮、李靠谱、飞天猫、蓝色飘摇、桃红女巫、奶茶睡不醒、懂饿氏紫不语、贾斯汀·比比。

感谢爸爸妈妈、兄弟姐妹、景家人。

感谢前任们。

感谢所有人。

最后，感谢我自己。

读到这里，故事已经讲完了。在最后的最后，我要说点什么呢？

故事未完待续，敬请期待。

我是如何装满一只 60L 的包的

要带什么上路呢？首先我需要一个背包。

装包清单 1：Gregory deva 60L 女款 S 号背包、防雨罩、腰包

其次我还需要什么呢？

装包清单 2：blank ice G700 睡袋

装包清单 3：leki 登山杖一只、LP733CA 护膝一对

装包清单 4：迪卡侬多功能 3D 计步器、80 流明 LED 头灯

装包清单 5：gore-tex 登山鞋、轻便拖鞋

装包清单 6：Marmot 软壳

装包清单 7：速干短袖两件、纯棉内衣、凯乐石皮肤风衣

装包清单 8：Mont-bell 户外裤、秋裤、户外袜三双

装包清单 9：BUFF 防晒魔术头巾、ActionFox 防晒帽、UA 太阳帽

装包清单 10：Platypus 2L 水袋、Columbia 350ml 小水壶

装包清单 11：雨衣、护目装备、臭美必备

装包清单 12：两包日用、两包夜用卫生巾

装包清单 13：退烧药、膏药、绷带、创可贴、止泻药、速效救心丸

装包清单 14：充电宝和备用数据线

装包清单 15：压缩饼干和巧克力

装包清单 16：卷纸、垃圾袋、洗衣粉、小本子

装包清单 17：毫无用武之地的漂亮衣服 N 件

装包清单 18：钱、护照、身份证

装包清单 19：Columbia 矮帮软底鞋

装包清单 20：体院专配跌打药

装包清单 21：抓绒手套

装包清单 22：Adidas 羽绒夹克

　　登山杖在没派上用场前都固定挂在背包外侧。小水壶用挂钩挂在背包的背带上，方便取。水袋放在水袋舱里，水袋的吸管经背包的水袋口穿出，水袋的吸嘴就挂在胸前。喝水变得轻松容易。补给和垃圾袋放在背包舱的最上层，方便取。衣服叠好，保暖的放在最上，依次是换洗衣：内衣内裤、漂亮衣服无数。计步器挂在脖子上。零钱包、手机、手纸都放兜里。卫生巾和卷纸通通放在背包舱里。头灯则在需要走夜路和黑暗隧道前，提前装进背包侧兜里。雨衣放在背包的侧兜里，或者放在雨罩里兜着它走。

　　七七八八都添置好，开始收拾背包。背包一打好，就尽量不要每天收拾，把随时用的放在最好拿的位置。每天到达休息地恐怕也没力气收拾——把常用的东西放回原处最省时省力。

　　休整的时候再大整理背包。积攒的臭衣服该洗的洗，不必下水洗的衣服拿出来晒晒。

　　到了成都，决定买双矮帮软底鞋。万一鞋坏了，还能有双鞋顶替。但这鞋必须穿着舒服，不然走路得多痛苦。

大路书：

成都—拉萨，2160 公里，3304800 步（计步器统计），90 天

90 天：2014 年 5 月 2 日—7 月 30 日（休整 15 天）

2160 公里：成都大件路—雅安—泸定—康定—新都桥—雅江—理塘—巴塘—芒康—左贡—邦达—八宿—然乌—波密—通麦—鲁朗—八一——工布江达—墨竹工卡—达孜—拉萨布达拉宫

小路书：

D1：5 月 2 日 成都大件路—新津 30 公里

D2：5 月 3 日 新津—邛崃 35.6 公里

D3：5 月 4 日 邛崃—黑竹镇 27.3 公里

D4：5 月 5 日 黑竹镇—城东乡 26.3 公里

D5：5 月 6 日 城东乡—雅安 20.8 公里

D6：5 月 7 日 雅安休整

累计：190120 步，140 公里

D7：5 月 8 日 雅安—始阳镇 23 公里

D8：5 月 9 日 始阳镇—果木沟 31 公里

D9：5 月 10 日 果木沟—新沟 32.3 公里

D10：5 月 11 日 新沟—冷碛村 24.2 公里（第 1 座山 二郎山 2170 米）

D11：5 月 12 日 冷碛村—泸定 29 公里

累计：407680 步，280 公里

D12：5 月 13 日 泸定—日地村 31.2 公里

D13：5 月 14 日 日地村—康定 17.8 公里

D14：5 月 15 日　康定休整
累计：481523 步，329 公里

D15：5 月 16 日　康定—折多塘 19 公里
D16：5 月 17 日　折多塘—贡布卡村 37 公里（第 2 座山　折多山 4298 米）
D17：5 月 18 日　贡布卡村—新都桥 26 公里
累计：604605 步，411 公里

D18：5 月 19 日　新都桥—卧龙寺村 50 公里（第 3 座山　高尔寺山 4412 米）
D19：5 月 20 日　卧龙寺村—雅江 34 公里
D20：5 月 21 日　雅江休整
累计：730689 步，495 公里

D21：5 月 22 日　雅江—相克宗村 17 公里
D22：5 月 23 日　相克宗村—112 道班 28 公里（第 4 座山　剪子弯山
4659 米）
D23：5 月 24 日　112 道班—135 道班 24 公里
D24：5 月 25 日　135 道班—红龙乡 33.6 公里（第 5 座山　卡子拉山
4718 米）
D25：5 月 26 日　红龙乡—理塘 37.4 公里
D26：5 月 27 日　理塘休整
累计：944189 步，635 公里

D27：5 月 28 日　理塘—229 道班 27 公里
D28：5 月 29 日　229 道班—禾尼乡 29 公里
D29：5 月 30 日　禾尼乡—德达牧业新村 22 公里
D30：5 月 31 日　德达牧业新村—德达幸福新村 35 公里（第 6 座山　海

子山 4685 米）

D31：6 月 1 日 德达幸福新村—莫多乡 36 公里（黑暗隧道）

D32：6 月 2 日 莫多乡—巴塘 26 公里（黑暗隧道）

D33：6 月 3 日 巴塘休整

累计：1214564 步，810 公里

D34：6 月 4 日 巴塘—温泉山庄 44 公里（入西藏界）

D35：6 月 5 日 温泉山庄—小卖部 16 公里

D36：6 月 6 日 小卖部—海通兵站 22 公里

D37：6 月 7 日 海通兵站—芒康 25 公里（第 7 座山 宗拉山 4150 米）

累计：1382982 步，917 公里

D38：6 月 8 日 芒康—如美村 39 公里（第 8 座山 拉乌山 4376 米）

D39：6 月 9 日 如美村—觉巴村 22 公里

D40：6 月 10 日 觉巴村—容许兵站 42 公里（第 9 座山 觉巴山 3911 米）

D41：6 月 11 日 容许兵站—K3540 12 公里

D42：6 月 12 日 K3540—东达村 38 公里（第 10 座山 东达山 5008 米）

D43：6 月 13 日 东达村—左贡 10 公里

D44：6 月 14 日 左贡休整

D45：6 月 15 日 左贡—列达村 20 公里

D46：6 月 16 日 列达村—田妥镇 24 公里

D47：6 月 17 日 田妥镇—斜库村 32 公里

D48：6 月 18 日 斜库村—邦达 34 公里

累计：1805052 步，1190 公里

D49：6 月 19 日 邦达—同尼村 36 公里（第 11 座山 业拉山 4618 米）

D50：6 月 20 日 同尼村—瓦达村 38 公里

D51：6 月 21 日 瓦达村休整

D52：6 月 22 日 瓦达村—八宿 24 公里

D53：6 月 23 日 八宿休整

累计：1960382 步，1288 公里

D54：6 月 24 日 八宿—扎西则村 30 公里

D55：6 月 25 日 扎西则村—俄绕村 26 公里

D56：6 月 26 日 俄绕村—然乌 36 公里（第 12 座山 安久拉山 4475 米）

D57：6 月 27 日 然乌休整

累计：2107122 步，1380 公里

雨水分界线

D58：6 月 28 日 然乌—米美村 38 公里

D59：6 月 29 日 米美村—玉普乡 26 公里

D60：6 月 30 日 玉普乡—松宗镇 23 公里

D61：7 月 1 日 松宗镇—尼足电站 22 公里

D62：7 月 2 日 尼足电站—波密 21 公里

D63：7 月 3 日 波密休整

D64：7 月 4 日 波密休整

累计：2306542 步，1510 公里

D65：7 月 5 日 波密—K4023 17 公里

D66：7 月 6 日 K4023—K4036 14 公里

D67：7 月 7 日 K4036—K4072 36 公里

D68：7 月 8 日 K4072—通麦 21 公里

累计：2440932 步，1599 公里

D69：7 月 9 日　通麦—排龙　16 公里

D70：7 月 10 日　排龙—东久乡　25 公里

D71：7 月 11 日　东久乡—鲁朗　30 公里

D72：7 月 12 日　鲁朗休整

D73：7 月 13 日　鲁朗—113 道班　30 公里（第 13 座山　色季拉山 4720 米）

D74：7 月 14 日　113 道班—林芝镇　23 公里

D75：7 月 15 日　林芝镇—八一　16 公里

D76：7 月 16 日　八一镇休整

累计：2661867 步，1742 公里

D77：7 月 17 日　八一镇—更章乡　36 公里

D78：7 月 18 日　更章乡—百巴镇　26 公里

D79：7 月 19 日　百巴镇—巴河镇　20 公里

D80：7 月 20 日　巴河镇—工布江达　48 公里

D81：7 月 21 日　工布江达休整

D82：7 月 22 日　工布江达—金达镇　43 公里

D83：7 月 23 日　金达镇—加兴乡　19 公里

D84：7 月 24 日　加兴乡—松多乡　36 公里

D85：7 月 25 日　松多乡—日多乡　55 公里（第 14 座山　米拉山 5013 米）

D86：7 月 26 日　日多乡休整

D87：7 月 27 日　日多乡—扎西岗　35 公里

D88：7 月 28 日　扎西岗—墨竹工卡　21 公里

D89：7 月 29 日　墨竹工卡—达孜　48 公里

D90：7 月 30 日　达孜—拉萨布达拉宫　25 公里

累计：3304800 步，2160 公里

图书在版编目（CIP）数据

徒步进藏：凡凡的三百三十万步 / 亦凡著. — 北京：
北京联合出版公司，2016.11（2019.3重印）
ISBN 978-7-5502-8718-1

Ⅰ. ①徒… Ⅱ. ①亦… Ⅲ. ①游记－作品集－中国－
当代 Ⅳ. ①I267.4

中国版本图书馆CIP数据核字(2016)第232547号

徒步进藏：凡凡的三百三十万步

作　　者：亦　凡
出版统筹：新华先锋
责任编辑：徐　鹏
特约监制：林　丽
封面设计：高一尘
版式设计：杨祢妹

北京联合出版公司出版
（北京市西城区德外大街83号楼9层 100088）
大厂回族自治县德诚印务有限公司印刷　新华书店经销
字数150千字　620毫米×889毫米　1/16　16印张
2019年3月第2版　2019年3月第2次印刷
ISBN 978-7-5502-8718-1
定价：49.00元